FLOWERS, MACHINE AND THE GESTALT

花と機械とゲシタルト

山野浩一
Koichi Yamano

FLOWERS, MACHINE AND THE GESTALT

小鳥遊書房

花と機械とゲシタルト／目次

登場人物・用語一覧

反精神病院＝本作の主な舞台。別名、実存精神研究所。三年前の革命により、医師らが患者を収容して管理するという支配型の精神病院ではなく、〝我〟に自我を預けた者らによって自主的に運営されるようになった。

〝我〟＝反精神病院における仮想存在としての精神結合体（ゲシタルト）。大広間の中央にある、等身大の人形に仮託されている。

〝汝〟＝反精神病院における医療従事者。

〝彼〟＝反精神病院で暮らす（元）患者の男性を指す人称。一人称的にも用いられる。

〝彼女〟＝反精神病院で暮らす（元）患者の女性を指す人称。一人称的にも用いられる。

〝火〟＝反精神病院の建物。

ガラス＝男性性器のこと。

博士＝〝汝〟。革命の提唱者で、〝我〟を制作した張本人。精神病理学に関する論文を色々な雑誌に投稿しているが、いっこうに採用されないでいる。

髭さん＝〝彼〟。数学者で、シンセサイザー・ミュージックも演奏する。〝世界〟と呼ばれる機械的なオブジェを制作し、ゲシタルトの暴走に対抗する。

放火魔の彼＝元消防士だが、放火の罪での逮捕歴がある。反精神病院の実質的な記録係をつとめる。

火館祭＝毎週火曜日に反精神病院の建物内で開催されるイベント。

ゼニゲバ＝〝彼女〟。反精神病院の新入りで、魅力的かつ活動的な美女。

丸坊主＝〝彼〟。木彫の才能で金を稼ぎ、それでゼニゲバの身体を買うのが生き甲斐。

助手＝〝汝〟と〝彼〟の間を揺れ動く。反精神病院内でゼミを開いている若手研究者。後に総合病院へ就職が決まる。

自殺した彼女＝自殺衝動のあまり〝我〟をナイフで突き刺した。助手の汝を愛している。元新聞記者で、ウーマン・リブの闘士。後にゼニリブと呼ばれるようになる。

鳥氏＝〝彼〟。鳥肉が全然食べられないことから、逆説的にこう呼ばれる。
椎茸嫌いの彼女＝鳥氏とは逆に椎茸が好物。出逢う〝彼〟のザーメンを収集している。
花壇係の彼＝反精神病院における年長者で、五十路。椎茸嫌いの彼女と懇意にしている。
二重人格＝〝彼〟と〝彼女〟がいる。片方の人格を〝我〟に預けている存在。
トミー＝〝彼女〟。脳のロボトミー手術をされたいという願望に憑かれている。
カマキリ＝〝彼〟。修士号を持つインテリだが、漫画とロックにしか関心がない。
自閉症の彼女＝特に症状が重く、一日中、広間の〝我〟の前にいる。もとは小山恵子という名で、カマキリと因縁があったらしい。
オペラ＝〝彼女〟。四十五歳のオペラ歌手だが、自分は十五歳だと思っている。
画家＝〝彼〟。風景画と地獄絵を融合させた絵を描き、高く評価されているが、彼自身も周囲も、絵の作者はゲシタルトだと思っている。
LSD中毒の犬＝反精神病院で飼われ、実験用に幻覚剤を投与されている犬。
ヨハネ、**イサク**、デボラ、**デリラ**、**ユディット**、**イザヤ**、**モーゼ**＝実験用に飼われている猿。

第一部　我と彼と彼女

大広間の中央の等身大の人形は〝我〟と呼ばれている。天窓から降ってくる穏やかな光が人形の顔を青白く照らし、水晶の眼を知的に輝かせている。頭髪の部分は黒くふくらんでいるだけで、遠くからみるとまるでマネキン人形のようだが、顔や手足の表情には不思議な生々しさがある。古びたジーンズとスポーツシャツを着て、左手を力なく垂らし、右手を胸まで持ち上げ、右足を踏んばり、左足は爪先と踵を別々の方向へ歩み出そうとしているかのようだ。男性とも女性とも判断はつきかねるが、肩や腰つきにはやや女性的な特徴がうかがえる。口を少し開いているのは笑っているのか、喋ろうとしているのか――。

眼の輝きは広間全域を監視しようとする意志を感じさせている。

広間の一辺は玄関に接し、庭に面した窓辺には机と椅子が並んでいる。玄関と反対側の壁には廊下へ出る青い扉や研究室に続く中二階のベランダがある。人形は奥まった場所に立っていて、その付近は絨毯が敷きつめられている。

青い扉の手前で〝我〟の視線を感じて振り返ったのは〝汝〟と呼ばれる白衣の男。他にも広間には二人の汝がいて、みんな白衣を着ている。一人は給水タンクを修理している青年、あと一人はベランダから広間を見おろしている中年の女性。

残る十人ほどは〝彼〟或いは〝彼女〟と呼ばれ、時には〝髭さん〟とか〝丸坊主〟とか

〝鳥氏〟といったニックネームでも呼ばれる。彼や彼女は広間のあちこちで読書をしたり、ゲームをしたり、何やらノートに書きつけたり、給水タンクの修理を指揮したり、ただじっと口を開いて柱についたシミをみつめたりしている。

広間の外にも汝や彼や彼女が多勢いるが、〝我〟は庭にもう一つあるだけ。庭の我は広間の我と顔だちもつくりも全く異っていて、人形というよりも彫像というべきものだ。幾種類もの金属を混ぜたプラスチック製で、古びた黄金色は昼間の光の中では沈んでいるが、夜になると鈍く奇妙な光を発する。広間の我のようにデリケートな表情はうかがえない。しかし挑戦的に空を見上げた姿には独特の存在感がある。

我の周囲には白一色の三色すみれの咲く花壇がある。白一色に統一されているのは花壇係の彼が『我は白を好む』と考えているから。花壇の周辺には広い芝生と細道と生垣が続き、その奥には森がある。森には高さが統一されたトド松が繁っており、秋になると木の根の周囲に多くの茸がとれる。森の中でも数人の彼や彼女が木彫の作業をしている。木彫の仏像やマリア像や熊や犬は貴重な輸出品だ。

森の反対側は海。しかし建物は崖上にあり、崖から海へ降りる道は一本しかない。崖下は荒々しい岩石ばかりで、ヒザラ貝や岩ガニやカメノテが種属を繁栄させている。

建物には広間を含めて十八の部屋がある。玄関、食堂、研究室、実験室、汝の宿泊室が四つ、彼の宿泊室が三つ、彼女の宿泊室が三つ、医務室、アトリエ、作業室、そして広間。他に別棟の倉庫が二つと、汝だけが使う事務所が玄関の近くにある。

ここはかつて精神病院だった。今でも外部の人々はそう考えていることだろう。だが三年ほど前にここで革命があり、その後は反精神病院となった。内部の人々の間では単に研究所とも呼ばれている。外界への出入りは全く自由だが、周囲十キロ以内に人家はなく、日に二、三度トラックやライトバンが到着して十分ぐらいで去っていく程度の交流しかない。院内にもライトバンと小型トラックと冬期用のハーフトラックがあり、汝や彼や彼女が時々街へ買物などに出かけていく。しかし、普段はとめ置かれたままだ。

ここでは名詞の変更が許されている。例えば小型トラックは〝家〟と呼ばれていた。理由はよくわからないが、彼の一人がそう呼び、他の人々に受け入れられた時、それがここでの呼び名となる。しかし一年ほどのちに別の彼が〝トラック〟と呼びそれが受け入れられると、また元の名に戻った。ボールペンを〝ペンボ〟とか、時計を〝マシン〟とか、お金を〝チェン〟とか、男性性器を〝ガラス〟とか、乳房を〝リン〟とか呼ぶような、それなりにいわくありげな呼称もあれば、柱を〝階段〟、階段を〝天井〟、天井を〝壁〟、壁を〝柱〟と呼ぶような、ひとめぐりずれ込んでいる場合もある。

彼や彼女たちにこうした統一性を与えているものは〝我〟だ。彼や彼女たちは〝我〟を自分自身と考えており、自分自身を他人と信じている。分裂症の本質が『自我破壊』或いは『アイデンティティの喪失』というようなものだと考えた〝革命派〟が生み出した形而上的社会システムである。我と彼や彼女たちとはこうして固く結びついているのに対し、汝だけはよけいものだが、院内での権利や義務は平等で、便所掃除なども交互に楽しむようになっている。

建物は〝火〟と呼ばれている。放火魔として警察につかまり、精神鑑定ののちにここへやってきた彼が名付けたもので、汝の一人がこの呼び名を気に入って、毎週火曜日に〝火館祭〟をおこなうようになった。

森の上に月が出て、海の向こうに太陽が沈みかけると、彼や彼女や汝たちが庭へ集まってくる。廊下の入口にビヤ樽が置かれ、我の前の芝生にテーブルが運び出される。鳥の唐揚げや椎茸のクリーム煮やモロミキュウリや納豆やオニオンスライス。それらは全て誰かにとって、とてつもなく恐しい食べ物である。〝鳥氏〟は鳥が全くだめなので、みんなが何とか食べさせようとする。最初は逃げまわっているが、やがて「我は鳥が嫌いだ。だけど彼は食べるだろう」といって次から次へとかぶりつき、骨をしゃぶり、ビールを流し込む。椎茸嫌いの彼女などは最初から小皿いっぱいに椎茸のクリーム煮を盛って我の前へ行き、「椎茸は嫌いでしょう。だから彼女が食べてあげます」といって口にかき込むのである。海から流れてくる風は崖上で音楽を生み、森のざわめきが共鳴する。彼や彼女たちはテーブルの下にもぐり込んだり、人工洞穴でうずくまったり、生垣にそって走ったりしながら風の音に合わせて歌を歌う。それぞれが自分のお気に入りの歌を大声でわめくのだが、そのハーモニーは美しい。海岸線の一キロ先の岬にある灯台の光が何度も回転してきて、我の胸と首を照らす。芝生では数人が輪になって踊り続ける。そして流れ星の降り続く夜更けまで歌が絶えることはない。

岬の逆方向には街へ向かう道路がある。建物からすぐに急な坂を下って湿地帯に降り、湿地帯の長い長い直線道路をいつまでも走り続けると、地球の丸さを証明するかのように街の鉄塔や煙突の突端がみえてくる。それは少しずつせり上がり、やがてビルや家屋や橋も姿を現わす。街の側からくる時には、高台の上の建物や森がかなり遠くからみえており、時速百キロで走っても容易に接近してこない。だがようやく近付いたと思うとすぐに坂にかかり、一気に登って到着してしまう。車からは新しい彼女が降りてきて、男女二人の汝が出迎える。

「すてきなところね」

彼女はいう。笑顔は彼女の白い帽子の下に急に出現し、すぐに消える。

「でも淋しいところよ」

女性の汝は心配げにいう。タクシーはすぐに坂を下って戻っていく。男性の汝は彼女から書類を受けとって、建物に入っていく。女性の汝と彼女は庭をひとめぐりしてから建物に入る。庭の彼たちは性欲をむき出しにして彼女のジーンズをみつめている。

研究室の大きなテーブルの奥に高齢の汝がいて、その横に書類を受けとった汝がいる。彼女は二人のなめ向かいに坐り、二人の顔と窓の外に見おろせる海を眺める。

「ここはこれまで彼女がいた精神病院と本質的にちがっている。ここはいわば社会からの避難所であり、社会と少し異った生活を営んでいく場でもある。トラブルは原則的に我が制御してくれるはずだが、治まらない時には汝が介入する」

老いた汝がいう。博士と呼ばれており、我を制作した人物でもある。ブーバー的にいえば、この博士こそ我に対する神としての汝である。どこか手の届かないところにある理想をずっと追い求めているような眼は、身近なものに対して全く無関心にみえる。話しぶりもまるで隣室にいる人間に壁ごしに喋っているかのようだ。

「つまり、ここは我のもとでゲシタルトを形成するところね。彼女も自分の病気を知るために随分精神病理学を勉強したのよ」

彼女が話す時には口を少しとがらせる。そして話し終えるとしばらく口を開いたまま沈黙していて、そののちに口を閉じる。

「ここの彼や彼女たちは全て精神病理学について勉強しています。従ってここは共同研究の場なのです。革命後にそうなったわけです」

「革命って?」

「医師による患者の支配体制に対する革命」

博士がいうと、若い汝が言葉を継ぐ。

「博士がゼミナールに於いて提唱し、医師や研究生の半数と患者全員が呼応しました。この時医師一人が死亡。医師、助手、研究生、看護人など十数人が追放され、患者、助手など四人が起訴されました。しかも厚生省からの助成金が停止され、土地、建物の権利をめぐって裁判も始まり、大苦境に陥ったのです。しかし、博士の提唱したゲシタルトは素晴しい力を発揮しました。彼や彼女たちは生産活動にはげみ、この反精神病院の評判が高くなり、彼や彼女たちを含む法人組織の存続が認められたのです」

若い汝はまるで多勢の人々に向けて講演しているように喋った。彼女はまた一瞬の笑顔を作っていう。

「すてきね」

博士はゆっくり頷き、助手は盗みみるように彼女をうかがって、すぐに正面に向き直る。

「ここでは我という同一人格を持つことになりますので、近親相姦に類するものとして、性交が禁じられています。しかし、彼と彼女が我から離れて外で性交をするのは自由ですし、外の人間との性交も問題ありません」

「でも、それは少し欺瞞的ですわ。だってオナニーは許されるのでしょう?」

彼女は表情を変えず汝二人をみつめる。

「おっしゃる通りです。いろいろ議論が出るのですが、現実的な解決案がなくってね。月水金曜にはゼミが開かれるので、良案があれば提出して下さい。それから火木曜には実験があります」

博士はいう。

「実験って?」

「ここは実存精神研究所でもあります。民間病院なみの実験が認められており、ＬＳＤ、ＤＯＭ、メスカリンなども扱えるし、犬が五匹、猿が七匹、マウスは多数います。髭さんというエレクトロニクスの専門家もいますし、マウスのロボトミーの名人もいるんです。トミーと呼ばれる彼女ですが、当人はある精神病院でロボトミーを希望して断わられ、その後自分でロボトミーの技術を身につけたというわけです」

彼女は博士の話にもう一度笑顔を作った。そしてしばしの沈黙ののち立ち上がる。広間を見おろすベランダに立つと、広間の彼や彼女たちが動物園の猿たちのように、ゆっくり視線を動かして彼女を見上げる。彼女は我を見おろし、じっと凝視し続けていた。

アトリエは広間と同じぐらいの大きさがあり、絵画、彫刻、陶芸、木工、金工などの設備が整っている。しかし、主として金工の作品によって広い空間は埋めつくされ、もう創造のための場所はあまり残されていない。入口付近にはカンバスや石膏のプラトン像、ベートーベンのデスマスク、ヴィーナス像、壺、パレット、布ぎれ、椅子などの絵画用具があり、右手にはろくろ、皿、鉢、板、ヘラ、さまざまな瀬戸物、木工機械、木工製品、彫刻などが積まれている。奥が金工のエリアだが、そこはまるで自然増殖して押し寄せてきたような機械類で埋まっている。面積においてもそのオブジェはアトリエの半分を占めており、高さは天窓にまで届いている。それは髭さんと呼ばれる彼が創作した作品だ。オブジェは〝世界〟と題されている。

〝世界〟は我から賞讃を受けているが、アトリエを占領してしまうことが困りもので、何度かゼミで対策を論じあうものの誰も撤去すべきだとはいわない。しかし、今も彼は新しい機械の製作にかかっており、いずれアトリエ全域を埋めつくすのも時間の問題と思われている。

新入りの彼女が我の次に興味を示したのもこの機械だった。彼女はすぐに機械の間にもぐり込み、ハンドルやレバーを動かしたり、鉄板をたたいてみたり、ワイヤーを引いてみたりして楽しんでいる。ハンドルの動きに応じて全く離れた場所のはずみ車が回転し、数分間プロペラがまわり続ける。レバーを降ろすと白い球がポンとはじき出て、さまざまなコースを転がり落ちていく。ワイヤーを引くと、思いがけない場所でオルゴールが鳴り、ペダルを踏むと天秤状のバーがゆっくりバランスを崩し、急に動きが早くなって一回転してもとのバランスに戻る。髭さんは仕事の手を休め、彼女の近くの機械に入り込んでプラスチック・フレームの窓から顔を突き出した。

「遊園地みたいね」

彼女は振り向いてフレームからはみ出ている髭を引っぱる。

「いや。これは自然なんだ。この機械群にはさまざまな力学が応用されていて、全てが因果関係によって体系化されている。過去と現在とが或る必然性によって結びついているんだ。数学的定義が完璧に成立しているわけだ」

「不条理が許されない世界。ウィトゲンシュタインのように、世界は事実に分割されるというわけね。面白いわ」

「語り得ぬことについては沈黙する――それが分裂した自我を再構成するために最も重要なことだと思う」

彼女は機械の階段を昇って更に奥へ進む。

「光学機械もあるわ。レーザーね」

大声で叫ぶと、彼は逆方向のスピーカーから答える。

「音響機械もある。最後にはコンピューターを組み込むんだ」

彼女は青い光のアーチをくぐり抜け、虹色のリングを抜ける滑り台を降りる。足が滑り台の底につくと、トンネルの上に開いた窓から髭さんがのぞき込む。

「これは人狩りの罠だよ。出口をふさぐと、もう彼女はどこへも行けない。滑り台を逆に昇るのも無理だろう」

彼女は出口に足をたたきつけ、窓の彼をにらみつけるが、すぐに顔がこわばり、一分後に悲鳴をあげる。それは全ての機械に共鳴した金属音となってアトリエに響きわたる。彼はすぐに出口を開いて、彼女のジーンズの足を引きずり出す。だが、彼女は外へ出てから更に興奮し、あちこちの機械に体当たりして、バーやハンドルをたたきこわす。

「我は、我は彼を叱っている。彼女も安心すべきだ」

彼は大声で叫んで彼女の腕を押える。彼女はもがき、彼の手を振り切ってまた暴れ、また彼につかまり、また振り離し、やがて静かになる。彼女はいつまでも息をはずませ、足を震わせている。

「彼女、閉じ込められると暴れるのよ」

彼女はそういうと、けろりとして人狩りの滑り台の出口を眺めて笑う。彼はうなだれて作業場へ戻っていく。彼女に壊された機械がベアリングの玉をはじき出し、周囲の鉄板に鈍い音が響いている。

広間と庭の我はいつの間にか彼や彼女たちの意識に入り込んでおり、夫々の我として確固たる存在性を獲得している。だがそれは神のような存在ではなく、あくまでリアリズム世界での我だ。我は悲しみ、我は喜び、我は苦しみ、我は恐れ、我は憎み、我は愛する。しかし、誰もが自分の全てを我に預けてしまっているわけではない。むしろ罪悪感や苦痛のような背負い切れないものを我に代理してもらっているというべきだろう。我はまた自殺衝動に応じて何度か殺されている。我をナイフで突き刺した彼女は、本当に自殺したと思って長い昏睡状態に入った。そして目覚めると全ての罪や苦しみから解放されて生まれ変わる。彼女は新しい生へのさまざまな希望を述べる。

「私は女に生まれたい。美人でなくてもよいし、少し頭のおかしいところがあってもいい。だけど熱心に人を愛せる女に生まれたい」

そして、それは現在の彼女のありのままの姿だった。彼女は希望どおりの女に生まれ変わり、自殺前に最も嫌っていた汝の一人に恋をする。そしてまたその汝を憎むようになっていく。

ここで最大のゲームは恋愛だ。誰と誰が恋をしているかをみんな我を通じてよく知っており、じゅずつなぎ思考的に幾つものカップルが我の中にでき上がっている。だが、新入りの彼女のような魅力的な女性が加わると、じゅずの糸が切れたように散らばり、すでにカップルを持っている彼たちも争奪戦に参加する。自殺した彼女のように愛に悩んでいる女性は、単に新入りの彼女が美人であるというだけで尊敬してしまう。彼女が憎んでいる汝よりも、新入りの彼女こそ本当の恋人だと我に告白するのである。我の前に立って告白する姿は懺悔に似ているが、ここではモノローグと呼ばれ、事実それはあくまでもモノローグなのである。他の彼や彼女に告白が聞えていても、みんな聞えないふりをしている。どのみち我を通じて何もかも知れ渡ってしまうことであるし、モノローグとはいっても本人は他人に知らせたくて喋っているのだ。そして、悩みや苦しみは、我に告白することで解放されるものでもある。要するにこれは、羞恥心や自尊心にさまたげられて真実をねじまげていき、分裂症に陥っていくプロセスから彼や彼女たちを救うシステムである。

彼女は新入りの彼女に〝ゼニゲバ〟という汚らしいニックネームを与えた。それはこんな幼児的連想によるものだ。

美人→ヴィーナス→金星→お金ほし→ゼニゲバ

そしてゼニゲバの名を本人も受け入れ、正しい名と認知される。自殺した彼女の直観が正しかったのか、ゼニゲバは過去に金銭的トラブルを何度も起こしており、ギャンブルマニアでもあった。気に入ったポートレートを自分の顔に定着させ、その顔だちを崩さないために殆ど表情を作らないのではないかと思われる彼女も、鳥氏が昔の競走馬の名を口にした時には驚くほど愛想の良い笑顔をみせた。

ゼニゲバは実験の日に、さっそく木箱のコースを作って、マウスを調教する。彼たちと彼女の一部はその日『マウスの疾走能力に於ける脳の役割』の実験を楽しんだ。1番アミノ酸マウス、2番ホルモン・マウス、3番ロボトミー・マウス、4番過剰インパルス・マウス——というようなレースが続き、ゼニゲバは名の通り相当の小銭をまきあげた。しかしゼニゲバ以上にこの実験に満足したのはトミーである。実にトミーによるロボトミーを受けたマウスが常勝だった。

「しかし、ロボトミーは攻撃性を制御するものだろう。そのロボトミー・マウスが勝つのはおかしいのではないのか?」

自殺した彼女に憎まれ愛されている汝、博士の最良の助手でもあり、我に常ににらみつけられているという被害妄想を持っている汝がトミーのはしゃぎ振りをとがめていう。

「そうね。このひと扁桃核ではなく海馬を摘出したのじゃないかしら?」

ゼニゲバがいう。そして大発見したように飛びあがり、急に大声で笑う。

「でも、これも大成功よ! そうだわ、サラブレッドの海馬を摘出すればいいのよ。きっとシンザン級の強い馬ができるわ。そうよ、ははははは」

ゼニゲバは笑い続け、やがて涙を流す。そしてトミーに対し実験してみようと協力を乞うのである。だがトミーは自分が摘出したのはあくまで扁桃核だと主張し続ける。

次の日のゼミでこの実験がテーマとして扱われた。ゼニゲバの精神医学に関する知識は汝たちも驚くほどで、脳医学、サイバネティクス、生物学全般に亙る体系だった考え方を持っていた。彼女は〝ドーパミン〟に関して講義し、結論としてトミーが摘出したのは扁桃核ではなく海馬であると断じた。

「じゃ、マウスや馬の海馬ってのはどこにあるの？」

トミーがいう。

「そんなこと知らないわ。でも、きっとトミーが摘出した部分よ」

ゼニゲバはいった。ゼミに参加した彼たちはゼニゲバの知性にふれたことで、ただただ感動していた。

誰が彼女を最初に口説くだろうという話題が広間の彼女たちの最大の関心となっていた。しかし、それは意外に早く、意外な決着を迎えてしまった。それまで一度も女性関係がなく、技術はあるが知性には欠くと思われていた丸坊主と呼ばれる彼が、ゼミの翌日には早々と自分のガラスを彼女に突っ込んだ。

二人が岬へ行ったことを知って、彼や彼女の大部分は森の横の細道に集まって出迎える。夕陽で赤く染った彼女のシャツが崖上の道に現われ、少し遅れて丸坊主が歩いてくる。ゼニゲバはみんなの好奇の視線の間を平然と歩き、いつものように美しい顔だちを崩さない。誰も声をかける者はいなかった。そして丸坊主がやってくると彼たちは周囲をとりかこみ、いかにして彼女を口説いたかと聞きただす。

「もちろん金さ。彼は三万も出したんだぜ」

丸坊主は得意げにいう。海に沈みかけた太陽は水平線の近くで横にふくれ、その光が何もかもを赤くしている。そのせいかみんなの顔は淋しげだ。

「三万か！」

鳥氏が嘆息していう。助手の汝と画家と髭さんが彼をにらみつけたが、赤い光の乱反射によって視線が拡散してしまったのか、鳥氏は気付く様子もない。

「お前は木彫の腕があってかせげるからいいな」

鳥氏はまたいう。しかし、今度は誰もにらみつけない。赤い円盤のようになった太陽は少しずつ小さくなって、ついに姿を消す。その後は水平線上の雲だけがギラギラ光っていた。

椎茸嫌いの彼女はまるで少女のように髪にリボンをつけ、タータン・チェックのジャンパースカートをはいて花の世話をしている。彼女の仲良しは花壇係の彼だが、二人が一緒にいるのは庭で仕事をしている時だけだ。花壇係の彼はすでに五十を越えており、まるで娘のように彼女を愛していた。しかし、彼女は博士の情婦だという説もある。また、博士の娘だという説もあった。博士は娘のために革命を指導し、患者たちを解放したのだという。実のところ博士と彼女の顔だちはよく似ていた。似ているから娘という説が生まれたという否定的な見方もまた成立するわけで、普段は博士が彼女に特別の関心を示すことはない。

彼女は時折、とてつもない真実をいって周囲の彼や彼女たちを驚かせる。そしてまた時折、とてつもない好奇心を発揮する。ゼニゲバが岬から戻ってきた時、彼女は廊下で待ち構えていて、ゼニゲバのジーンズをつかみ、「ね、ね、ザーメンもらってきたのでしょ、みせて！」といいながら素早くファスナーを引き降ろす。ゼニゲバはその手をつかみ、相変わらず表情を変えずに「ただではいやよ」という。

「じゃ、またでいい」

彼女はそういって庭へ戻っていく。庭で執拗に花壇係の彼にねだり、やがて彼のガラスを出させて、手で望むものをしぼり出す。手の中の半細胞群を彼女はなめたり、臭いをかいだりしていたが、やがて急に走り出し、実験室に息せき切って走り込む。それが彼女のザーメン・コレクションの始まりだった。

毎日毎日試験管を持って歩きまわり、未収集の彼や男の汝に出会うと、ところかまわず彼女は要求する。大喜びで応じる者もいるが、断固として拒否する彼や汝も多い。しかし、彼女の執着は驚異的で、いつまでもねだり続ける。何よりも彼女には論理とかモラルというようなものが通用しないので、拒否を納得させることが困難である。彼たちがそういうものはむやみに与えるわけにいかないと三十分かかって説明し、「わかったね」といっても、「ええ、わかったわ。だからザーメンちょうだいね」といってファスナーに手をかける。一度は逃げ切っても、次に会うとまた同じことがくり返される。彼女にはあきらめる可能性が全くない。そして冷凍庫には大半の男性のニックネームの書かれたラベルがついた試験管が集まった。しかもその中には『我』と記入されたものまであった。

ゼミで彼女の症例が扱われた時、我のザーメンの存在が問題となった。助手の調査によると、それは確かにザーメンであり血液型反応はA型で特殊なものではない。彼女はそれがこの彼や汝のものなら、あくまでその人物のニックネームを書くはずなので、一体どういう理由で我のザーメンと考えたのかわからない。

「庭の我からいただいたのよ」

彼女はいう。

「もう一度いただけるかしら」

ゼニゲバはいう。

「一度だけって約束したからだめです」

「だけど、我と約束するというのはおかしいわ。我は約束なんかしないわよ」

「そうだ。我は我だから他人ではない。だから約束するのは変だよ」

汝の一人がいう。

「でも」

彼女はそういって口を閉ざす。

「どうしたの？　どうして我と約束などしたの？」

女性の汝が更に詰問する。椎茸嫌いの彼女は泣くことを知らない。困惑しているが、あくまで平然とみんなの顔を眺めている。

「だって、嘘だもん。約束なんかしなかったわ——こういえばいいのね？」

彼女はいった。研究室にたちまち幻聴と幻覚があふれる。ある種の言葉は我に強い不安や焦燥を呼び戻す。〝嘘〟はその代表的な言葉だ。犬の泣き声や歯車のきしむ音、波や風や雷、そして心音、それらが廊下にあふれ出て広間の我に達すると、我は叫び声をあげ、苦痛に顔をゆがめる。幻想の大蛇やこびとや昆虫の群が研究室をうごめき、窓からこうもりが飛び込み、こびとはドアを開いて廊下に飛び出す。そして全力疾走で庭を横切って森の中に走り込む。森の入口では丸坊主がただ一人で仏像を彫っていた。彼は走り去ったこびとを見送って火館を眺める。建物全体から蒸気が吹き出し、屋根の上から虹がするすると昇っていって、遠い湿地帯まで巨大な橋をかける。そして虹が消えると海上を雨雲が全速力で飛んでくる。稲妻が閃き、まるで頭上の水槽の底が抜けたように、滝のような雨が降ってくる。丸坊主は仏像と道具を抱えて建物に走り込む。天井と呼ばれている階段の下の廊下には椎茸嫌いの彼女がうずくまっている。赤いリボンが薄暗がりの中で蝶のような燐光を放っている。日が暮れるには早過ぎたが、その日は二度と明るくならず、みんな早めにベッドへ向かう。

広間を主たる生活域としている彼や彼女は六人。自殺した彼女は我から離れようとしないし、自閉症の彼女も我の正面に坐って編物をしている。この反精神病院の主席書記官ともいうべき放火魔の彼。何度も十歳から二十歳までの間を生きるものと信じ、四十五歳になって十五歳を生きているオペラと呼ばれる彼女。二重人格の片方を我に預け、片方を彼女に置いて、その人格を何度も交換する彼女。そしてカマキリと呼ばれる彼。

原則としてここでは彼や彼女の過去については話さないし、誰もあえて知ろうとはしない。ここではここの生活と未来が重要なものとされ、過去を取り戻すことで人格を再構成するという旧来の精神医療の方法は排除されている。それでも全ての彼や彼女たちが過去の体験が原因となって一般社会を離れるようになったことも事実であり、ここでの生活もその延長のものでしかないことも確かだ。あえて探らなくとも過去は彼や彼女たちの日常生活に表現されるし、ここではそれにさほどこだわらないだけというべきだろう。ゲシタルトとしての我はそうした過去を分担してくれるので、いつか特別の事件ではなくなって精神的負担から解放されることになる。

カマキリと呼ばれる青年は有名大学の修士課程を卒業したインテリであるが、ずっと自己憐憫から脱け出せず、何度か挑んだ社会への挑戦にも常に敗北して、センチメンタリズムへ退行していった。敗北の大きさに応じて退行もまた大きく、二十三歳の時に経験した失恋ののちは全く外界への視界を閉ざしてしまった。すでに彼は二十八歳に達しているはずだが、彼をめぐる状況は二十三歳から全く変化していない。彼はいつも広間の片隅で漫画を読み、カセット・テープのロックを聞いている。ヘッドホンのおかげで誰が話しかけても全く聞えないし、漫画を読んでいるので誰が近寄っても気付かない。彼は数百冊の漫画を持っており、その内の数十冊をくり返し読んでいる。

彼に労働意欲を抱かせようとする試みは全て失敗した。漫画以外の本やゲームやテレビに関心を抱かせようとする試みも全て失敗した。椎茸嫌いの彼女が彼のガラスをまさぐりにきた時も最初は無関心に漫画を読み続けていた。しかし、途中で彼は急に興奮し、「ウォー、ウォー」と叫んで広間を転げまわった。彼や彼女や汝たちは二人の周囲に集まって、この野獣の舞踏を見守る。やがて彼は身をのけぞらせ、長い長い射精を続けた。

その後、彼が漫画を読んでいる時に彼女たちが通りかかると、乞うような眼で見上げ、自分のズボンを指差すようになった。最初は彼女たちの何人かが面白がって遊んでやったが、そのうち誰もが彼を嫌悪するようになる。そして誰からともなく「我は性交に類似した行為として他慰を禁ずべきと思う」といわれるようになり、それがみんなに定着していった。しかし、少なくともカマキリに漫画とロック以外の関心を抱かせることに成功したとはいえるだろう。

その後も彼は数日間広間で漫画を読んでいたが、ある日、急に広間を走りまわるようになり、まるで檻の中のこまねずみのように階段や柱に向けて突進し、衝突寸前に回転して戻るという曲芸をくり返した。彼や彼女たちは運動不足と思えるカマキリの驚くべき身軽さにあっけにとられている。それは確かに正常な神経系統の働きによっては不可能としか思えない活動だ。彼は五分間ほど走りまわったのち、平然と片隅に戻り、ヘッドホンを耳にあて、漫画を読み始める。しかし、やがて忙しく呼吸するようになり、疲労というものを初めて知ったかのように横になってあえぐ。

当然ゼミでは彼の症状がとり上げられた。彼を半ばおどし、半ばあやしながら研究室に連れてきて、助手の汝が質問をする。

「長く言葉を話していなかったようだが、忘れてしまっていないだろうね」

カマキリはすぐには答えず、窓際に坐っているゼニゲバの顔をみて、ニヤニヤと笑っている。そして急に聞き耳をたてるように真顔に戻って喋る。

「え？　そんなに長くなりますか？」

「大丈夫だね。すぐに漫画を読めるから、少し話してくれるね？」

「なにしろヘッドホンで空気を聴いていたから。ええ。話は大好きです。それに漫画よりも小説が好きなんです」

「なるほど、彼が読んでいるのは漫画ではなくって、小説だったのだね」

「ええ、漫画も嫌いではないんですが、どうもあまり好きでなくって、嫌いではないんです。ええ」

「それで、話が好きなのに、どうしていつも話をしないの？」

「話は好きです。本当です。ええ。さっきも小山恵子さんと話していたんです。早く論文を完成しなければゼミに遅れるって」

「論文を完成しましたか？」

「もちろんです。ええ。だからこうしてゼミに出てきたのです」

「そうだね。だけど彼はずっと広間に坐ったままだったね」

「ええ。小山恵子さんにも叱られるんです。それで小説を読んだり、空気を聴くようになって、とても気持がいいんです」

カマキリは時々ニヤニヤ笑いをし、急に真剣な顔に戻る。

「走りまわったね」

「本当ですか？　それで気持がいいんですね。ええ」

「気持のいいことが好きなんだね」

「誰だってそうでしょう。だからまた走ってきます」

彼はすぐに立ち上がって走り出した。研究室を一周し、ドアを出て廊下へ、そしてまた戻ってきて研究室を一周する。

「要するに早発性痴呆症よ。あれは精神的なものではなく脳か神経系の故障からくるものだわ」

ゼニゲバが断言する。

「早発性痴呆症というのは分裂症の古い呼び方だろう」

助手の汝がいう。

「そうよ。だけど早発性痴呆症と呼ばれていた頃には脳の病気と考えられていたわ。昔は精神病院のことを脳病院っていったのよ」

ゼニゲバは素早く反論した。すでにゼニゲバ相手に議論をする者はいなくなっている。みんな博士の顔をみつめた。カマキリがまた廊下から走り込んでくる。博士は頷いた。

「脳の疾患は発見できなかった。むろんまだまだ簡単に発見できるものではなく、脳の欠陥がある可能性も残されているが、一応彼の症状は幾つかの精神病にあてはまる。問題はそれが進行性のものかどうかという点だ。汝は分裂症が治療の必要のないものだと考えており、むしろレインの説のように人間が真の実存を獲得するためのプロセスと認識している。分裂症から自我破壊に向かうのは社会の側に理由があると考えており、優れた芸術家や科学者を育てるのも分裂症だと思っている。今のところこの反精神病院で完全な自我破壊による痴呆症に至った例はないが、いかなる状況のもとででも、そうした進行が可能だと考えておくべきだろう。その最初の例が彼かもしれない。そしてそれはこの研究所の最初の失敗例となることだろう。問題は彼の痴呆症が進行しているのかどうかという判断だ。どうだろう。彼に対して抗分裂病薬やホルモンによる治療を始めるべきかどうか、我の意見を聞いてみたいんだが」

博士が喋り終えてもみんな沈黙したままだ。ゼニゲバすらじっと博士をみつめたまま時間が静止したかのように動かない。カマキリがまた走り込んで全員の背後を一周して走り出ようとしたが、今度は助手の汝に制止される。

「いい運動だったね。さようなら」

「さようなら」

カマキリはそう答えて歩き始め、広間へゆっくり戻っていく。その間に我の解答は全員の意識に伝達されている。

た。

「治療すべきではない」

二、三人の彼や彼女が呟くようにいうと、博士は大きく息をして頷いた。

その日からカマキリが走り出すと、すぐに誰かが「さようなら」と声をかけるようになった。

ゼニゲバは髭さんを嫌悪している。機械の罠に閉じ込められて以来、髭さんの〝世界〟には全く近付こうとしないし、遠くにでも髭さんの姿をみかけると動物的な素早い反応を示して逃げていく。

彼女は三日に一度ぐらい彼の一人と連れだって岬の方へ歩いていく。一部の彼たちにとって、お金を作って彼女を買うことが生きがいともなっていた。岬までの細道を歩きながら彼女と話し、つかのまの恋ののち戻ってくる。一部の彼はそれを本当の恋だと思っている。

海洋に突き出た岩壁の上に白い無人灯台がある。その灯台を管理しているのも反精神病院で、髭さんが担当者だ。岩壁の高さは五十メートルぐらい。崖下では幾つもの岩礁が波を受けとめている。ゼニゲバが波の白い泡をみつめている間に、初めて彼女とともにここへきた画家がいなくなったことに気付く。そして灯台から髭さんが接近していた。彼女は崖に向けて後退する。「あぶないよ」と髭さんがいっても、彼女は呪術にでもかかったように上半身を硬直させ、一歩一歩後退していく。

「とまるんだ！」

彼はいう。そして自分自身も停止した。彼女もそれに合わせて動きを止める。

「ここには我がない。彼と彼女だけだ。話したい」

髭さんはいった。そしてポケットから金を出し、ぎごちなく彼女に手渡す。ゼニゲバはそれを持ったまま、じっと彼の髭をみつめている。彼女は白いワンピースを着て、青いリボンのついた帽子を被っている。野外でみる彼女の眼は少し青く、髪は日光を受けて光っている。

「はやく抱いてよ」

彼女は急にいった。彼女の声帯の最低音部だけを使って喋っているような声だ。

「こちらへ」

髭さんは灯台に向けて歩く。そのすきに彼女は逃げ出した。十メートルも走らない間に彼女はつかまる。背後から抱きすくめられ、腕を押えられるとまた硬直して震える。髭さんはゼニゲバを抱きしめたまま前を向かせて顔をのぞき込む。

「どうして逃げるんだ」

「あなたは道徳的な顔をしているわ」

「あなた?」

「そうよ。あなたよ!」

「どうしてあなたなどというんだ」

「私を愛しているからよ。そうでしょう。私を愛する人はあなたで、あなたが愛する人を私というのよ。そうでなければ彼と彼女でいいわ」

「愛が恐いのか?」

「恐くなんかない。だけど私を愛する人は嫌いよ。ギャンブルはよくないとか、男と寝るなとかいうわ」

「彼はいわない」

「本当?」

髭さんは頷く。そして彼女を抱きしめていた腕を解く。彼女は帽子をとる。風が髪を巻き上げ、宙空で銀色に輝く。彼女と髭さんはじっとみつめ合う。

「じゃ、抱いて」

彼女はそういってスカートをまくり上げ、草むらに寝ころぶ。髭さんはその横に坐り、スカートを足の上に引き降ろす。

「まずキスからだ」

ゼニゲバは首を倒して眼を閉じる。しかし表情は変えず、髭さんの唇が離れるとすぐに喋る。

「私を愛する人って、みんなじれったいのよ」

彼女はそういって、もう一度スカートを引き上げ、下着を荒っぽく脱ぐ。青空の下に白い肌と黒い恥毛のコントラストが美しい。髭さんはそれを慈しむように自分の手でおおう。そしていつか愛撫に移る。彼女はすぐに足を開き、ワンピースのファスナーを開こうと手を背の下へさし入れる。眼は開いたまま髭さんの顔を眺めている。

「不感症なのか?」

「どうだっていいわ。あまり感じたいとも思わないし、それなりのカタルシスはあるようよ」

「昔はもっと楽しんだのだろう?」

髭さんがいうと、ゼニゲバはあきらめたように小さく頷く。そしてまた一瞬の笑顔を作り、すぐに髭さんをにらみつける。

「その眼だわ。愛する人間の眼よ。私から何もかも奪いとろうというのね。そうはいくも

「んか」

「何もかも奪いとられた?」

「そうよ。二十の時、私は三十五歳の妻帯者と恋をしたわ。私をとても愛してくれたし、私も夢中になったの。でも恋から覚めた時、私には何も残ってなくって、次に愛する男を捜す以外に生きていくことができなかったのよ。愛というのは人間の主体的成長や、労働意欲や、芸術意欲や、知識欲や冒険心といったものを全て失わせるものよ。一度愛に溺れたら、あとは愛なしで生きていけないわ。私は次々と男を愛し、いつか愛をお金にすることを知り、お金は役立つけれど、愛は役立たないってことを学んだわ。それからよ。私の人生が本当に始まったのはね」

仰向けに髭さんの顔をにらみつけていた彼女の眼に少しずつ涙が湧いてきて池を作る。しかしそれでも彼女は表情を変えない。髭さんはその涙をなめて、彼女にキスをする。彼女は眼を開いたまま空をみつめている。

「愛し方が悪かったんだよ。本質的には愛が主体的成長を助け、知識欲や冒険心も生むものなんだよ」

「わかっているわ。でも私は溺れてしまうの。愛し合っていれば何もかもいらないと思ってしまうのよ。それだけ孤独だったたし、孤独に耐えられない性格だったのね。でも、今はわかっているわ。孤独があってこそ愛があるんだってこと。でもそれなら孤独だけでいい。愛なんて孤独を救ってくれないのなら、何の意味も持たないのよ」

彼女は思い出したように足元の下着に手を伸ばし、両脚を空へ向けて突き出してくぐらせる。髭さんは下着に追いたてられるように手をずらし、腰から離れると草をひとたばつかんだ。

「そうではないと思う。たとえ救ってくれなくっても、孤独には愛が必要なんだ」

今度はゼニゲバが自分でスカートを降ろし、髭さんの横に起き上がった。そして二人ともいつまでも海をみつめている。

「そうね。また愛したいわ」

彼女はぽつりという。そして今度は自分から髭さんに向き直り、眼を閉じてキスを求めた。二人は長い長い間キスをくり返した。

しかし、我の支配下に戻ったゼニゲバは、また髭さんから逃げるようになり、丸坊主に三万もらって岬へ出かけていくようになる。そしてゼミでは素晴しい才覚を発揮して精神病理学の専門家たちを感嘆させ、マウス・レースで彼たちから金をまきあげる。

髭さんはまたアトリエに閉じこもり、機械の〝世界〟に専念し続けている。

放火魔の彼はもちろん元消防夫だ。彼はここでの記録・統計係として全面的な信頼を受けている。他にも花壇係の彼や、清掃係、食事係の彼女たちなど、ここに仕事を持っている者も多く、それらの仕事に対しては給料が支払われている。汝にあたる医師や看護人や職員は革命後僅かになってしまったし、木彫や絵画や人形などの輸出品もあり、放火魔の彼や助手の作成する記録や資料も精神衛生研究所などで買ってくれる。更に国からの助成金を合わせると、ここでの入院費は不要である。無料だけにここへくるには厳格な審査を通過しなければならない。精神病理学に関するある程度以上の知識を有して研究員として有能であるもの。優れた芸術家か科学者か技術者であるもの。または特殊な症例でこの研究所に適したもの。以上の三例にあてはまらないのは革命以前からここに住みついている元患者たちだけだ。

ここでは何もしていないようにみえる人間でも必ずゲシタルトとしての我に参加しており、空の色を黄色くみる時は全員が黄色くみるし、火館祭の日には何かの歌を歌うし、互いを補足し合い、互いに協力し合っている。それは一般社会に於いて必要に応じて必要な役割を持った人間がいるのと同じことであるが、精神的な役割が重視されている点が相違といえるかもしれない。一般社会では全く無用と思われているもので、ここでは重要視されているものも少なくない。我の人形がその代表的なものであり、髭さんの機械や、庭の人工洞穴や、広間のジャンプ台、寝室の逆ベッド、各室を結ぶ電話、ＬＳＤ中毒の犬、テーブル付温水プールなどがその例だ。しかし、それら以上に重要なものは彼や彼女たち自身だ。彼や彼女たちの大部分は一般社会に全く適合できず、狂暴性を発揮したり、行動性を失ったり、食事を拒否し続けたりしていたが、ここではそうした障害が取り除かれている。彼や彼女たちの大部分が精神医として互いに見守り合い、ゲシタルトとしての我を信じており、いわば自信を持って精神のあり方を考え、それに忠実に生きているというわけである。むろん他人に関心を持ち過ぎる傾向は完全に除去されるものではない。その一部は我とのモノローグによって解消され、一部は逃避することで解消され、一部は我からの制御としてフィードバックされる。そして一部はやはりここでもトラブルとして残されている。他人が何をしているか気になって仕方がなかった丸坊主は、我が全てを知っていてくれることで安心し、他人からの圧迫感に耐え切れなかったカマキリは、我が圧迫感を受けとめてくれていると信じている。長くここにいる彼や彼女たちは、どこからみても完全な人格者としかみえない言動を示すようになっていた。髭さん、放火魔、画家、花壇係、トミー、そしてゼニゲバや二重人格の彼女も少しずつ自分の精神の実存をとり戻しつつある。いずれはカマキリもそうなるものと誰もが信じている。ただ、ここはあくまで治療所ではない。人格形成によって結果的に一般社会で生活できるようになる彼や彼女もいるが、急速に一般社会の人々と和解するようになることはないし、分裂症と呼ばれる状態は原則として変化しないままである。

放火魔の記録にはこうした彼や彼女たちの行動がまとめられている。一人一人の行為を完全に追跡するわけにもいかないので、特にめざましい欲動を示した場合のみ詳しく記録されることになるが、放火魔の側でも博士や助手と協力して幾つものテストを試み、彼や彼女たちの意識の変化を統計的にまとめている。水色とクリーム色のタイル床の水色部分だけを踏んで歩くのは誰と誰か。廊下の新しい絵に注目したのは誰と誰か。通路に張った紙テープをまたいでいくのは誰と誰で、くぐっていくのは誰と誰で、切って突き進むのは誰と誰か。——そうした記録は幾つかの精神病院での統計と対照される。大きく異った数値が出る場合も、さほどの相違が出ない場合もある。

放火魔はこの仕事に満足しており、観察や記録は正確で、彼自身が自分の存在を考える上でもこの仕事が大いに役立っている。彼は統計的に自分を我に近付けようとしている。その点では我と彼の分裂の最も少ない人間といえるかもしれない。しかし、それも統計的な我という存在があるからで、必ずしも一般社会で同じようなエゴを確立できる人間であるとはいい切れない。

放火魔は髭さんと画家が好きで、アトリエによく通う。画家はいつもアトリエの隅で油絵を画いたり、スケッチをしたりしている。週二日は彼に絵を習いにくる彼や彼女たちと岬へ写生に行ったり、庭で花を画いたりするが、普段は全く架空の田園風景を画いている。田園風景はどこか陽気でなごやかであるにもかかわらず、地獄絵にもなっている。樹木を細かく観察すると毒虫が集まっているし、畑の麦穂の中には油釜が隠されている。通りがかりの農夫の笑顔は苦痛の表情ともみえ、何かを恐れ、何かの不安を背負っていることは明らかだ。そして空に開いた幾つもの隙間は雲に隠されているものの、かすかに異獣の眼をうかがうことができる。そして、それらを発見してしまったのちは、その絵から陽気さやなごやかさは完全に消えている。

「この獣は何ですか?」

放火魔がいうと、画家は何の迷いもなく「エリオプス」と答える。本気なのか口から出まかせなのかわからないので、放火魔はメモをして様々な本を調べてみる。画家のいう動植物は必ず実在したものである。画家の絵はすでにかなりの値で売れるようになっており、三年に一度は都市で個展を開くが、いつも画商たちが争って何枚も買っていく。

画家の性格はおとなしく、一般社会に順応できないものではない。しかし、彼は自分の絵が、ここの我の画いたものだと認識しており、実際にここを離れて画くと画風が全く変わってしまう。彼は絵を売ると半分以上の代金をここに寄付し、署名も常に〝ゲシタルト〟としか書かない。確かに彼の絵はここの彼や彼女たちの意識の反映だと放火魔も思っている。

髭さんの機械がいかに大きくなっていっても、画家のエリアだけは不可侵なものと誰もが考えていた。しかし二人の間にすでに申し合わせができているのか、無遠慮に機械は成長し続けており、遂に銀色の翼のようなものが画家の仕事場に伸びてきている。

髭さんは〝世界〟を製作する費用を殆ど画家に頼っており、画家はむしろ助手として髭さんの大作に協力している。髭さんと画家は月に一度ぐらい街に出ていって、トラックいっぱいの資材を買ってくる。髭さんは工学博士で、かつて数学の教師をしていた。彼は脳波検査や静電気測定はむろんのこと、サイバネティクス、神経インパルスの研究など多くの面での専門家として、この研究所に於いて重要な仕事をしている。

髭さんの機械もまた、ここの彼や彼女の意識を反映したもので、誰もがこの機械のどこかにアイデンティティをとらえることができるという。しかし、まだ〝世界〟の全ての機械を作動させたことはなく、機械を動かす時には我の人形が不要になることになっている。

その時こそ〝我〟は〝世界〟となる⁉


彼や彼女たちの中に優れた芸術家や科学者がいて、堂々たる仕事をしているのに対し、汝たちの大部分はここに居候を決め込んで雑用をさせてもらっているにすぎない。汝たちで彼や彼女たちと対等の存在は、博士と助手と、女性の汝と、医師と呼ばれる汝だけだ。むろん助手も女性の汝も医学博士であり、大学病院へ行けば助教授以上の地位が保証されている。そして、他の汝たちは本当の助手や研究生たちである。大学や精神衛生研究所や有名病院から、毎年数人の若手医師や医学生がここへやってくる。みんな最初はここの欺瞞的な精神教育を批判し、やがてその成果に感動する。最初は髭さんや画家や放火魔を患者としてみているが、やがて大いに尊敬し始める。次に自分自身がいつかこのゲシタルトに巻き込まれてしまいそうだと思い、精神分裂への危険を感じる。そして去っていく。

放火魔が研究生の汝の一人からゼミの記録を借り受けて、彼自身の記録にまとめていた時、『小山恵子』という名がカマキリの過去の知人ではなく、ここの彼女の一人のものであることを発見した。殆どの彼や彼女たちは我の支配の中では自分の名を忘れているが、放火魔の記録には全て記載されている。

　彼はさっそくその件を助手に報告する。助手は庭の我の前で花壇係の彼と話しており、花壇係は枯れたパンジーの床に新しい花の苗を植えているところだ。植込みの向こうから椎茸嫌いの彼女が小さなスコップを持って走り出たが、助手の汝と放火魔の彼の姿をみると、すぐに足をとめて立ちすくむ。そしてすぐに逆方向へ走り、急に大声で叫ぶ。

「ヒャーッ！」

　叫び声に笑い声が続いたところをみると悲鳴ではないようだ。放火魔がその方向へ行って生垣の奥をみると、博士が彼女を抱きしめて頭をなでている。助手と放火魔が博士に近付くと、彼女は二人の間をすり抜けて花壇係の方へ走る。

「いつもはあんなに逃げないのに」

　助手は呟く。

「彼と汝が何か深刻な問題をかかえていることを探知したんだよ」

　博士はいう。そして放火魔がカマキリの口にした女性の名について博士に報告する。

「小山恵子というのは誰だったかな」

博士はいう。

「自閉症で殆ど一日中広間の我の対面にいる彼女です」

助手が説明する。

「ではカマキリと親しいのか？」

「あの二人に親しい彼や彼女はいませんよ。それに彼女が自分の名を口にするとは思えない。彼女自身が知っているかどうかすら怪しいものです」

放火魔がいう。三人は誰からともなく歩き始めて広間へ向かう。廊下からは火館祭の準備のためのテーブルが運び出されてくる。椎茸嫌いの彼女は庭の散水ホースを持って花壇に走り寄る。花壇係はスコップや肥料袋を物置に運んでいく。実験室の窓からゼニゲバと自殺した彼女が顔を出し、人工洞穴でＬＳＤ犬を観察しているトミーに何やら呼びかけている。午後五時は放火魔の統計によると誰もが最も意欲を発揮して活発に動きまわる時間だ。

広間にはカマキリと自閉症の彼女と、オペラと呼ばれる彼女の三人しかいない。まだ照明は灯ってないし、日がかげっているので薄暗い。カマキリは仰向けに寝ころんで頭の横に漫画本を積み上げ、ヘッドホンで〝空気〟を聴いている。オペラの彼女は隅で何事か喋っている。自閉症の彼女は編物をしている。三人とも博士たちには関心を示さない。

「小出恵子さん」

助手は思い切って声をかける。彼女はすぐには反応を示さないが、二分ほど経ってから顔を上げ、ちらりと我をみて笑いかける。カマキリはヘッドホンをつけているので聞えない様子だ。

博士は彼女に近寄って顔をのぞき込む。彼女は顔を上げて我にみせたと同じ笑顔で博士に挨拶をする。急にカマキリが起き上がり、ヘッドホンをとって室内を眺めまわす。

「小出恵子さん、火館祭ですよ」

カマキリが大声で叫んだ。しかし今度も彼女は何の反応も示さず、編物に専念している。カマキリも彼女に一度も眼を向けることはなく、何やら楽しげに頭をかきむしって庭へ出ていく。オペラの彼女はまだ幻想の舞台で演技を続けている。

三人は顔を見合わせて嘆息する。すでに庭にはかなりの数の彼や彼女や汝たちが集まっていて断続的な会話があちこちに転移していく。女性の汝が研究室から出てきて廊下の照明を灯ける。

「さあ、今日は飲むわよ！」

女性の汝は誰にともなくいう。広間の我の眼が廊下の照明を受けて輝き、助手の汝は急いで我から眼をそらす。そして女性の汝にとがめるような視線を送る。オペラの彼女は自分の芝居の続きのように大またで歩いて庭へ出ていく。

「彼女は火館祭に行かないの？」

助手の汝がいうと、自閉症の彼女は返事をせず、ゆっくり編物を片付けにかかり、およそ十分後に庭へ出ていく。庭にはすでにビールが運び出され、鳥や椎茸や空豆やカナッペがテーブルに並んでいる。アトリエからは画家と髭さんが肩を組んでやってくる。オペラの彼女は早くもアリアのようなものを歌っている。自閉症の彼女はおびえたように素早くコップを手にとって樽からビールを流し込み、すぐに生垣の方へ走る。トミーはＬＳＤ犬を連れてきて芝生の上を歩かせている。犬は同じところをいつまでもいつまでもまわり続け、周囲には全く無関心だ。

丸坊主が鳥肉を持って鳥氏を追いかけていると、カマキリがやってきて鳥肉を奪いとる。

「我は鳥が嫌いだから彼が食べてやるよ」

カマキリは鳥氏の代りにそういってがぶりと噛みつき、すぐにもう一つ唐揚げをとる。

何か異常なことが始まろうとしているのではないかと博士は考える。しかし、やがて歌が拡がり、みんなが自分の歌を大声で歌い始めると、いつものようなハーモニーが生まれる。

ＬＳＤ犬を中心に輪になって踊り、風が森をざわめかせ、灯台の光が我と、我の横で同じポーズをとって立っている二重人格の彼女を照らし、空に流れ星が飛ぶ。

原則的にここには分裂症と診断された彼や彼女たちがいるが、中には躁鬱症や神経症的傾向の強い者もいる。ゼニゲバや放火魔はどうみても神経症だし、髭さんやトミーはどうも躁鬱症としか思えない。だが、もともとこの三つは明解に区別できるものではなく、重症になればいわゆる精神病として分裂症の中に含まれてしまうものでもある。彼や彼女たちの多くは発作さえおこさなければ単に分裂質か、躁鬱質か、神経質かのどれかでしかない。そして、この反精神病院は、まず発作を制御することが、最大の方針となっている。社会の側からみれば気ちがいどもを甘やかしていることになるが、ここの側からみれば真剣に自分の精神のあり方を考える人間が、それを可能な状態の中で生活していく当然の権利を得ているというべきである。ここからみれば一般社会は精神の悩みを知らないロボットたちの世界でしかなく、精神の実存を考えることを回避している愚者の世界でしかない。そしてここでは何人もの天才が、自分の才能を伸び伸びと育てているのである。

むろん、全く逆の痴呆症に近い彼や彼女たちも多い。またある方面での才能以外は全くの痴呆状態の彼や彼女たちもいる。そしていかに制御されても発作を完全に起こさなくなっているわけでもない。今でもカマキリや椎茸嫌いの彼女やオペラの彼女のように発作を度々起こし、殆ど痴呆症的状態の続いている者も少なくないし、画家や花壇係ですら理由のわからない発作を起こして暴れたことがある。だが、そんな時、ゲシタルトとしての我は彼や彼女たちの引き裂かれた自我の断層を素早くみつけだし、その原因をつかみとり、発作を鎮める条件を作り出す。それは誰が何を考えるということで発見できるものではなく、ゲシタルトそのものが、どこかで途切れた思考の線を継ぎ合わせているのである。一面では同じように外圧からの自我破壊を受けてきた者同士の無意識的欲動が働いており、一面で自分を実験台として病識から精神医学に発展させてきた彼や彼女たちの知性が我に鋭い感覚を育てているといえるだろう。

博士はこうした制御システムを我から学びながら、一般社会に理解され得る理論に発展させようと努力している。しかし、現実に書かれた論文は多くの精神医学者の失笑を受けるだけだった。それでもこの反精神病院の実際的な成果だけは、ここの意図に反して〝治療〟として評価されており、学者たちは博士の論文よりも、放火魔のレポートを要求する。そしてそのデータから学者たちも夫々の論理を求めようとする。だがまだ、博士と同じく多くの人々に認められるような論理を求め得た学者もいない。

博士はできるだけここの彼や彼女たちと同化しようとする。少なくともここではここのあり方を知覚↓認識↓行為のプロセス全域に浸透させなければやっていけない。一般社会とここではあまりにも様々な物事の〝意味〟が異っている。

ここは狂気の世界ではない。ここは意味の異った世界なのだ。その最大の要素は、実用性よりも精神的存在性が重視されるという点だろう。馬の飾りのついたセン抜きは、センを抜くものである以上に馬の飾りとしての意味が大きく、彼や彼女たちはそれがなぜ馬なのかを考える。そして夫々に馬である理由をみつけなければ気がすまない。そして議論の末、ゲシタルトとしてその意味を認識することになる。こうした認識はさまざまに応用され、本物の馬の蹄鉄が何か巨大な瓶のセンを抜くものだと認識される。彼や彼女たちはシャイヤーやブルトンの馬蹄でセンを抜くような巨大な瓶の存在を予測することになる。事実髭さんの制作している〝世界〟にはそんな巨大な瓶が作られてある。博士は少なくともこうした意味をよく認識しており、我としてのゲシタルトと付き合っていける人間の一人であることは確かといえよう。

博士を優れた精神病理学者として尊敬しているのは、助手の汝と、髭さんと画家と、放火魔と、ゼニゲバぐらいのものだ。しかし、ここの彼や彼女は全て博士を愛しており、博士と話すことを好み、時折示す博士の要求にもよく応じる。博士はここにいる限り幸福な生活を送っているといえるだろう。

博士はそれでも挫折することなく、学界向けの論文を書き続けている。雑誌「精神病理」「脳と精神」を筆頭に、学界報、医学雑誌、科学雑誌、思想雑誌などところかまわず次々と論文を送りつけるが、今もって採用されたことはない。それでいてこの反精神病院のレポートなどは一般新聞などにも掲載されている。博士はその理由として、自分にあまりにも文学的才能がないためだと思っている。ヤスパース、レイン、フーコーなど精神病理学者には優れた文学者が多すぎる。むろん斎藤茂吉とその息子たちのように精神医である以上に文学者として高名な例もある。博士はそうした人々の著書を読んで研究し、自分の論文を読み返し、書き直し、悪戦苦闘しながら書き続ける。そこには庭を歩いたり、研究室で講義をしている時の博士の堂々たる姿はない。

ドアをノックする音が聞えると、博士はあわてて論文の原稿を片付ける。入ってきたのは椎茸嫌いの彼女だ。博士はうろたえながら片手で原稿の上に本を積み上げ、急いで立ち上がる。

「やあ、どうしたんだい？」

声をかけると、彼女は博士の狼狽を探知して逃げ出そうとする。博士はすぐに笑いかけて呼びとめる。

「また我のザーメンをいただいたの」

彼女はそういって赤いバッグから試験管をとり出す。博士はやさしげに彼女の手をとる。

「一緒に我のところへ行こう」

すでに先程の当惑はみられない。しかし廊下を歩きながら、ふと我と呼ばれる人形の本当の姿を確認させていいものかどうかと迷う。我はあくまで観念的な存在であり、人形そのものとは無関係だ。人形を我と呼ぶのはあくまで欺瞞であり、ここで恐慌を呼ぶことになる嘘なのだ。しかも彼女は嘘に対して複雑な固定観念を持っている。自分は絶対に嘘をつくことはなく、嘘をつくとすればそれは別の人間の言葉だと信じている。だからゼミで彼女が『我のザーメン』を主張した時にはそれが代用品ではあり得ないとみんなは考えた。そして彼女が『嘘だった』といった時には大騒ぎとなった。この場合、『嘘だった』という以上、他人の書いたものであったのか、彼女が自分の嘘を認めたのか判らない。つじつまを合わせようと思えば、『我』と書いたのが他人で、他人の書いたものだから嘘だったということになるだろうが、筆跡は彼女の特徴のよく出たものだったし、彼女がそういうことを他人にさせるとは思えない。

彼女は庭に飛び出すと、一直線に我へ走り寄った。花だけは踏まないように気をつけていたが、博士が呼びとめた時にはもうあと一歩で花壇を抜けるところだった。博士もゆっくり歩み寄る。花壇には先日植えた草が五センチぐらいまで伸び、その周囲をグラジオラスの輪がとり囲んでいる。

彼女はまた花壇を抜けて戻ってきた。

「人形さんだった」

彼女はいった。博士は頷いた。

「岬まで散歩に行くかい？」

「本当？　嬉しいな！」

彼女は博士に飛びついていう。

二人が腕をとり合って歩いていくと、彼や彼女たちは疑わしげにみつめている。森の入口で花壇係の彼をみつけて、「一緒に行きましょう」と彼女は誘う。花壇係が博士をみると、博士は頷く。そして三人で細道を歩いていった。

我からどれだけ離れるとゲシタルトを抜け出すのかわからない。おそらく人によって異っているものだろう。椎茸嫌いの彼女は灯台の二百メートルほど手前で急におびえて博士にすがりつき、まるで怪物でもみるように白い灯台をにらみつける。博士は足をとめて花壇係に話しかける。

「彼女が外へ出てくるのは初めてだろうか?」

彼女は不審げに博士をみる。花壇係は自信なく頷く。博士は草むらに腰を降ろし、彼と彼女はその両側に坐る。さほど暑い日ではないが、海は油を流したようにギラギラと光っている。

「汝と彼以外で彼女が好きな人は誰?」

博士はいう。彼女はまた博士に疑いを抱いたような視線を送り、急に思いついて頭に手をやり、リボンをとりはずす。そしてしばらくキョロキョロと周囲を眺めまわしたのち、両足の靴を脱ぎすてる。

「我——でしょう」

彼女はいった。その声は奇妙に大人っぽく、まるで恋人の名を口にしたようなためらいを示していた。

海からの照り返しが博士の眼を刺激する。博士は彼女のいう我が自分と花壇係以外の人間だと考える。我のザーメンがA型の血液を含んでいたため、A型の人間を調べてみたことがある。博士も花壇係もA型であり、髭さん、鳥氏など合計七人の男性がA型だった。彼女も眼が痛むのかしばたかせている。

「彼女を連れて帰ってくれないか?」

博士は彼にいう。

「ユーフォがみえるわ」

彼女は静かにいう。花壇係が立ち上がって彼女の手をとる。

「いやよ。汝と一緒でなきゃ」

彼女は靴を両手に抱きかかえていう。博士も立ち上がり、彼女に靴をはかせる。

「ユーフォがいっぱいね」

海に反射した光が青空の途中にとどまって屈折し、奇妙なイリュージョンが生まれている。海面は白く、空は青く、あちこちに光のかたまりが散らばっている。

「ユーフォがみれてよかったね」

花壇係がいうと、彼女は大きく頷いて建物に向けて走り出した。

画家の彼と助手の汝がライトバンに乗ってクラクションを鳴らしている。髭さんは庭で熱心にゼニゲバを誘っている。画家は車を出て庭へ走っていく。髭さんはようやくゼニゲバを説得したようだ。彼は画家に手を上げて合図をし、ゼニゲバの手を引いてライトバンに向かう。

車は急坂を下って湿地帯に出る。画家は我から離れる不安を示して身体を固くし、ドアの取手を握りしめている。ゼニゲバは虚無的に窓外の湿原を眺めている。汝は陽気に口笛を吹く。髭さんは変化なし。

「さすがに外へ出ると気が晴れるようだね」

髭さんが助手にいうと、すぐに口笛を止め、布でフロントガラスを拭く。

「やはり重圧なのだろうか?」

髭さんは許さずに重ねて聞く。

「そんなことはないですよ」

「本当かい?　ぼくですら外へ出ると少し解放された気分になるんだ。あそこで〝自我〟を保つことは容易ではないと思うがね」

「認めます。しかし、ぼくも我と張り合ってがんばるつもりはない」

「あら、結構がんばっているようにみえるわ」

ゼニゲバが急に口をはさむ。助手は沈黙し、運転に専念しているふりをする。髭さんはゼニゲバをみつめる。ゼニゲバもすぐにみつめ返す。助手はアクセルを踏み込んだままスピードをあげる。アスファルト上の小石があちこちにはじけ飛び、時々車の底に当って鈍い音を伝える。やがて鉄塔や煙突の先端がみえてくる。少しカーブして坂を登ると、もう市街地に入っている。住宅街からビル街へと走り抜け、鉄道を渡り、駅前へ出ると車は停止する。

髭さんとゼニゲバが降りて腕を組んで歩き去った。

「いいカップルなのに」

画家は悲しげにいう。助手は頷いてじっと二人を見送る。そしてまた車を走らせて画廊へ三つの作品を届ける。そしてデパートや画材屋や道具屋や植木屋で買物をし、次々とライトバンの荷台に積み込んでいく。あとは駐車場に車を入れ、映画館で時間を過す。

二人が映画館を出るともう夕方だ。車で駅前へ戻る。しかし待っていたのはゼニゲバ一人で、様子もおかしい。頭髪が乱れ、顔色は青い。

「どうしたんだ!」

画家がドアを開くとゼニゲバは助けを求めるように後部座席に入る。彼女は首を曲げて首筋の赤い傷を示す。眼から次々と涙があふれ出る。

「どうした！」

助手が身を乗り出して叫ぶ。

「あいつ、サディストよ‼」

ゼニゲバは憎悪をむき出しにして窓の外の一方向を指差す。駅の構内便所の横で髭さんは首をうなだれ、上眼でこちらをみつめている。画家は車を出て彼に走り寄り、肩を抱いて戻ってくる。画家がゼニゲバの横に乗り、髭さんはうなだれたまま助手の横に坐り込む。

車が走り出すと髭さんは呟くようにいう。

「すまない。……だけど愛しているんだ」

助手も画家も沈黙している。

「きちがいよ！　人殺しよ！　精神病院へ行った方がいいわ」

一瞬この冗談じみた言葉に笑いかけた画家がゼニゲバの顔をみると、彼女の眼から次々と涙があふれ出ている。彼はゼニゲバの肩を抱き、自分の膝に寝かせる。

「彼は彼女を愛しているんだ。彼の愛の表現なんだ」

画家はいう。

「ひどいわ。ひどい！」

ゼニゲバはまた身を起こして泣きながら叫ぶ。

「彼女も悪いんだ。いつもあんなことをしているからだよ」

画家はそういってもう一度ゼニゲバを寝かせる。

「だって！　そのぐらいのことであんなこと！」

ゼニゲバは画家の膝の上で叫ぶ。

「すまない。がまんできなかったんだ」

髭さんは前を向いたままいう。そして湿地帯を走る間、ずっと同じ会話がくり返される。

助手は三人に無関心を装って運転しているが、彼女が叫ぶごとにハンドルが振れる。正面に夕陽が沈み、建物と森がシルエットで連なっている。坂道にかかってもう一度同じ会話がくり返された。

「すまない。彼女にどうしてもやめさせたかったんだ。それでつい興奮してしまって」

「きちがい！　サディスト‼」

「彼女も悪いんだ。彼を愛しているのなら――」

そして車が停止する。すでにみんなの罪を背負ってくれている我の存在を感じることができる。四人は車を降り、何事もなかったように建物に入っていく。

「彼女どうしたの？」

自殺した彼女がゼニゲバの傷をみていう。

「うん。ひどい目にあったのよ」

画家が心配げにゼニゲバをうかがっている。

「鉄条網のあるところで転んじゃった」

ゼニゲバがいうと、画家はゆっくり微笑んで髭さんの肩を引き寄せる。助手も緊張から解放され、買物を夫々の依頼者に手渡していく。


自殺した彼女は助手の汝に恋されていると思い込んでいる。時には自分が片想いしていると思うことも、相思相愛ながら理由があって果たされることのない恋なのだと思うことも、遠い地の果てにいる助手の汝に恋をしていると思うこともある。しかし、誰かと話をする時には汝から恋されているという前提でものごとを考える傾向が強い。助手の汝はかつて精神病院だった頃、臨床医としてこの研究所へ来て、最初に彼女を担当し、熱心に彼女の精神分析をし、医師としての精いっぱいの愛情を示すことで彼女を発作から解放してきた。彼女はかつてウーマン・リブの闘士だった。彼女の主張は男から愛されるのではなく、男を愛さねばならないというもので、彼女は積極的に弱い男たちを愛し、自立させようと努力した。しかし、男たちは強い彼女に甘えるばかりで、次々と弱さゆえのトラブルを生んで彼女を悩ませた。彼女は新聞記者の職を失い、第一の男を自殺で失い、第二の男を犯罪で失い、第三の男を自分自身の発狂によって失った。

助手の汝は彼女が愛するに値する弱い男でもある。そして同時に彼女を救ってくれる強い男でもあった。彼女はいつか助手の汝を永遠の恋人と思うようになっていた。彼女には本当の自殺の経験がなく、我を刺すという自殺行為は、それを人形と認識してのものと考えられていた。彼女は精いっぱいの突っ張りから解放されて最も弱々しい女になってしまったが、一面で極めて冷静な思考もできる。むしろ強い女でありながら、甘えることを身につけてしまったというべきかもしれない。そして、ここでは充分すぎるほど甘えることができる。

「あの汝ったらいやらしいのよ。彼女の顔をみてニヤニヤ笑ったり、二階の窓からじっとみつめていたりするの」

彼女は二重人格の彼女に助手の汝について話す。二重人格の彼女はいま本性を我に預け、自分自身を我として客観化している。彼女は放火魔の作った資料を整理しているところだ。

「たぶん、彼女を好きだからよ」

二重人格の彼女はさからわず答える。

「でもね。あの汝が我をみる眼はもっといやらしいのよ」

彼女は二重人格の横に坐って鉛筆をけずっている。二重人格は顔を上げ、彼女の顔と我を交互にみつめる。天窓からの光を受けて我の眼は異様に輝いている。

「それは本当ね」

二重人格は強く同意を示す。二つの同意の相違を素早く感じとって彼女は机の上に鉛筆をたたきつける。

「じゃ、彼女をみつめているというのは嘘だっての?」

〝嘘〟という言葉の出現に彼女の興奮の強さを知り、二重人格は彼女に与えた傷の大きさを知る。冷静に我の助けを借りようと人形を見上げると、自分が預けておいた自分自身の本質が戻ってくる。彼女に笑いかけるが、それは奇妙にゆがんだものとなっている。

「ケッケッケッ、そうではないのよ。彼女をみつめているってことはわかっていることだけれど、ケッケッケッ、我をみつめてるってことは偶然〝わたし〟も気付いていたから、ケッケッケッ」

そして〝わたし〟という言葉の出現によって更に混乱する。すでに自殺した彼女の興奮よりも強烈な発作が二重人格から我へ押し寄せている。そして自殺した彼女も思わぬインパクトのはね返りにおびえ、思わず叫び声をたてる。室内のオペラやカマキリや自閉症の彼女たちも笑い出し、広間を充たした笑い声が庭の我や彼女に伝播する。建物の鉄骨やパネルや窓ガラスを振動させ、全てが大声で笑っている。

博士と女性の汝とともに食堂で昼食をしていた助手の汝は口を押え、むせたように横を向いて咳き込んだ。博士は地震のように押し寄せてきた発作に気付いて心配していたが、興奮を我が受けとめ、吸収しているところなので治まるのを待つだけだった。しかし、助手の汝が咳を終えてすぐに笑い始めたので驚いてみつめる。女性の汝は軽蔑するかのようにじっと助手の汝をにらみつけていた。助手の汝はすぐに二人の視線に気付き、笑いを殺して食事を続ける。しかしすぐに笑いがあふれ、咳き込み、また笑う。

やがて彼や彼女の興奮は治まり、疲労でみんな大きく呼吸をしながら周囲に漂う残り笑いを当惑げに聞いている。笑いながら走りまわっていたカマキリに椎茸嫌いの彼女が「さようなら」というと、カマキリも「さようなら」と答えて漫画とヘッドホンに戻る。外へ抜けていった笑いは最後までトド松林をざわめかせている。

すでに二重人格も自殺した彼女も何が原因で興奮したのか忘れてしまっている。二重人格の彼女は放火魔の資料の整理を続け、自殺した彼女は机にたたきつけた鉛筆をひろってけずる。

食堂から助手の汝が庭に走り出てきた。そして我の人形の前で立ちすくみ、じっと凝視する。我の前の花壇のグラジオラスは花期を終えて茶色くしぼんでいる。花壇係の彼がそのグラジオラスの代りに植える草花の苗を持って作業室から出てきたが、助手の汝が花壇の中に足を踏み入れて動かないのをみて、我の横を通過して玄関の花壇へ向かう。

やがて鉛筆をけずり終えて自殺した彼女が庭に出てくる。そして助手の汝の姿をみて、彼女もまた棒立ちになる。二人とも人形になったように動かない。数分後、助手の汝は納得したように振り返る。そして彼女に笑いかけた。仮面の裏側からにじみ出てくるような恐怖と当惑の入り混じった笑顔。

「彼は彼女を愛しているでしょう」

自殺した彼女は他人事のようにいう。同じ質問を以前にもしたことがある。その時は汝がやさしげに「むろん愛しているよ」と答え、「愛しているのなら抱いて下さい」と彼女がいうと「そういうふうに愛しているわけではないんだ」と汝がいった。そして何度も同じような問答がくり返されたのち、彼女は我を刺した。

しかし、今度は助手の汝が返事をせず、ゆっくり彼女に歩み寄って、すがりつくように抱きしめた。それは数々の重圧からようやく解放されてたどりついた安息だった。

「愛している。ようやくわかったんだ」

汝はいう。彼女はそれを当然のことと考え、同時に驚異的なことと考えている。

「そうよ。そうなのよ」

彼女は自分で確認するようにいう。そしてキスをする。庭に面した窓や廊下から彼や彼女や汝たちがこの光景を見守っている。まるで思わぬ感動をもたらしてくれた三流演劇を見るようだ。しかし、女性の汝だけは眼鏡の奥に嫌悪をむき出しにしている。広間にいたカマキリや自閉症や二重人格にもこの感動が伝わっている。カマキリは急に大声で笑い、拍手する。たちまち笑いと喝采は拡がっていく。先程の興奮に導かれた笑いと異って、今度の笑いは解放的だ。それは空に向けてまっすぐに抜けていく。博士ですら笑っていた。そして誰よりも助手の汝と自殺した彼女が笑っている。しかしもう彼を助手の汝とは考えていない。助手の彼が笑っていると思っている。ＬＳＤ犬が洞穴から出てきて一、二度尻尾を振って、また洞穴へ入っていく。
そして研究生の汝二人がその日の内に反精神病院から逃げ去っていく。

助手の彼の症状をめぐるゼミには髭さん、画家、放火魔、ゼニゲバ、トミー、汝たちの大部分などこの研究所の主要メンバーが顔をそろえる。髭さんが助手の脳波検査の結果を報告し、放火魔が心理テストの結果を報告する。そして助手の彼自身が自分の症状について述べる。語られる言葉は全て率直で、汝時代のとりつくろった様子はどこにもみられない。
「彼は我の人形に対して、ずっと被害妄想を抱いてきました。それは不思議な感覚でした。ここで発生するさまざまな心配ごとが全てあの人形のせいに思えるし、楽しいことも全てあの人形のおかげのように思えるのです。彼は博士を尊敬いたしておりましたし、汝があの人形を何のために作ったか理解しているつもりでした。しかし、同時にあの人形が博士の意図に反して驚くほどの力を身につけていくのを感じ続けてきたのです。彼は自殺した彼女に対して愛情を感じていました。彼女の破壊された人格が、あまりにも素晴しいものであったゆえに破壊されなければならなかったのだと思い、とても不条理を感じていました。そして彼女にその素晴しい人格をとり戻してもらいたいと思いながら熱心に治療にはげんだのです。

しかし、少なくとも治療による効果は殆どなかったというべきでしょう。一面で静けさをとり戻すと、彼女の主体的意欲は失われ、主体的意欲をとり戻すと狂暴になるというくり返しでした。革命後の彼女はその両方を失ったかもしれません。しかし、彼女は別の人格を持つことができました。平凡な女性ではありますが、幸福を求め、人を愛して生きようとする筋の通ったあり方だと思います。そして彼は最初、そんな女性としての彼女を認めることができなかったのです。我の存在が彼女を大きく変えたのだと思い、彼は我に対して屈伏することと、彼女の新しい生き方を認めることとを同一視してきました。しかし、最近になってわかってきたことは、彼女そのものは大きく変わったのではなく、彼女の中の社会への認識が変わったのだということです。彼女は今も強い女性であり、戦うことのできる女性だと思います。彼はすでに彼女を立ち直らせようとしているのではなく、彼女によって立ち直らせられようとしている存在であることに気付いたのです。彼はまず我を率直にみつめ直すことを知りました。そしてようやく我を認めることができました。同時に我というものが更に強大なものと思えるようになったことも事実です。人形に表象されるものはゲシタルトとしての彼や彼女たちです。常識的にみれば、彼や彼女たちが人形を我と認識することで、彼や彼女たち自身を認識しているというべきでしょう。博士の理論はそういうものだったと思います。しかし、同時に彼や彼女たちは人形の我に自分自身のエゴを預けてしまっているのです。椎茸嫌いの彼女は我のザーメンを持っているし、カマキリは自閉症の彼女の本名を知っています。そこに彼は単なる人形ではない〝我〟というものの存在を感じるのです。あの人形にとりついているのか、あの人形の影に隠れているのかわかりませんが、彼には我というものの存在を認めなければ何もかも認識できません。我は単なる表象ではないのです。画家はどこから彼や彼女の内宇宙をとらえるのでしょう？　髭さんはどうしてあの機械に彼や彼女をとらえているのでしょう？　彼や彼女たちはどうしてお互いの喜びや悲しみや怒りをとらえるのでしょう？　ゲシタルトはあくまで形相です。互いに補足し合って認識する調和です。個々の意識に於ける知覚や認識が人形という対象に対してゲシタルトであるわけです。ところがその対象が我であればどうなるのでしょう。そこには破壊的なパラドックスが存在しているのではないでしょうか？　ゲシタルトが我になり得るのでしょうか？　ゲシタルトにリビドーを認め得るのでしょうか？　ゲシタルトの側からも個人を知覚し、認識し得るのでしょうか？　博士！」

助手の彼は静かに語り終える。呼びかけられた博士は当惑を隠せない。彼の論理は奇妙に循環性精神病の症状に応じて展開されながら、驚くほど博士自身の悩みをとらえたものでもあった。博士は沈黙したまま、じっと助手の手とノートをみつめている。

「やはり彼は負けたのね。我に自我を預けることで、我を信じるようになったのよ」

女性の汝が博士の当惑を援助するような口調でいう。

「確かに負けたと思う。負けてみれば驚くほど強い相手と戦っていたことがわかったんだ。パラドックスはパラドックスのまま放置しておけない。どちらかの側から真実を求めなければ仕方がないんだ。そして我の存在を信じた方が、ずっと真実性を認めることができる」

博士は顔を上げて助手の彼を制した。助手は話の途中で言葉を切る。博士は両手を机の上に組み、ゆっくり喋り始める。

「汝は我の人形を作った時、ほんの冗談のつもりだった。それが我としての表象になるとすら思っていなかった。ところが人形の効果は意外なほど大きく、集約された表象による集団ヒステリーが生まれるようになったので、全く外観の異った我の人形をもう一つ作って表象を分散させた。それは一応成功したのだと思う。少なくとも我に抽象性を与えたわけだから、必要以上の幻覚を与えるものではなくなったのだろう。しかし、同時に抽象的であることで時には人形以上の意味を与えるものとなったのかもしれない。助手の彼の場合、一面では自殺した彼女を通じて強く我を認識し、一面でこの研究所の全状況に対応するものとして我を

してはいるが研究所の全状況に対応する我に対

認識している。我は彼女を愛することで我に敗北したが、研究所の全状況に対応する我に対しては敗北していないのではないだろうか？」

「しかし、彼は我の存在を認識しているんですよ」

画家がいう。

「その通りだ。だが、敗北の前から彼はそれを認識していた。彼が我を完全に受け入れたのではないと思う」

「それはここの彼や彼女の全員にいえることよ！」

ゼニゲバは叫ぶように博士に言葉を投げつける。

「で、我の実存に関して博士はどうお考えですか？」

髭さんが改めて問いかける。博士はまた沈黙してしまった。髭さんは許さずに博士を凝視し続ける。博士は耐え難くなって首を振った。

「わからない。あまりにも複雑だ。彼がいうパラドックスについては汝も気付いていたことだ。汝にはそれが破壊的なものであるかどうかわからない。汝もまたそれを恐れているという点では助手の彼と同じだ」

博士は机の上のノートに顔を伏せる。そして博士の当惑が、彼や彼女たちに不安感を呼び起こす。そしてまた幻覚が始まる。

椎茸嫌いの彼女が研究室に走り込んできていう。

「我が苦しんでいるわ」

第二部　猿と汝とゲシタルト

反精神病院、或いは実存精神研究所は北方の寒冷地にあり、冬期には零下十数度の低温に晒されるが、海岸にあって常に強風を受けているので積雪は多くない。春を追うようにすぐ夏がきて、忙しくタンポポが咲き、胞子を青空に舞い上がらせると、ガンコウランやハマナスの実も熟す。そしてトド松が黄色くなって夏は終る。庭の草花は実を結ぶ間もなく霜を受けて枯れてしまう。花壇係の彼や椎茸嫌いの彼女にとっては全くやりきれない季節だ。二人は花壇をあきらめて、ビニールを張り、温室野菜の栽培にかかる。しかし、それも精々十月いっぱい。あと五十日もすれば全く不毛の冬が始まる。

いつも広間に閉じこもっているカマキリやオペラや自閉症の彼女も終りゆく夏が惜しいのか、庭で過す時間が多くなる。湿地帯の葦は地平線を灰色に染めて濃紺の空を更に鮮明に青くし、大地をやたらと広くみせている。秋分が近付いて昼が急速に短くなり、太陽もずっと灯台寄りに沈むようになっていく。離れていく夕陽に別れを告げようというかのように、火館祭の日でなくても、みんな庭に集って歌う。日が暮れると焚火にいもや栗を入れ、栗のはじけるのをキャッ、キャッと逃げまどい、笑い、また歌い、花火を打ち上げ、最後の夏を精いっぱい楽しむ。快いメランコリー。鬱病でなくてもどこか淋しげだ。

二重人格の彼女はずっと自我を我に預けたまま、気が抜けたように庭を歩きまわる。オペラの彼女は晴舞台のフィナーレのように海に向けて絶唱する。自閉症の彼女は毎日毎日奇妙な茸を集めてきて食事係の彼や彼女を悩ましている。花壇係と丸坊主は〝ボリボリ〟と呼ばれる美味な茸を競って集める。松茸も大量に採れるが大部分は街へ売りに出される。そして画家と髭さんはずっとアトリエに閉じこもったままだ。

助手の汝が助手の彼になってもさほどの変化はみられない。事務室や研究室を行き来して博士の仕事をよく手伝い、さまざまな問題を処理し、彼や彼女のめんどうをよくみるし、街へもよく出かけていく。自我を我に預けてしまったので更に献身的に働くようになったともいえるかもしれない。一方、自殺した彼女の方は全く奇跡的とも思えるほど変わってしまった。思いつめたような上眼づかいも、僅かなことにとがらせていた神経質な口もとも、彼女の表情から完全に姿を消し、急に抑圧されていた知性が解放されたように冷静になり、かつての女性記者らしい論理性と活動性をとり戻していた。助手の彼への執着も消え、形式的な恋人としてボタンつけや洗濯の世話をしてやる程度で、むしろ以前にも増してゼニゲバに傾倒するようになっている。放火魔を助けて研究所の記録を作成するのが彼女の新しい仕事となったが、他の時間は殆どゼニゲバと過す。ゼニゲバもまた立ち直った彼女に敬意を払い、彼女に新しいニックネームをつけた。

記者→ブンヤ→カナブン→ゼニブン

というこれも幼児的連想によるものだが、〝銭形の親分〟のようだといって彼女が嫌がったので、ウーマン・リブのリブをブンと入れ換えて〝ゼニリブ〟とした。そしてこの名を彼女は大いに気に入って、ここにゼニゲバ、ゼニリブという恐怖の女性コンビが誕生したのである。

ゼニリブの大変身に関して、ゼニゲバは独特の分析をおこなった。もともとゼニリブはさほど痴呆化していたわけではなく、一時的なショックからはずっと昔に恢復していたのだがあまりにも痴呆状態が居心地よくて、その状態に浸っている間に脱出するチャンスを失ってしまったのだという。従って彼女が自殺と称して我を刺した時も、それが人形相手であることを認識していた。そしてその間の記憶もまたしっかりしている。彼女に対して献身的に治療を続けた助手の不安定な精神状態もまた彼女の目覚めを遅らせた。ゼニリブは彼が自分を愛しているのを知っており、彼が本当は彼女の恢復を望んでいないことも知っていた。だから助手が医師と患者という抑圧された関係の観念から脱け出てくれることがどうしても必要だった。そして彼女はずっと痴呆状態の芝居を続けてきた。もっとも芝居もこれだけ続けば明白な自己欺瞞である。ゼニゲバがいうように、彼女は一面で覚めた思考や記憶を持ちながら、それを表現しない神経系のシステムを体内に形成していたともいえるだろう。或いは自分の痴呆状態を信じ込む機能を持っていたといえるかもしれない。トミーにいわせると扁桃核のホルモンを制御して自分でロボトミーをしていたということになる。一度そういう状態が続くと、目覚めるための機能は働かなくなる。そしていつか現実と正面から対応する自信も失われる。そんな彼女に自信を与えたのは助手ではなく、素晴しい自己制御によってタフに生きているゼニゲバだった。痴呆状態のままではゼニゲバにうるさがられるだけなので、彼女はゼニゲバに認められるために再生した。ゼニゲバにいわせると、かつて彼女が自殺の芝居をしたのも再生への契機を作るためだったが、結局は痴呆状態から脱け出すのが恐しかったのだという。

ゼニリブ自身はこうした分析を肯定も否定もしない。しかし、ゼニゲバの鮮やかな論理は彼や彼女や汝たちには受け入れられた。

髭さんと画家がアトリエで素晴しい季節を過してしまったことに関しても、ゼニゲバやゼニリブや助手は同情を寄せていた。彼たちが創作を急ぐ理由はよくわかった。今はともかく平穏な日々が続いている。しかし、冬がきて、みんなが広間に閉じこもるようになれば何かが起こりそうだと思う。或いは冬まで持たないかもしれない。助手がいったように、このゲシタルトには致命的なパラドックスがあり、それがいつ恐しい事態を生み出すかわからない。博士もまた不安げに殆どの時間を研究室で過している。或いは彼や彼女たちの淋しげな様子も、こうした不安を反映してのものかもしれない。ずっとメディテイションに沈んでいるLSD犬はもちろんのこと、猿や鳥たちも、そしてトド松や草原の葦までがメランコリーに陥っている。海の波さえ弱々しく岩に崩れ落ちる。

髭さんの機械は遂にアトリエの三分の二を占領して画家のエリアに侵入してきた。ゼニゲバは街での事件以来、髭さんを恐れなくなっている。何度もアトリエを訪れて機械の頂上から髭さんの仕事を眺めたり、時には簡単な作業を手伝ったりして、いかにも恋人らしく振舞っている。助手の彼はゼニゲバが髭さんを本気で愛するようになったと考えているが、画家はゼニゲバが髭さんを特別の存在として尊敬しなくなっただけだと考えている。大部分の彼や彼女たちは助手の考え方に同意し、二人の恋が我に認められ、彼たちもゼニゲバを買おうとしなくなった。しかし、丸坊主だけは例外だ。彼は今もゼニゲバに三万払って岬へ行くことが恋だと信じており、彼や彼女がいかに我の意志としてゼニゲバは髭さんのものだと伝えても納得しない。そして何度も何度もゼニゲバに金を差し出し、懇願するようにみつめる。ゼニゲバは彼にとって初恋の相手であり、永遠の恋人でもあった。彼は自分の唯一の取柄である木彫の腕によって金をかせぎ、それを手渡すことによって彼女に愛情を示した。彼は彼女に金を与えることを誇りとし、更に木彫に熱中した。ゼニゲバもまたそんな丸坊主にやさしくしてきた。しかし、夏の終りとともにゼニゲバは丸坊主から逃げるようになった。丸坊主に追われると彼女はアトリエに逃げ込む。丸坊主は髭さんと画家を恐れていたのでアトリエには絶対に入らない。

ゼニゲバは滑り台を降りて罠にかかるのが好きで、何度も何度も金属筒に閉じ込められる。そして大声で髭さんを呼び、助け出されると本気でおびえて、しばらく髭さんを抱きしめたまま動かない。画家はそんな二人を不安げに横眼で見ながら、恐しい地獄絵を画いている。丸坊主にとって金を渡すことが可能な限りの愛情表現であったように、ゼニゲバにとっても機械の罠にかかることしか愛情を確認し合う方法がないのではないかと画家は思っている。

髭さんの機械から伸びてきた翼の上に絵具を並べ、大きなカンバスを床に拡げて画家は機械の階段を昇る。そして見張台のようなデッキの上から絵の全景を眺め、また降りていってパレットに絵具を溶く。これまでの絵は全てのどかな風景の中に地獄が隠されたものだったのに、いま画いている作品は最初から血と炎の鮮やかな赤と、暗闇の黒で埋めつくされている。闇の中に激しく燃えさかる炎。その炎の一つ一つがまるでここの彼や彼女たちのように無秩序な欲動と不安と焦燥を表現している。まだ炎の中に何が隠されているのかわからない。しかし闇の側にはすでにさまざまな幻覚がうごめいている。それは完全な黒ではなく、多くの暗いイリュージョンの重なりである。ゼニゲバが髭さんから離れて絵をみにきても画家が声をかけることはない。彼女の顔をちらとみて頷くだけで、また筆をカンバスに向ける。

庭で犬が吠えている。ゼニゲバは素早くアトリエを飛び出して庭を走る。ＬＳＤの幻覚によるハッピー・トリップをしているはずの犬が花壇を荒しまわり、庭の我に向けて激しく吠えかかっている。

「どうしたの？」

ゼニゲバがいうと、花壇係の彼は人工洞穴を指差す。そこにはＬＳＤ犬が吐き出した幻覚がコンクリート床から壁一面に拡がって付着している。

「何よ、あれ」

花壇係は当惑して首を振る。悪臭がにじみ出てゆっくり伝わってくる。犬はカマキリの疾走のように我に向けて突っ走り、衝突の直前に一回転して花壇をジグザグに走りまわる。そして泥まみれになって花や葉を口にくわえ、洞穴へ走り戻ってくる。ゼニゲバは生垣の方へ逃げ、腰をかがめて洞穴を覗き込む。犬は花や草をまき散らし、汚物の上に寝ころんで身体をこすりつけている。何度も何度も身をよじらせたのち、ふと急に静止して耳を立てる。そして何か新しい事態にでも気付いたのかまた一気に走り出す。我のまわりを一周すると今度は庭を走り抜け、大声で吠えながら森へ走り込む。そしてそのまま奥へ奥へと走っていく。姿が消えてのちも吠え声だけは、まるで森そのものが叫んでいるかのように続いている。

「分析しなければ」

ゼニゲバはそういって小走りに実験室へ向かう。戻ってきた時には幾つものシャーレとピンセットを持っている。

彼女は洞穴の中へ入ろうとするが、さすがに悪臭で近寄れない。無理に入ろうとすると遂に嘔吐が込み上げてくる。そして口を押えて逃げ出した。

花壇係の彼は竿の先に小さなスコップを結びつけ、穴の中から付着物の一片を引き出してくる。外に出してもまだまだひどい臭いがつきまとっているが、ゼニゲバは鼻を押えてピンセットでシャーレにより分けていく。いつの間にか彼や彼女が周囲に集まっている。みんな遠くからみているだけだ。髭さんがアトリエからやってきて、申し合わせたように助手の彼とともに近付く。

「我に吠えついていたんだって？」

　髭さんがシャーレを覗き込んでいう。

「急に変な音をたてて洞穴から飛び出してきて、花壇を走りまわって我に吠えかかったのです」

　花壇係がいう。

「あれは我ではなくって、ただの人形さんよ」

　椎茸嫌いの彼女が花壇係の背後に身を隠していう。髭さんが彼女をにらみつけると、横を向いて拒否を示す。花壇係は彼女をかばうように髭さんの前に立つ。髭さんは小さく頷く。そしてかがみ込んでゼニゲバのシャーレを積み重ねて持ち、実験室へ向かう。椎茸嫌いの彼女は花壇係の肩から首を突き出して髭さんの後ろ姿をみつめている。

　その日、犬は戻ってこなかった。そしてその夜、ずっと誰かが犬の遠吠えを聞いていた。ある彼は狼のような悲しげな声だったといい、ある彼はたわむれているように楽しげに聞えたといい、ある彼女は虎のように力強い吠え声だったという。聞いた時間もそれぞれ全く異っているので、全て幻聴だったのかもしれない。しかし、吠え声が聞えた方角だけは奇妙に一致していた。犬はその方角の森の中で樹木に頭をぶっつけて死んでいた。

「ずいぶんいろんなものが出てくるわ。小動物の骨でしょう。茸でしょう。花でしょう。木の皮でしょう。砂でしょう。海草でしょう。貝でしょう。その他もろもろわけのわからないものいっぱいね」

ゼニゲバは顕微鏡を覗きながら呟くようにいう。テーブルではゼニリブがそれを記録している。ゼニリブの対面では髭さんが洞穴の壁に作られた模様の写真を眺めている。

「犬が喰っておかしくないものばかりではあるな。しかし、そんなにたくさん一度に喰ったのかな」

髭さんはそういってゼニリブのノートをみつめる。

「きっとだれかが与えたのよ。森へ行っていっぱいたべて、すぐに海へ行っていっぱいたべるはずはないわ」

ゼニゲバはいう。

「そうともいい切れない。幻覚としてとてつもない空腹感にとらえられた可能性もある」

髭さんはゼニゲバをみる。彼女は「それもそうね」と不満げにいって顕微鏡にカバーをかける。

「では誰が与えたというんだ?」

髭さんは再びゼニリブのノートに眼を移す。ゼニゲバは答えず、席を立ってゼニリブの横へ。ゼニリブはノートに大きく『我』と書く。

「珍らしい細菌はみつからなかったわ」

ゼニゲバはゼニリブに小声でいう。その時、博士が猿の人形を抱きかかえて実験室に入ってきた。椅子を引き寄せて坐りかけていたゼニゲバは思わず立ちすくむ。博士は三人に笑いかけて髭さんの前に猿の人形を置く。

「よくできていますわ」

ゼニリブがいうと、博士は珍らしく満足げな笑顔をみせる。

「餌をたべることもできる。だから一番最初に餌を与えることでこの人形をボスザルとして権威づけることもできる」

博士はそういって猿の口を開いてみせる。口はしばらく自動的に上下運動を続ける。

「髭さんの技術だ」

博士は髭さんに笑いかける。助手が機材を運んできてゼニリブの横へ坐る。

「しかし、猿はこの人形をボスと認識しても我とは考えないでしょうね」

助手がいう。

「むろん猿に精神の実存を求めることはできない。しかし、薬を使うことで猿の思考体系に抑圧と解放を持ち込むことはできる。この実験ではアンフェタミン系の興奮薬と、LSD系の幻覚薬を併用するつもりだ。アンフェタミンを猿に使った実験では毛づくろいに熱中するような特定の行為への執着がみられた。また過去に多動症の子供にアンフェタミンを与えて行動性を制御した例もある。アンフェタミン系のメタンフェタミン、つまりヒロポンが〝スピード〟と俗称されているように、思考が加速され、過剰な行動性を与えるものでありながら、一方で一つのことに執着する根気を与えるものでもあるわけだ。従って猿たちはこの人形に執着するだろうし、実験そのものもアンフェタミンによって加速されるはずだ。またLSDは内宇宙と現実の関係を大きく変化させる。猿は人形の存在による変化を認めざるを得ないのではないだろうか？」

博士の説明に助手は頷いていう。

「だけど、それでも猿にとって人形は我ではなくボスとしての存在でしょうね」

ゼニゲバは助手を一瞬みて、すぐに博士に眼を移す。

「でも、猿たちにとってのボスは我を代用するものでもあるわ。女王蜂が働き蜂にとって我であるように、ボスというものは群全体の我としての存在性を持っているものだと思うわ」

ゼニゲバがいう。髭さんはこの考えに驚きの表情を示し、博士もまた自分の実験の思わぬ理論的裏付けに感動を表現する。ゼニゲバとゼニリブは今更そんなことに気付いたのかというように顔を見合わせる。そしてゼニリブが続ける。

「人間の場合でも、さほど変わらないものです。日本文化に於ける家長制度は我の一部を〝家〟に代行してもらうものだし、天皇制だって我の一部として存在してきたものですよ」

「では、この研究所に於ける我にもそういう役割があったというのかい？」

髭さんは女性二人に教えを乞うように質問する。その態度にゼニゲバは笑う。ゼニリブは髭さんを冷く眺め、同じ視線を博士にも向ける。

「というよりも、日本に於ける家長制度そのものが、この研究所の場合と同じように、個人としてのエゴの実存のための負担から逃れるように育ってきたシステムだと思うのです。家長制度や天皇制国家主義の力があった時代には今と比較にならないほど精神分裂病が少なかった。一方家長制度から村八分を受けた人は確実に狂人と呼ばれるようになったのです。精神病理学的なエゴの分割という点ではここは家長制度と同じものといってもいいと思うわ。家長制度はそれを求めない人々の上にも君臨したし、そこに家長という権力があり、封建的な支配システムが育っていったけれど、ここでは家長がいないし、みんなこのシステムを望んでいるという点だけが異っている――と思います」

ゼニリブは初めて情熱的に喋った。みんなしばらく彼女の顔をみつめていた。

「そうでしょう？　カリガリ博士！」

ゼニゲバは皮肉っぽくいう。博士はすぐに反応を示さず、じっと猿をみつめている。髭さんも助手もまるで二人の女性に叱られているように元気なく眼を伏せている。やがて髭さんが下を向いたまま口を開く。

「カリガリ博士は治療という権力を行使してきたのだから、善意であろうと悪意であろうと支配者と呼ばれてしかるべきだろう。だが博士は人形を作っただけだ。人形は博士に何も与えないし、博士は人形に何も与えていない」

ゼニゲバはすぐに反論をしようとしたが、博士が喋り始めたので口をつぐむ。

「たとえ人形であっても彼や彼女たちは権力を感じることができる。彼や彼女たちは自我を我に預けているわけだし、自我を預けた以上自分にふりかかる被害をそこに理由づけようとする。彼や彼女たちはそれだけ身軽なわけだ。つまりこのシステムではもともと彼や彼女たちが我としての人形に権力を求める理由があることになる。そして一面で彼や彼女たちは自分を被害者として被抑圧者として位置づけることで救われているともいえる。彼女がいいたいのもそういうことではないかね？」

博士がゼニゲバをみると、彼女は小さく頷く。髭さんは猿に手を伸ばし、口を動かしてみる。そして両手を机の上に拡げる。

「では、ここでは彼や彼女たちが幻覚として人形ではない我を作り上げているというのかい？」

髭さんはいう。

「それは確実だろう。ただ、そうして作り上げられた我がいかなる存在であるかが問題なのですよ」

助手がいった。

「もし、この反精神病院で分裂症の治療がおこなわれたとすれば、我は治療という支配権力を行使したことになるわ。そしてその我は彼や彼女たちの作ったものなのよ」

ゼニゲバは表情を変えることなくいった。

「しかし、我が彼や彼女たちの作ったものともいい切れない。我はゲシタルトであり、彼や彼女たちそのものなのだからね」

髭さんはいう。そして、喋り終えてすぐに何かに気付いたように口を開き、天井を見上げる。そして一瞬どもってから吐き出すようにいう。

「そうとも限らないか！　ゲシタルトは我ではなく、我と対位するものでしかない。我はあくまで人形であり、自己欺瞞として作られたものだ。そしてその人形を表象としてゲシタルトが形成されているんだ。では権力者としての我は何だ？――何でもいいんだ‼　つまり誰かが我になろうと思えば誰でもなれるし、すでに誰かが我になっているかもしれない」

髭さんは恐れるようにゼニゲバをみつめる。しかし、ゼニゲバは相変わらず表情を変えない。そして冷くいう。

「あなたはA型ね」

ゼニゲバはいつかのように〝あなた〟といった。みんなその言葉に更に戦慄を感じる。

「そうだ。しかし彼は椎茸嫌いの彼女にザーメンを与えていない！」

髭さんは叫んで手をにぎりしめる。

「そう思っているだけかもしれないわ。つまり彼としての髭さんは与えていないのでしょう」

ゼニゲバはいう。髭さんは再びうなだれる。そして小さく呟く。

「そうかもしれない」

助手とゼニリブは震えている。博士はどこか遠くへ意識をトリップさせてしまったように動かない。髭さんは汗をかいている。ゼニゲバだけが冷静で、髭さんに一瞬の笑顔を送る。髭さんも弱々しく笑い返す。そして五人はそのままにらみあって動かなくなる。

庭にいる人々はこの実験室での奇妙な沈黙を感じとって、誰からともなく建物を見上げる。ビニール・ハウスから出てきた花壇係と椎茸嫌いの彼女。そして画家と絵を習っている鳥氏と丸坊主と放火魔と二重人格。みんな我に対するある種の危機感を抱いている。画家が立ち上がると、全員が実験室の方向をみつめて順々に立っていき、そのまま硬直したように動かなくなる。花壇の向こうの我の人形が急に増殖したように、庭のあちこちで彼や彼女たちが棒立ちになっている。空は曇っている。風もなく、付近の現実感が次々と虚無の空間に吸い込まれていってしまうかのよう。

そして、そんな袋小路に陥ったような状態が無限に続きそうに思えた時、乱暴な音が侵入してくる。街へ出かけていた女性の汝と研究生二人を乗せた小型トラックが坂を登ってきて、玄関前でブレーキの音をきしませる。ドアを荒々しく開く音とともに女性の汝の叫び声が付近を貫いていく。

「さあ、手伝って！　資材が届いたわ」

そして実験室から博士と髭さんとゼニゲバとゼニリブと助手が出てくる。そして彼や彼女たちも動きだす。急速に現実感が戻ってきて画家は画材を片付けにかかる。風が出てきて潮の香りを伝える。


一体、我とは何だろう。数々の哲学者がそれを考えて、さまざまな理論を生み出していった。ここで我という場合にもまず個人のエゴとしての我について考えることから始めなければならない。そしてここでは更に複雑な要素が加わってくる。我の集合としてゲシタルトがあり、ゲシタルトに対位する架空の我があり、その我に個人個人は我を預けており、しかも個人個人は権力としての我の幻覚を抱いている。

単純に個人に於ける我の問題すら解決しないのに、これだけ入り組んでしまっている我がいかなるものかなどわかりっこないではないか――というシニカルな考え方をするのは放火魔の彼。髭さんや助手やゼニゲバやゼニリブはもっと本気で我に取り組み、それゆえに常に混乱し、いきづまり、迷い続け、いらいらし続ける。しかし、彼や彼女の救いは、そうした問題をも〝我〟に預けておけることだ。論理がいきづまったり、破滅的なところに追い込まれた時にはそれを我に預けてみんな別のことを考える。今は新しい実験に情熱を傾けることで我についての追究を保留しているわけである。もっとも博士だけはいつも我の迷宮を引きずっている。博士はあまり口をきかなくなり、黙々と実験の準備だけを続けている。外来者がみれば博士が最も痴呆症の進んだ患者と思うかもしれない。

ＬＳＤ犬の洞穴は掃除され、猿たちの檻に改造された。洞穴は全部で四つあり、最も森に近い大きな穴が猿の檻。すぐ横の穴は更に大きく、穴居生活ができるほどだ。事実ここで何日間か生活をした彼や彼女もいる。今は猿の穴の観察室になっていて、二つの洞穴の間には開閉できるガラスと網の二重窓がある。

残る二つの穴はずっと小さい。一つは入口に扉がなくて物置になっており、もう一つは一人で閉じこもりたくなった彼や彼女がよく利用している〝冬眠室〟である。

博士と研究生の汝たちは猿の人形をセットしている。穴の奥に岩山を築き、その頂上に人形が坐る。岩山は下へ行くほど広くなり、動き廻れるように小さなブランコやロープが設置される。まるで動物園の猿山のミニチュアだ。

観察室では髭さんと画家と助手が機材をセットしている。

「少なくとも猿にとってのボスは権力以外のものではないだろうね」

髭さんは観察室から岩山をみつめながら博士に話しかける。

「だがそのボスがイリュージョンである以上、猿の相互関係はやはり被支配の側の論理として考えるべきだろう。まったく汝はこの実験の本当の意味をゼニゲバとゼニリブに教えてもらったのだからあきれるよ」

博士はそういいながら人形のコードを窓から差し出す。

「しかし、どう転んでも恐しい実験だ。うまい失敗の方法はないものだろうかね」

画家はそういってコードを窓の桟に固定するための釘を打ちつける。

実験室ではゼニゲバとゼニリブとトミーと女性の汝が猿に電極を埋め込んでいる。麻酔をかけた猿をゼニゲバが固定すると、トミーが鮮やかなメスさばきで皮膚だけを開く。女性の汝は電極を埋め込むごとに感心して声をあげる。みんなこの実験に不安を感じているが、久々の大プロジェクトを楽しんでいることも事実だ。放火魔はあちこちの作業場を廻って写真を撮り、二重人格の彼女は二つの洞穴の見取り図を作成している。オペラは作業場間の連絡に走り、カマキリや自閉症の彼女までが機材の運搬を手伝っている。ゲシタルトの調和。

一時的なものかもしれないが、誰もが一つの方向に動いている。一面ではみんなの不安がそうした方向性を与えているのかもしれない。ただでさえ冬が近付くと何かをしないではおれない。

七匹の猿は電極の植えつけられたものから順に女性の汝に手渡される。すでに七匹の間には力の関係が存在しており、ヨハネと呼ばれている七歳の牡猿がボスで、イサクと呼ばれる五歳の牡猿がライバルだった。牝猿のデボラとデリラはヨハネの妻で、ユディットはもう一匹の牡猿イザヤと結ばれている。残る一匹の牡猿モーゼはデリラの仔で未成年。

マスクを付けた女性の汝は荒々しく猿の口を開き、アンフェタミンを吸入させる。そしてLSD入りのビスケットを与えると猿たちは多幸症に浸り込んでいく。

髭さんや助手が実験室にきて、一匹ずつ猿を抱いて洞穴へ運ぶ。

洞穴の中にはさまざまな照明が用意されているが、最初はLSDの効果を高めるためにブラック・ランプが灯されている。岩やコンクリート壁が不気味に光っているので普段の猿なら恐しがって暴れるところだが、まだ外界を認識できないのか、隅に寄りそうようにかたまって、けだるげに周囲を眺めている。

髭さんと画家はアトリエに戻り、ゼニゲバは研究室へ。そして女性の汝や研究生たちも事務室に戻っていく。博士と助手とゼニリブとトミーは観察窓や机の前に坐り、長期観察の態勢に入る。

一時間後、ようやく首や手足を素早く動かすようになり、ヨハネとデボラ、イザヤとユディット、デリラとモーゼが抱き合って互いにゆっくりと毛づくろいをし合う。そしてイサクが最初に洞穴の奥へ歩み出す。ブラック・ランプから白色灯に変えると、イサクが人形を発見して「ギャー」と声を出した。ヨハネはゆっくり起き上がってイサクを追い払い、自分で岩を登っていく。尾を股間に入れているのは人形を恐れているからだろう。

博士が頷き、トミーがハンドルを廻すと人形の首が動く。すぐにヨハネは床へ飛び降り、他の六匹も隅にかたまる。

ヨハネは何度も何度も人形に接近し、遂に人形のすぐ下までくると、人形は「ギャーッ」と声を出した。ヨハネはまた床へ飛び降りる。更に数度にわたる挑戦ののち、ヨハネは人形をボスと認め、人形のすぐ下の岩棚に自分の居場所を定めた。デボラはすぐにヨハネの横に飛び上がり、ヨハネに寄りすがる。

ヨハネに従って他の猿たちも自分を位置づけると猿たちの脈搏も少しずつ安定していく。そしてイサクとイザヤはヨハネをボスと認めなくなり、平気でヨハネに近寄るようになった。ヨハネはイサクを追い払おうとするが、その度にトミーは人形に怒りを表現させる。やがて、ヨハネはボスであることの負担から解放され、デボラの毛づくろいをしながらハッピーな気分に浸っていく。

実験は順調にスタートした。猿たちは檻の外へは全く関心を示さず、自分自身とボスの人形だけに神経を集中させている。ボスが首を動かすだけで猿たちの脈が乱れるが、観察室で音をたてても、ボスが動かない限り平然としている。栗の皮をむいたり、棒切れで岩の小さな穴をほじくったりするような行為にはとても熱中し、いつまでも続けている。

ＬＳＤ入りのビスケットは二日に一回、アンフェタミンの噴霧は一日一回与えることになっており、夜は交代で観察することに決められていた。

日が暮れると博士とトミーが出て行き、猿たちも岩陰で眠りに就く。助手とゼニリブは橙色の光の下で照れくさそうに顔を見合わせる。ゼニリブは知性の恢復とともに眼の輝きを取り戻し、口元も複雑な感情を表現するようになっている。助手は静かに彼女の肩を抱いてキスを求めた。

「彼のおかげよ。とても楽しいわ」

ゼニリブはいう。助手はしばらく彼女の眼をみつめ、やがて決心したようにいう。

「もう彼女は我なしで生きていけるよ。ここを出て結婚しないか？　東京の大学へ戻ろうと思っているんだ」

ゼニリブは彼の眼をさけるように少し横を向く。

「ありがとう。でも、ここがとても好きなんです。それに自信もありません」

助手は自分自身にいやしさを感じて眼を閉じる。そして彼女と同じように横を向く。

「しばらく旅行をしよう。そうすれば我なしでやっていけるかどうかがわかる。彼女も都会へ行ってみたいだろう」

ゼニリブは助手の顔をみつめ、今度は強い拒否を示す。

「こんないい季節にもったいないわ。冬になって暇ができてからにしましょう」

助手は彼女の立ち直りの真の意味を認識する。そしてもう横を向いたまま黙ってしまう。ゼニリブは弁解しようとでもいうように、自分からキスを求める。助手はそれに応じることが彼女へのいたわりだと思って長く長くキスを続ける。そして抱きしめていた手を胸に動かし、スーツの間に差し入れる。彼の傷心は彼女を犯すことでおさまるものではないことはわかっている。彼女もまた彼に肉体を与えることが救いにならないことはわかっている。むしろ二人とも我による禁制への反逆が自分自身の罪を明らかにしてくれるものと思っている。

そして二人は罪悪感とともに結ばれた。二人とも興奮を装い、快楽にひたる努力をした。そして確かに興奮はたかまっていった。我はそれを知っており、他の彼や彼女たちも洞穴の二人の憂鬱な快楽を感じている。だが、みんな二人を許している。二人は許されないことを願いながらいつまでも抱き合っている。再びキスをし、再び乳房に手をはわせ、再びガラスを握りしめる。そしてゼニリブは思わず息を飲む。助手が振り向くと洞穴の入口に我が立っている。それがどんな姿であったのか、のちの二人にはずっと思い出せなかったが、我であることだけははっきり認識していた。我は扉を開いて洞穴に入り、じっと二人をみつめている。やさしげなようであり、怒りを表現しているようでもある。我はすぐ洞穴を出て扉を閉じた。二人はずっと震え続けていた。急に寒さを感じたせいでもあった。

その夜ゼニリブが、ゼニゲバにこのことを話すと、「彼と彼女の罪悪感が生んだ幻覚ね」とあっさり否定した。それが一次的理由であることは二人ともよくわかっている。だが、それだけではないこともよくわかっていた。以前から我と何度も会っていたカマキリや椎茸嫌いの彼女は、最近になって更に頻繁に会っているようだし、画家はずっと我と話し合っている。そして次の日の朝には花壇係までが我に会ったと申し出た。一種の連鎖反応として誰もが我の幻覚を求めるようになり、我をみることがゲシタルトへの必要条件ともなりつつある。それはここの彼や彼女たちが我の実存性を認めつつあるということにもなる。

　実験三日目は完全な休日となった。電源を切り、檻からの自然光を与え、幻覚剤を使わず、猿たちに人形を人形と認識させる。猿たちの記憶にどれだけの期待ができるかわからないが、少なくともあれだけ神経を集中させていた対象だけに、人形であることを知ると次の段階での対応に変化が生まれるはずだ。

　そして実験プロジェクトのメンバーは研究室に集まってゼミを開く。画家はこのところアトリエを離れるのを嫌がり、この日も欠席した。髭さんも出席を渋ったが、ゼニゲバが強引に連れ出した。

「今朝、椎茸嫌いの彼女の案内で我に会ってきました」

　花壇係が報告をする。

「どこでですか?」

　ゼニリブがいう。

「海岸です。彼女が我をみかけたというのでついていくと、海岸へ降りて行きました。我は岩に坐って彼を待っていたのです。『よくないことが起きそうだ』と我がいいますので『みんなうまくやっていますと彼は答えました。『もっと強くみんなが結びつかなければいけない』と我はいいました。そののち、我は建物の方向へ登って行きました。その時には顔も声もなじみのあるものだと思っていたのですが、のちになって思い出そうとしても、うまく思い出せないのです。広間の我のようでもあったし、庭の我のようでもあったし、どちらでもなかったようにも思えます」

「髭さんか博士に似ていなかった?」

ゼニゲバはまるでその場に居ない人物について話すようにいう。花壇係は髭さんと博士をみる。そして首を振った。

「よくわかりません」

花壇係がいう。

「彼のような無口な人は我を借りて発言するのね」

ゼニゲバは相変わらず早々と結論を述べる。

「その通りだろう。だけどここで問題となるのは彼が我と会った理由ではなく、みんなが次々と我に会い始めたという理由だろう」

博士はいう。ゼニゲバは頷く。放火魔がノートを開いて珍らしく発言を求めた。

「六つの仮説が成り立つのではないでしょうか。まず第一は各個人の幻覚としての我です。これは純然たる精神病理学的な幻覚といってよいと思います。第二はゲシタルトと個人の関係に於ける幻覚です。みんなゲシタルトのパラドックスによって〝我〟に対する危機感を抱いており、疑惑を解消するために実態としての我をみようとする。或いはより強力な我を求めようとして幻覚をみるというものです。第三は各個人の意識と関係なくゲシタルトそのものが我の幻覚を生み出しているというものです。これは二番目の仮説と同じ危機感から出てくるものですが、ゲシタルトが自己防衛していることになります。第四はゲシタルトが肉体を持ち始めるというもの。ＳＦで扱われるテーマです。第五はゲシタルトを操作している人間が我の幻覚を作り出しているというものです。そして第六はゲシタルトを操作する人間が我を代行し、それがみんなに我と思われている場合です」

　放火魔は発言を終えるとすぐに別のノートを開いて記録係の仕事に戻る。

「ゼニゲバは彼か博士かのどちらかが我を代行していると考えているようだな」

　髭さんがいうと、ゼニゲバは冷ややかに頷く。

「もし代行者がいるとすればどちらかね。二人は家長にふさわしいし、結局のところゲシタルトは家長を求めるのではないかと思うのよ」

ゼニゲバがいう。そしてゼニリブが続ける。

「たとえ髭さんや博士にその気持がなくても、みんな博士や髭さんに家長の役割を与えてしまうのではないでしょうか?」

髭さんと博士は顔を見合わせる。

「放火魔の発言の中で第一の仮説はもう成立しなくなっているというべきだろう。第四と第六の肉体的存在というのも疑わしいが、これは椎茸嫌いの彼女のザーメンがあるので一概に否定できない」

博士はいう。

「彼女は我に幻覚としてザーメンをもらって、誰かのザーメンを幻覚の中で充当したのでしょう」

ゼニゲバが解釈した。

「そうだとすれば、第二、第三、第五の仮説だけが残されることになる」

博士はそういって自ら頷く。髭さんはノートに何やら数式のようなものを書いていたが、ふと顔を上げて喋り始める。

「第二、第三、第五の仮説といっても、はっきり区別できるものではないだろう。ここでは幻覚やある種の欺瞞を認めてしまっている以上、いかなることも確定的なものとはならない。博士の作り出したシステム自体がそういうもので、それゆえに対応力があり、魅力的なものでもあるわけだ。彼はそんなシステムの中に確定的なものを求めようとしてあの機械を作っている。あれがサイバネティクスとしての効果を発揮し始めると、幻覚を幻覚として認めながら確定的なものを彼や彼女が意識に残していけるようになると思うんだ」

彼が機械の本来の意図を説明したのは初めてである。髭さんがゼニゲバをみると、ゼニゲバはそれまで以上に疑わしげな視線を返す。髭さんは失望を隠せないが、すぐに博士に眼を移して笑いかける。

「汝も髭さんの機械に最も期待している。ある意味で汝の欺瞞による〝甘えを認めた世界〟と、彼の〝確定的な世界〟の戦いが反精神病院の最大の意図だともいえるだろう」

博士はいった。

「二大強国の冷戦が世界平和をもたらしているというわけですね」

ゼニリブはすましして最大の罵言をあびせる。ゼニゲバはその強烈な皮肉に大声で笑ってしまう。

「彼がそうではないといっても、ゼニゲバやゼニリブは認めないだろう。そして実証しようとしても常に幻覚と欺瞞の問題に足をすくわれてしまう」

　髭さんはそういって不快げに席を立つ。数式を書いたノートを大切そうに抱きかかえて、彼は部屋を出て行く。ゼニゲバはすぐに後を追って行き、廊下で何やら話しかける。髭さんは首を振ってアトリエに戻っていく。部屋に戻ったゼニゲバは相変わらず表情を変えない。

「汝も髭さんも家長となることを望んでいるのではないということはわかってもらえるだろう。むしろゼニゲバやゼニリブが二人を家長に仕立て上げようとしているように思う。やがてゼニゲバやゼニリブのリーダーシップが強くなると、同じものを二人が受けなければならないようになるのではないかね」

　博士はいう。

「しかし、彼女たちは博士や髭さんを攻撃しても、ゲシタルトに何かを与えようとしているわけではないでしょう」

　助手がいった。

「もし、人形にそれだけの罪悪が認められるのなら、人形を撤去したいと思う」

　博士がいうと、ゼニゲバはすぐに首を振った。

「もう人形にはさほどの意味がないわ。これまで人形が生み出してきたものが問題なのよ。

むしろこれからは髭さんの機械ね」

「機械が何を為すかまだわからない。少なくとも髭さんは機械を信じているし、彼や彼女たちの大部分は髭さんを信頼している。彼も髭さんは天才だと思っている」

助手はいう。

「もし幻覚から確定的なものを引き出していくのなら、素晴しい機械となるし、精神分裂病に於ける画期的な発明ともなるだろう」

博士は続けた。

「我にもっと力を与えることになるともいえるでしょう」

ゼニリブはいう。

「しかし、それは彼や彼女たちが強い我を求めているからだ。機械はそれを制御しようというものだろう」

助手はゼニリブの頑固な観念にいらだちを感じている。そしてゼニリブもまた助手の日和見的態度に裏切りを感じている。

「少なくともいま彼や彼女たちにとって我というものが実存してしまっていることは確実だ。彼はそれを受け入れることで汝から彼になった。彼女もそうではないのかい？」

助手はゼニリブにいう。ゼニリブは更に反論し、次々と対立が生まれていく。幾つもの関数を持つ方程式のように、対立はどこまでも続き、すでに決定的な対立の意味すらわからなくなっている。博士は立ち上がり、猿たちの洞穴へ戻っていく。そして次々とメンバーが抜けていき、助手もまた席を立った。

ゼニゲバとゼニリブはとり残され、空虚な勝利に口をとがらせて顔を見合わす。

博士は洞穴で観察窓を覗いていた。助手が入っていくと博士は笑いかける。ヨハネが人形の頭の上に乗って他の猿たちを見おろし、つかの間のボスであることを誇示している。

翌日の朝、再び電源が入れられて実験は継続された。檻の外の防寒扉が閉ざされ、LSDビスケットが与えられ、アンフェタミンが噴霧される。半時間後には以前の状態に戻り、電源を切っていた時にくらべてむしろ脈搏が落着く。猿たちは与えられた平穏に浸り込んで、けだるそうにうずくまる。しかし、イサクだけは時々興奮を示し、油断なく人形をうかがっている。ヨハネが人形の下の岩棚に寝ころんで眼を閉じているので、イサクは岩を登って人形に接近する。時々口に手をあてて眼を動かし、足元を気にして何度も足を持ち上げて眺め、また思い出したように人形に向かう。イサクがヨハネを踏みつけると、さすがにヨハネは怒り、イサクを床に突き落して隅へ追いつめる。イサクは尾を巻き込み、腹を出して降服を示す。ヨハネはすぐに関心を失って岩棚に戻る。イサクはそのまま寝ころんで人形を見上げている。

博士は猿たちが落着くと助手に合図をして洞穴を出た。

大広間ではいつものメンバーがいつもの位置に坐っていたが、カマキリだけは漫画を読まず、机に向かってノートに何かを熱心に書きつけている。放火魔がノートを覗き込むと、断片的な文章とグラフと数式が雑然と二ページにわたって書き込まれている。

博士と助手が青い扉から入ってきても、注目したのは放火魔だけだ。助手は人形の足元へ行き、しばらく顔を見上げたのち、床からとりはずす作業にかかる。博士はその間、自閉症の彼女やカマキリを観察している。自閉症の彼女は何度か我を見上げたが、博士たちの作業には無関心である。助手と博士は我の人形をかつぎ上げ、庭への出口まで運ぶ。カマキリはすぐ立ち上がり、我の人形のあった場所へ行って、とりはずした跡を確認し、漫画の積み上げへ戻る。そしてまた、ヘッドホンをつけて寝ころぶ。放火魔はカマキリが机の上に残したノートを持って博士と助手に近寄る。

「まるで我が透明人間になったようですね」

放火魔はいう。確かに自閉症の彼女は透明な我を眺めるように眼を上げて笑いかけている。博士と助手は人形を運び出した。放火魔はノートを持ってアトリエへ向かう。

髭さんは入口近くの機械の間から出てきて、迷惑げに放火魔を眺める。放火魔は頭を下げておずおずとノートを示す。髭さんはノートを手にとってグラフと式を指で押えながら「これはでたらめ」とか「これは可算パラコンパクト空間の式」といった説明をしていく。そして急に「あ、これは——」といって口をつぐむ。髭さんは素早く放火魔の手にあったボールペンを奪いとり、ノートの次のページを開いて機械の上で演算を始めた。放火魔はその勢いに押されて声をかけることもできずにじっと待っている。やがて髭さんは頭を上げる。

「カマキリはどこ？」

放火魔は頷いて歩き出し、髭さんはノートをみつめたままついていく。

博士と助手は庭の我の撤去にかかっている。花壇係は不安げに作業をみつめており、椎茸嫌いの彼女は「人形さん、人形さん」と叫びかけながら博士たちの周囲を歩きまわっている。髭さんは博士に笑いかけるだけで通り過ぎて広間へ入る。

カマキリは漫画を読んでいる。放火魔が漫画をとり上げ、ヘッドホンをはずすよう動作で示すと、彼は放火魔と髭さんの顔を見上げる。そして、ふと重要なことに気付いたかのようにかしこまって立ち上がる。

「これは何の式だい？」

髭さんはノートを突きつけて問いかける。

「ええ、ちょっと思いついたもんで」

カマキリはてれくさそうに頭をかく。

「この関数は？」

「ええ」

カマキリは顔をしかめてノートをみつめる。五分、十分とそのまま動かないので、髭さんは耐えかねてノートを閉じる。

「ええ、関数です」

カマキリはあせって答える。髭さんは不快げに庭へ出ていった。カマキリはすぐに漫画に戻る。放火魔も机に戻って仕事にかかる。

博士と助手は庭の我を作業室に片付けて出てきたところだ。椎茸嫌いの彼女は作業室の入口に坐り込んで何やら考え込んでいる。博士と髭さんはまたすれ違ったが、今度も笑いかけるだけ。そして髭さんはアトリエへ。博士と助手は洞穴へ入る。

やがて庭には花壇係の彼と椎茸嫌いの彼女だけが残される。椎茸嫌いの彼女はゆっくり立ち上がって作業室へ入る。花壇係が不審げに作業室へやってくると、彼女は人形をかつぎ出してくるところだ。プラスチックとはいえ金属が混ざっているのでかなり重い。だが、彼女はまるで子供を抱くように両手で持ち上げて運び出す。花壇係と顔を合わせると、彼女は一度人形を置いて口に指をあてる。

「どうするの?」

花壇係がいう。

「いえないわ」

椎茸嫌いの彼女はそういって、また人形を抱き上げる。花壇係が足を持とうとすると、「いいの、一人で持てるから」という。そして作業室とアトリエの間へ曲がる時に振り向いて、「ついてこないでね」と彼女はもう一度念を押す。

花壇係は笑って頷き、作業室の反対側の角へまわる。そして裏側へ出て、建物の背後から覗きみると、彼女は人形の足元に石を置いて崖縁に固定していた。

彼女は人形の横に並んで立ち、海を眺めながら小声で人形に話しかける。

「海がみえます。だけど人形さんにはみえません。船はみえません。鳥もみえません」

花壇係の位置からみていると、まるで恋人たちが並んでいるようだが、話している内容は正に人形さんごっこである。

「みえないものは人形さんも彼女も同じですね。森もみえません。月もみえません。お魚もみえません」

そして長々とみえないものを並べていく。花壇係が庭へ戻ろうとした時、「だめよ！」という声が聞えたのでもう一度首を出すと、彼女は人形さんを崖から突き落としたところだ。花壇係は思わず声をだしそうになって口を押える。椎茸嫌いの彼女は楽しそうに笑いながら海岸へ降りる細道へ走る。花壇係は崖縁へ走り寄るが、そこからは海面しかみえない。彼もまた海岸への細道をジグザグに下っていく。

海岸に着くと、岩陰から彼女の笑い声が聞えた。そして聞き慣れた男の声が飛び込む。

「花壇係のオジさんがきたよ」

岩に腰かけた我が開放的な笑顔を向けている。花壇係はその場にしゃがみ込んでしまう。

「ね、我と彼と彼女とでお船に乗って街へ行きたいわ。彼女、お船がとても好きなのよ」

彼女はそういって我の背に飛び上がる。我は後方へ倒れ、彼女とともに岩棚に寝ころぶ。

「ユーフォでもいいわ」

「我はいいけど、彼はどうかな」

我は花壇係に顔を向ける。

「彼も行くよ」

花壇係は呟くようにいって、我の顔をじっとみつめる。そしてそれが自分自身の顔であったことに気付く。それが我である以上当然のことだ。彼は我から眼をそらし、打ち寄せて岩に砕ける波を眺める。すでに波は冬の色と香りを運んでいる。


のちに助手や研究生が崖下を捜しまわったが我の人形はどこにもみつからなかった。海に落ちて流されてしまったのだろうと博士はいった。だがその後、庭や森や海岸のあちこちで人形をみかけるようになった。鳥氏は森の中でトド松の間に立っている人形に気付いて近寄ると、人形の姿は消え、また別の場所に立っていたという。二重人格の彼女は庭の、かつて人形があった位置に立っているのをみたという。そして助手までが玄関に立っている人形をみてしまった。やがて彼や彼女たちは人形の出現に慣れていった。我の幻覚と異って、人形は何の誘発因子もなく出現する。そして人形の幻覚が我の幻覚に変化することもあり、いつか人形と我の幻覚が混同されるようになってしまった。我と話していると急に人形になって動かなくなったり、人形をみていると我になって喋り始めたりする。博士は人形を撤去することで、更に我というものの存在を複雑にしてしまったことを知る。

猿の実験はさほどの進展をみせない。猿たちは人形のボスという幻覚薬によって与えられた多倖感に満足し切っており、時々野性からの呼びかけに嫌々応じて運動する程度である。彼や彼女たちも実験に関心を失った。女性の汝と研究生たちが任務として猿の世話をする他は、博士だけが意地になっているように執念深く観察を続けている。

博士はこうした猿たちの安定こそ、この反精神病院のあり方を示すものだという。しかし女性の汝はいう。

「結局のところ猿の精神というものは野性だけだから、その野性を奪いとってしまうとこうなるのよ。こんな複雑なことをしなくてもトミーに七匹の手術をさせれば同じ状態が得られるわ」

博士は反論をしようとして思いとどまる。女性の汝もこの実験が無意味だといおうとしているのではなく、博士の自己満足をとがめているだけだと気付いている。

ゼニゲバとゼニリブは猿の実験とは別の研究を始めたようで、殆ど洞穴へ顔を出さずに研究室で資料をあさっており、一日街へ行って大量の図書とコピーを持ち帰ってきた。

助手が研究室に入っていくと、二人は机の上に資料を拡げて統計を作成しているところだ。

『シャロン・テート事件』

『イエスの方舟事件』

『人民寺院事件』

『連合赤軍事件』

二人の集めている新聞記事のコピーは全てゲシタルトか、幻覚剤か、宗教にかかわるものだった。助手は一瞬顔色を変えてゼニゲバに抗議する。

「これが反精神病院のアナロジーだというのか？」

ゼニゲバは表情を変えずに頷く。

「彼女のアイデアよ、時事問題はゼニリブの専門だから」

ゼニリブは助手に挑もうというかのように向き直ってコピーを手に持つ。

「全て〝我〟の破滅の記録です。意外に多いわ。『ひめゆり部隊』や『特攻隊』から大量の一家心中まで、破滅要因と、破滅状況の間の大きな断層を調べる必要があると思います」

ゼニリブはいう。助手はゼニリブの横に坐り込み、手あたり次第にコピーを読み始める。

「ね、これ面白いと思わない？」

ゼニリブはコピーの一つを手にしていう。

「借金に困った親子四人が有金を持って車で九州から北海道まで遊びまわったのち、長野まで戻って排気ガスを引き込んで心中したの。その間お母さんがずっと日記をつけてるのよね。とても楽しそうなの。心中した時にはもう百円玉しか残っていなかったんですって」

「その楽しい旅行が今の彼や彼女たちだというのかい?」

助手は顔を上げてゼニゲバをにらみつける。ゼニゲバは首を振る。

「この一家は心中を決意してから旅行に出たのよ。少し異っているわ。でも、これだけ破滅を立派に受け入れた人達は珍らしいと思う。全体にゲシタルトにはカタストロフィへの順応性もあるように思えるわ」

「生きることを易しくする代り、死ぬことも易しくするというわけか」

助手は呟く。

「そうですね」

ゼニリブも頷いた。三人は頷き合って顔を見合わす。

「しかし」

助手はいう。だが、その後の言葉につまってまた沈黙する。ゼニゲバは立ち上がった。

「少し髭さんのお顔でも拝見してくるわ」

彼女は伸びをして部屋を出ていく。ゼニリブと助手はまたコピーを読み始める。

「しかし」

助手は先程の続きのようにいう。

「どうしてこの反精神病院の破滅を予見しながら、ここを脱け出そうとしないんだ?」

「予見しているわけではないわ。ゲシタルトと集団エゴの関係を調べているだけですもの。確かに破滅の例も多いけれど、そうでない例もいっぱいあるわ。それに破滅するのならよけい最後を見届けたいとも思います」

ゼニリブはいう。その時、庭で「キャーッ」という悲鳴が聞える。彼や彼女を強烈なインパルスが貫いて走り、危機を伝えていく。助手はすぐに研究室を飛び出した。

アトリエの横にゼニゲバが倒れ、森の方向へ黒い影が走っていく。画家が黒い影を追っていき、髭さんがゼニゲバを抱き上げる。助手も森へ走る。しかし、森の入口までくると画家がゆっくり戻ってくる。

「丸坊主相手に森で鬼ごっこしても勝ち目はないよ」

画家はそういって助手にも追跡を中止させる。アトリエの入口には彼や彼女や汝たちが集まっており、医師がゼニゲバの手当にかかったところだ。髭さんのひざに支えられたゼニゲバは右手から血を流し、顔をゆがめている。地面には木彫用のノミとお札が三枚散らばっている。

「大丈夫だ。手を切っただけだ」

医師はそういいながら止血のために腕をしばる。ゼニゲバは興奮しながら叫ぶ。

「あいつ、人殺しよ！　あいつ、サディストよ！」

髭さんはその言葉を聞いてうなだれ、ゼニゲバから離れる。助手は彼を追っていって肩に手をかける。

「髭さんにいったのと意味がちがうよ」

髭さんはアトリエに入り、スケッチ用のチェアに坐り込む。

「彼女はマゾヒストなんだ。本質的に」

「命をおびやかされたんだよ」

「その通りだ。だから彼女はサディストと叫んだ。彼女はまた丸坊主と岬へ行くだろう」

「丸坊主はもうここにはおいておけない」

「それなら彼も同じだ。彼もゼニゲバにひどいことをした」

「いや、同じだ。どちらも愛情だ。彼女は自分に加えられた暴力によって愛を知るんだ」

「意味がちがう」

髭さんはそういって頭をかかえこむ。

「髭さんと彼女はお互いに愛し合っている。だけど丸坊主は一方的に暴行しただけだ」

「彼女は丸坊主を好きになる。彼にはわからないだろうが、彼女にとっての愛はそういうものなんだ。自分をどれだけ強く愛しているかによって彼女自身も愛するようになる。それは一面で正しい考え方でもある」

髭さんはそういってアトリエの奥へ入っていく。助手は庭に戻る。庭では彼や彼女たちが丸坊主への怒りを集めて黒雲を立ち昇らせている。それはみんなの足元から霧のようにわきあがり、庭の上空に集まってどす黒いかたまりとなる。そして森へ向けて飛んでいく。

廊下の入口にゼニゲバが坐っている。包帯に包まれた手を胸にあて、焦点のない眼で宙空をみつめている。助手の汝が近寄り、髭さんのところへ行かせようと背を押してアトリエを指差す。しかし彼女は首を振る。そして助手を鋭くにらみつけ、足を踏んばって強い拒否を示す。

その日の日暮れまで、彼や彼女たちが森の中を大捜索したにもかかわらず、丸坊主はみつからなかった。そして次の日の午後になって、ハーフトラックで湿地帯を走りまわっていた鳥氏と研究生が丸坊主の死体を発見した。一面の葦が五メートル平方ぐらい途切れ、乾いた土が露出して、自然の土手のように沼をさえぎっている。丸坊主はその土手にはい上がろうという姿勢で泥まみれになって倒れている。両手両足は砕かれて、片眼はつぶされている。泥が乾いてヒビ割れている肩の付近は血で赤黒く染っている。

無線の連絡で医師と助手と髭さんが到着する。髭さんは付近のおびただしい数の足跡をみつめ、丸坊主の足を観察する。助手はライトバンから防水シートを出して丸坊主の死体をくるむ。医師は死体をみつめるだけで何もいわない。

丸坊主の死体は庭の垣根の間に投げ出された。ゼニゲバは当惑するゼニリブを促して手伝わせ、ゴムホースで死体を水洗いする。泥が落された死体は更にひどい。身体中が打撲によって変色しており、胸では肋骨が飛び出している。ゼニゲバは針金や釣糸で死体を修復していった。ゼニリブは横を向いて道具を手渡すだけだ。他の彼や彼女はまるで恐怖映画でもみているように、手をにぎりしめてゼニゲバの手の動きをみつめている。つぶれた眼に綿をつめてまぶたを縫い合わせ、折れた足を力まかせに伸ばして針金で固定する。そして修復を終えると、彼女は丸坊主の顔の上に泣き崩れて、そのまま抱きしめていた。

広間へ運び込んで白衣を着せてからも、彼女は時々涙を流し、死体の股間を愛撫したり、ほほにキスをしたりして、ずっと離れようとしない。

助手は広間の端で彼女を眺めながら、ゼニリブと髭さんをうかがう。ゼニリブもまたゼニゲバの奇妙な愛情表現に驚いている。髭さんはじっと唇をかみしめて丸坊主の死体をみつめていた。

やがて街から警官や検死官が到着すると、みんな救われたように広間を出ていく。医師は検死官に崖から転落したのだと報告した。そして助手も、自分が丸坊主の死体を海岸でみたのだと思い込めるようになっていることに驚く。ゼニゲバや研究生たちも、医師の言葉に異議を唱えず、事件は簡単に決着した。

死体が救急車に積み込まれると、ゼニゲバはついていくと主張したが、みんなが強引に押しとどめ、代りに医師の汝がパトロールカーに同乗した。そして医師は二度と研究所に戻ってこなかった。

髭さんと画家はすぐにアトリエに戻り、ゼニリブはゼニゲバを研究室に連れていく。助手と博士は研究生とともに洞穴へ向かった。

「我に殺されたのかね?」

博士はいう。助手はそのあからさまな表現に当惑する。誰もがそう了解していたが、それを口にしたのは博士が最初だ。

「博士も、そう思いますか?」

助手は逆に質問を返す。

「汝はまだ我というものが物理的に存在しているとは思わない。汝の幻覚かもしれないが、昨夜、みんなが出かけていって、明け方に戻ってきて泥を洗い落していたように思う。しかし、丸坊主の居場所をつきとめたのは我と呼ぶべき存在だろうね」

助手は頷く。二人は観察窓に寄りそって、猿たちを眺める。なぜかイサクがヨハネのすぐ横に寝ころんで、互いに手を伸ばし合って栗の実を分けて喰べたり、じゃれ合ったりしている。助手は眼を閉じる。庭では鳥氏や二重人格の彼女が火館祭の準備を始めた。すでに夜は著しく冷え込むようになっており、おそらく今日が最後の火館祭となることだろう。

「不思議ですね」

助手は呟くようにいう。

「つい先程のことなのに、泥で丸坊主をみかけたのが幻覚で、海岸の岩の上に転がっていた丸坊主の姿がとても現実感を持っているように思えるのです」

助手は博士をみつめる。鳥氏とともにハーフトラックに乗っていた医学生の汝が頷く。

「ぼくも同じなんです。ぼくは我なんか信じていないのに――」

研究生はカマキリと同じぐらいの年齢で、頑強な身体をしており、神経質なところはみられない。博士は観察に熱中しているふりをして心電図を引き出し、もう一人の研究生をみる。丁度その研究生も博士をみつめていたので二人の視線が合う。少し年をとっているが、こちらの研究生には日頃から躁鬱質の傾向がみられる。研究生は博士を疑い深く眺めたのち、はっきりした口調でいう。

「ぼくは大丈夫ですよ」

助手は二人の研究生を交互にみつめてから洞穴を出る。彼や彼女たちが火館祭の準備を待ちかねたように庭に出ている。みんな落着かず花壇の周囲を歩きまわり、つきまとうメランコリーを振り払おうとしているかのよう。

やがてビールが運び出されると一斉に廊下の入口に集まる。日がかげってくると早くも冷い湿気を含んだ空気が降りてくるが、みんな震えながらビールを飲む。ゼニゲバとゼニリブも研究室から出てきた。すでにゼニゲバの表情に静けさが戻っていて、あの丸坊主の屍への執着のあとはない。ゼニリブは助手の横へきて、耳もとで囁く。

「髭さんは?」

助手はアトリエの方向を眺める。丁度画家が出てきたところだ。髭さんも間もなく出てきたが、何か大きなものを手でかかえている。画家が庭までやってくると助手とゼニリブは近寄っていく。

「彼、何しているんです?」

画家は首を振っていう。

「スピーカーのようだ」

髭さんはすぐにまたアトリエに入ってしまった。すでにビールは二樽目にかかっており、昼間の興奮と寒さのおかげでみんな早々と歌を始め、あたりを走りまわっている。急速に暗くなって星が銀色のヴェールを拡げていく。空はとてつもなく透明だ。廊下の入口と屋根上のライトはまるで太陽に向けて開いた穴のように純白に輝いている。

アトリエの方角からいつの間にか音が流れ込んでいる。どうやら髭さんはシンセサイザー・ミュージックを演奏しているようだ。助手と画家は人込みをぬけ出て、スピーカーの音に耳を傾ける。オペラたちの歌も、いつかシンセサイザーのリズムに合わせている。そして幾つもの歌が加わっていく。単調なリズムとマイナー和音は彼や彼女の中のメランコリーをとらえ、確実に歌を調和させていく。やがて、みんなが大声で歌うようになった。博士や研究生や女性の汝は歌から逃げるようにビールを持って洞穴へ入る。女性の汝は丸坊主の死体を眺めた時と同じ眼で光の中の狂乱をみつめている。

髭さんの演奏はボリュームを上げる。マイナー和音に波の音が加わり、トウー・ビートのリズムは消える。大声で歌っている彼や彼女たちの幻覚がシンセサイザーに合わせて拡がっていく。海面は崖上まで昇ってきて、建物と庭だけが夜の海の暗闇の中に浮んでいる。光を求めて数種類の海鳥が屋根上や棚に集まってくる。アジサシ、ウミネコ、ウミウ、カモメ、シギ――鳥たちもまたシンセサイザーに合わせて断続的な叫びをあげる。髭さんの演奏には新しいリズムが加わり、海は嵐に包み込まれる。鳥たちは一斉に飛び上がり、闇に同化してしまう。高波は建物の屋根まで届き、何度も何度も庭を洗う。彼や彼女たちは樹木や建物の柱につかまって大声で叫んでいる。そして嵐がおさまり、海面が崖下に引いていくと、乾いた風が吹き抜け、全天に星空がよみがえる。弦楽器のように空気を細かく振動させる悲しげなメロディ。その底には可聴域よりも低いティンパニの音が響いている。

カマキリは急に奇妙な踊りを始める。手足を機械的に折り曲げて、くり返し、くり返し、一カ所で回転する。演奏もそれに合わせたようにタムタムの音を伝え、アフロミュージックに移る。草原の拡がりと絶え間ないざわめき。野獣の叫び。彼や彼女たちは次々とカマキリを真似て踊る。サンバのリズムが加わって、リオのカーニバルのような狂乱が始まる。夜の太陽。巨大なアーチ。金糸や銀糸のきらめき。彼と彼女の位置が入れ換って、魂を交換する。照明灯の光の外の星々のきらめき。大地は地球の裏側からの信号を伝え、周囲のトド松さえ踊り狂う。そして我。そして死んだ丸坊主。そして去った医師。そして博士。洞穴の中の博士は踊りの中の自分の姿をみる。そして目をおおい、耳を押える。いつかカマキリを押えてオペラの彼女がステップをリードしている。ゼニゲバは少しためらい、画家は手足を引きずられるように踊る。シンセサイザーのボリュームは更に上がる。リズムアンドブルース。水晶の乱反射。ユーフォの閃光。シンセサイザーの巨大な肉体がどこかにそびえている。シンセサイザーの魂の叫び。低音の長い長い振動。高音の悲鳴。機械のラプソディ。宇宙の果てまで躁病が蔓延していくよう。

研究生の一人が洞穴を飛び出して踊りに加わる。博士に、「ぼくは大丈夫です」といっていた汝。その汝も彼となる。大量のエネルギーをどこからか吸収したように、十トンものくさりから解放されたように、飛ぶように踊る研究生の彼。メロディの飛翔、幾つかのドラムに促されて次々と飛び上がる彼や彼女。洞穴の中の博士が大声で何か叫んでいる。しかし、誰にも聞えない。誰も聞かない。誰も気にとめない。暴走するハーモニイ。暴走する形相。暴走するゲシタルト！

ディキシーランド・ジャズとアフロミュージックの合成。ブラスの響き。星々は赤や青や黄色のスポットライト。光は点滅し、サイケデリックな花を開く。彼や彼女は飛びながら花弁をまき散らす。花は空へ飛んでいく。いつまでも星々のスポットライトに照らされて飛んでいく。それは流れ星。そして彼や彼女のパーテイの終り。一年の最後の火館祭の終り。急に寒気が周囲から押し寄せる。シンセサイザー・ミュージックは自然音と和合する。波の音。森のざわめき。ガラスのコップの割れる音。人々の息と心音。女性の汝が半狂乱で事務室へ走っていく。彼や彼女たちはすでに半ば眠りながらベッドへ向かう。ゼニゲバだけが震えながら、いつまでも灯台の光の回転をみつめている。流れ星は更に激しく降る。

髭さんの演奏は猿たちにも大きな影響を与え、次の日は檻の片隅にうずくまったまま、一日中幻覚に浸っていた。そして女性の汝と、三人の研究生と、二人の事務員は街からタクシーを呼んで逃げていった。彼になった研究生と、海岸で丸坊主の死体を発見したという幻覚を持ってしまった研究生だけが残った。すでに汝と呼べる者はいなくなっていたが、彼の研究生と区別されるために、もう一人の研究生は汝と呼ばれ続けた。また博士もまたいつまでも汝と呼ばれている。

髭さんと画家はアトリエに閉じこもったまま、昼過ぎになっても出てくる気配がない。ゼニゲバとゼニリブはアトリエに向かった。

画家は夢中で作品の仕上げにかかっていて二人に気付く様子はない。機械に天窓をさえぎられて薄暗くなったアトリエに、カンバスだけが人工照明のスポットライトの中で輝いており、まるで床面から絵の中の炎が立ち昇っているかのよう。

鮮明な炎の赤を反射している画家の顔が闇の中に入ると、眼だけが異様な光で二人をにらみつける。しかし画家の意識が二人を確認することはなく、すぐに視線が絵に戻り、炎の一片に象徴的な斑紋をつける。絵は殆ど完成しかけているようだ。画家はその絵からあふれ出る恐怖を一人で受けとめているように神経を鋭くとがらせて、炎の一つ一つを次々と修整していく。二人はその炎の中に秘められた恐しいメタファーまではみることができなかった。

ゼニゲバとゼニリブは機械の奥へ入る。機械は生きており、あちこちに赤や緑のパイロット・ランプを点滅させていた。絶えることないハミングが周囲から全身の皮膚を震わせている。暗闇の谷間を抜けて鉄梯子を昇ると、天窓の光を受けた美しい空間に出る。周囲に透明なヴェールが漂い、接触し合うと静電気によってパチパチと小さな音をたてる。ヴェールの重なりはオーロラのようにゆらめき、淡い光のプリズムを生み出す。

二人は思わずその光に陶酔し、そこにうずくまったまましばらく動こうとしない。そしてどちらからともなく顔を見合わせて、思わず笑う。階段を降りていくと機械の中心部に出る。コックピットには髭さんがうつぶせて眠っている。ゼニゲバが声をかけても動く気配はない。二人は髭さんを操作台から引きずり出す。光の中に出た髭さんはまるで死人のように衰弱していて、数日間無人島で過してきたかのようだ。

「あれ、みて！」

ゼニリブが悲鳴のぬけがらのような声をたてる。ゼニゲバがみると、髭さんを引きずり出したコックピットに我が坐っている。我は二人をみて笑っている。とてつもなくやさしげな笑顔。それはゼニゲバには髭さんのようにみえ、ゼニリブにはゼニゲバのようにみえる。ゼニリブはゼニゲバと我を見較べて、「ちがうわ」と呟く。

「そうよ。ちがうわよ」

ゼニゲバは彼女のいったことの意味をとらえ切れないまま答える。

そして二人は顔を見合わせて笑う。ゼニリブはもう我に慣れていたが、ゼニゲバにとっては初の我との対面だった。

広間に運び込まれて、ブドウ糖を注射してもらってからも髭さんは眠り続ける。助手も博士もトミーも放火魔も髭さんの周囲で見守っていたが、いつまで経っても眼を開く様子はなく、顔色もよくなってきたので、窓際の机に向かう。

「みんな、バラバラになってしまったと思わないか?」

助手はいう。放火魔は頷きながら自分の記録ノートを開く。

「本当はそうではないのよ。強力に我が働き始めたので、彼や彼女の繋がりが全て我に奪われてしまっただけね。本当は以前以上にみんなが強く結びついてしまっているのよ」

ゼニゲバは無表情に喋る。窓の外では昨夜の火館祭の終りを待っていたかのように強い風が吹き抜けて、枯葉を樹木からもぎとっていく。

「彼女は髭さんに、このゲシタルトの破滅の記録の統計をみせて問い質したいわ」

ゼニリブは机の上の紙封筒を示す。

「どういうデータが出たのかね」

博士がいう。

「結論は全く出していません。天才数学者の髭さんが自分で分析するでしょう。人数の点でも三、四人から何万人まで例があるし、宗教的な平穏を志向するものから、革命志向までゲシタルトのあり方もまちまちです」

ゼニリブがいうと、ゼニゲバが口をはさむ。

「志向そのものはゲシタルトとしてとらえ切れないわ。ゲシタルトはあくまで集合と形相として考えるべきよ。つまり『連合赤軍』の破滅のどこまでが革命志向と状況に根ざしたものので、どこまでがゲシタルトとしての形相に依存するものかが問題ね。『人民寺院』だって、もし社会問題とならなければどうなったかわからないわ。ゼニリブの考え方は少々ジャーナリスティックに傾くのよ」

「だけど、現実には分離して考えることはできないでしょう?」

ゼニリブはいう。助手は二人の新しい対立を興味深げに眺めている。

「ゼニリブの資料を、状況的な元を持つ集合と、ゲシタルトとしての集合の共通部分としてとらえなければならないのよ」

ゼニゲバがいうとゼニリブは頷く。

「だから、やはり髭さんに分析してもらわなければ仕方がないのね」

「結局のところ、ゲシタルトとして我が象徴されていた時期には簡明だったんだ。その後ゲシタルトに対位して我という存在を幻想し始めてから全てが混乱し始めたのだと思う。ゼニリブの資料の中で同様の我が存在するものはどれだけあるんだ？」

助手はいった。

「それも解釈が難しいんです。宗教的なものは全て〝神〟が似た意味を持つと思いますが『連合赤軍』の場合、永田洋子が〝我〟なのか、革命が〝我〟なのか、両方なのか、それともどちらも〝我〟といえないのか判断できませんし、『シャロン・テート事件』のような幻覚剤をともなったものの場合や小さな一家心中の場合、内情がよくわからないのです」

カマキリが急に漫画とヘッドホンを置いて立ち上がり、眠っている髭さんに近寄る。そして眠り顔を確認して、頷きながらゼニゲバの横へきて坐る。

「何か話すかい？」

助手はいう。カマキリは首を振った。そして窓の外をみる。庭ではプラスチックのバケツが風に飛ばされて垣根に衝突した。

髭さんはその日の深夜、みんなが寝静まってから、ようやく眠りから覚めた。

次の日の朝食が終ると、全員が研究室に集まった。髭さんはみんなにみつめられてもなかなか口を開かない。そして耐え切れなくなったようにいう。

「すまない」

博士はそれを聞いて失望したように下を向く。

「何があったの？」

ゼニゲバがいう。髭さんはノートに何かを書いて、元気なく顔を上げる。

「演奏の途中で我が現われた。彼はサイバネティクスによる制御と調和を求めたのに、我は統合を要求した。彼は精いっぱい我と闘ったのだが、途中から演奏が暴走し始めた。しかし、――そうだ！　あのカマキリの作った式だ。あれはうまくできすぎている。あれが我の側の回路だったんだ」

髭さんはノートを開き、一ページ目に大きく書き込まれた式を示す。

$$X_i\ (t+\tau)=1\left[\sum_j a_{ij}\ x_j\ (t)-\theta_i\right]$$

「これはマッカローとピッツによる『神経回路網モデル』の式だ。神経回路を興奮性伝達シナプスと抑制性伝達シナプスの数値でとらえ、アンド・オア・ノットとして表現される伝達や多数決として表現される伝達をモデル化したものだ。彼の機械はこのモデルを基本的に応用したもので、ゲシタルトの興奮性と抑制性をコントロールして調和を保とうというものだった。あのシンセサイザー・ミュージックはそれを音に変えたものになるはずだった。カマキリの式はこのモデルに新しい考え方を加えた。つまりゲシタルトは形相である。そして全ての形相は数式化され得る。要するに彼や彼女の意識は数式でとらえることはできないが、彼や彼女のゲシタルトとして補足したもの——つまり幻覚は数式化できることになる。カマキリの書いた式はバラバラだったが、明白に可算パラコンパクトとしてゲシタルトを数式化するヒントを与えていた。彼はそれを試みた。そしてゲシタルトに可能な幻覚を生み出してしまった」

「それが統合だったというのかね」

博士は顔を上げて問いかける。

「一見、興奮と抑制のバランスを作ることと、形相の補足は似たもののように思える。しかし、彼はカマキリや自閉症や椎茸嫌いの彼女たちのような存在を甘くみていた。彼や彼女たちの場合は確定的なものが僅かで、幻覚が殆どなんだ。とてつもない存在だ。それにもう一つ間違いがあった。つまりゲシタルトと我との間に関数をとらえることができる、——写像だからね。しかし、それはあくまでゲシタルトの我であり、そうした我の存在を認めてのものなんだ。ところが興奮と抑制に於けるサイバネティクスは、そうした我を認めないものだ。結局のところ幻覚から確定的なものを引き出すのではなく、幻覚を確定的なものと同一視することになってしまう」

髭さんはまるで自分自身を攻撃するように喋りまくって、うなだれる。

「もともと内在していたパラドックスに直面せざるを得なかったというわけだろうね」

助手がなぐさめるようにいった。そして、しばらくの沈黙が続く。

「で、どうなるのよ」

ゼニゲバはさすがに遠慮がちに詰問する。

「興奮と抑制のサイバネティクスに戻すことは簡単だ。しかし、今度の失敗でわかったことは、サイバネティクスが確定的なものを制御することはできても、幻覚には立ち入れないことだ。現実に我は存在してしまっており、いかに抑制してもみんな我に依存してしまう。その点でカマキリのアイデアを導入したのは正解だった。むしろここで生じた確定的なものとしての幻覚をサイバネティクスとして制御することができればと思う。そのためには確定的となる以前の幻覚へのアンティシパシオンが必要だ」

髭さんはいう。そして気をとり直したように付け加える。

「理論的には不可能ではない。すべての形相は数式にできるはずだから」

「でも、危険ではありませんか？　今ですらパラドックスに悩まされているんでしょう。いっそ機械を壊した方が……」

ゼニリブは思い切ったようにいう。

「いや」髭さんは直ちに断固として否定する。「機械そのものが何かをするわけではない。むろんあの機械も小さな電子頭脳といえるが、ＳＦに登場するような意志を持つ機械ではない。あくまでコンピューターの域を出ないものだ。従ってあくまで操縦する側の問題なんだ。我の存在が問題なのであって、その我に対抗できるものは今のところあの機械だけなんだ」

ゼニゲバはこの説明に口をとがらせる。

「その通りよ。操縦する側の問題よね。我が現われるというのは全て幻覚だわ。だから髭さんが問題なのよ。我なんていないわ。もともと人形だって幻覚を代用するものとして作られたのでしょう。みんな都合の悪いことは我のせいにするのよ。髭さんの場合だってそう。自分の支配欲に勝てなかっただけなのよ。確かにあの機械は立派なものですわ。自然界の力学が立体的にモデル化され、人間が感じる音も光も大部分作り出せるし、コンピューターにはできない物理的実験を機械の中でおこなえるようになっている。そしてそんな機械を彼のようなサディストに任せておくことが危険なのよ」

ゼニゲバは急速に怒りを示し、すぐに無表情に戻る。

「そういわれるだろうと思ったよ。確かに肉体を持った我という存在は幻覚だろうと思う。しかし、ゲシタルトの関数としての我はやはり存在してしまっているんだ。カマキリの式にしても、機械に応用しなくても我の側ではすでに理論的に応用してしまっている。それによってゲシタルトに任意の幻覚を補うことができるんだ。機械はそうした我を知ることができる唯一のモデルでもある。あの機械がなければ我に関して何もわからない。機械を壊すと、扱い方のわからない核ミサイルを残すようなことになるんだ。わかってほしい」

そしてまた沈黙が始まった。みんなが博士の顔をみるが、博士もまた髭さんと同じくうなだれている。それは博士が髭さんと同じ考え方であるようにも受けとれる。やがて放火魔がいう。

「彼にはこの議論が難しくってよくわからない。しかし、数学と物理学と工学に関しては髭さんにたよるより仕方がないように思う。髭さんは信じ得る人間だ」

だれも同意しないが、だれも反対しない。

やがて博士と助手は耐え切れなくなったように席を立った。二人は沈黙したまま廊下を抜けて庭へ出る。そして垣根にそって曲がると、洞穴の入口の前で椎茸嫌いの彼女が猿の足を逆さにぶら下げて立っている。猿は手を長く地面に垂らし、首や胸を傷だらけにして、口を大きく開いていた。彼女の横で研究生の汝がいう。

「イサクが殺されました。急に六匹が狂ったように襲いかかって隅に追いつめて殺してしまったのです」

椎茸嫌いの彼女はイサクの屍を振りながら博士の顔の前に突き出す。腹には大きな傷口が開いていて、まだ血が流れ出ている。

「丸坊主みたい」

彼女はいう。

その夜にはデボラも惨殺された。五センチもの霜柱ができる冷え込みだった。

猿の実験は中止された。檻はそのまま飼育用に使われたが、次の日には誰かが猿たちを森へ逃がしてしまった。我が逃がしたと誰もが考えた。

画家は絵を完成した。アトリエから運び出されてきた絵は、まるで青空の下に闇を持ち出してきたかのように深々とした暗黒に包まれている。幾つもの幻覚が重ね合わされた黒色には、もう個々の幻覚の形をみることができない。中央に火館が燃えている。そしてその炎の中には幾つもの顔がある。顔は全て同じ人物とも思えるが、それでいて個々の顔に別の個性をとらえることができる。炎の絵がどうしてこれだけ冷いのだろう。まるで炎がそのまま凍ってしまったかのように、絵全体が冷気を放っている。しかも燃える館の下には青々とした草が生い繁り、鮮やかに花々が咲き乱れている。コスモスの淡いピンクがなぜか毒々しく、ハマナスの赤い実は奇妙に狂気を感じさせる。そしてエゾキスゲの猛々しい黄色。コザクラの荒々しい白。花々の根は地下数十メートルまで続いているかのように頑強に大地をとらえている。そして花の陰には獣たち。猿、犬、マウス、オコジョ、エゾリス、キタキツネ、エゾウサギ、そして蛇。

みんなその絵を吸い寄せられるようにみつめ、一度眼を離すと二度と眼を向けようとはしない。やがて髭さんと画家が絵に白い布をかけると、彼や彼女たちは安心したように顔を見合わせる。

ゼニリブはみんなが立ち去ってのちも、絵の前に立ちすくんでいる。助手が近寄ると小さく身体を震わせ、絵を覆った白い布の奥に何かをみているかのように焦点のない視線を漂わせている。

「やはり、ここを出ましょう」

彼女は呟くようにいう。助手は彼女の肩に手をかけて頷く。

「彼と彼女だけでなく、みんなに呼びかけよう。ずっとそう考えていたんだ」

助手はそういって、博士を追いかけて研究室に向かう。研究室から出てきた時、助手は顔を紅潮させ、両手を強く握りしめていた。

そして全員が広間に集まってくる。椎茸嫌いの彼女やカマキリの彼までが神妙に絨毯の上に坐り、青いドアを背に立っている博士と助手をみつめている。最後に髭さんと画家が入ってきて、奥にひっそりと立つと博士は語りかける。

「汝は今もこの研究所のシステムが間違っているとは思っていない。確かに矛盾もあるし、丸坊主のような犠牲者も出たが、矛盾はいずれ解決されるだろうし、丸坊主にしても檻の中の精神病院の生活よりもずっと素晴しい人生を過したと思う。少なくともここではみんなが生きることを実感できるはずだ。従って今も汝はこの研究所は失敗しているとは思わない。

しかし、同時にここには幾つかの危険がひそんでいる。そして今はさまざまな混乱が次々と発生している。ここがこれからどうなっていくのか汝にもわからない。たぶん、今が全ての分岐点ではないかと思っている。助手の彼はここを去りたいと申し出た。助手のいい分ももっともだと思う。彼とともにここを去ることを希望するものは、この機会に申し出てほしい。ともかく助手の話を聞いてもらいたい」

博士はそういってドアの横に下がり、窓にそって髭さんの立っている場所まで歩いていく。助手はしばらく全員を眺めていたが、一、二度どもってから喋り始める。

「彼も博士のシステムが間違っていると考えているわけではありません。ただ、このゲシタルトが作り上げてしまった我という幻覚が手に余るものとなってしまったと思うのです。彼は博士と髭さんにもう一度やり直してほしいと思っています。とりあえず不本意な我を形成してしまったこのゲシタルトを解体し、新しい分裂病患者を集めて、強力な我が形成される前に制御システムを確立すればいいと思います。そうして形成された二次ゲシタルトは、この一次ゲシタルトの実験を土台にして更に充実したものとなることと信じます。一般社会に同化できる人はここを出るべきです。そして同化できない人は新しいシステムの完成まで再び一般病院に戻っていただきたいと思います」

助手がいい終らない間に椎茸嫌いが叫ぶ。

「いやよ。彼女、ここがいい。よそへ行かないわ」

そして花壇係もカマキリも拒否を示す。

「彼もここに残りたい」

花壇係がいう。

「残りたい人を無理に連れ出すわけにはいかないわ」

ゼニゲバがいうと、助手は困惑したように周囲を眺める。

「しかし、それではゲシタルトが解体できない」

助手はいう。

「出てもよいという人はどのくらいいるの？」

ゼニゲバは片手を差し上げる。助手がまず手を上げ、ゼニリブ、トミー、鳥氏、二重人格、研究生の彼と研究生の汝、そしてゼニゲバが改めて手を上げる。

「それだけ出れば、あと十五人ぐらい新しいメンバーを加えてゲシタルトを再生できるかもしれない」

助手はそういって髭さんと博士をみる。博士はあいまいに頷く。

「では、とりあえず彼とゼニリブとゼニゲバと研究生二人で街へ行って車などの手配をします。みんな準備をして下さい」

助手はいった。それがゲシタルトの解散宣言でもあった。

画家はしばらく眼を閉じて壁にもたれかかっていたが、やがて髭さんに歩み寄ると手を差し出して握手する。

「彼もここを出ることにするよ。経済的な面では今後も援助するし、街に住んでここへも何度もくるようにしたい。それでいいだろうか」

髭さんはゆっくり頷く。そして画家とともに青い扉に向かう。青い扉の前でゼニゲバが髭さんを待っている。髭さんはゼニゲバの肩に手を置く。

「彼女は出ていくのか？」

ゼニゲバは彼に笑いかけ、すぐに無表情に戻って髭さんの手を握り切る。

「もし、ここを去るのなら、これまでのことを許してほしい。だけど、もし残ってくれればとても嬉しい」

髭さんは庭へ出ていくゼニゲバを追いかけながらいう。ゼニゲバは庭へ出て立ちどまる。

「彼にも自信がないいんだ。彼女がいろいろいってくれることがとても役立っている。本当に彼女がいうように彼に支配欲があるのかもしれない。それが彼自身にも恐しい。彼を理解して見守ってくれることができるのは彼女だけだ」

ゼニゲバは髭さんを振り返る。

「残るわ。そのつもりだったのよ」

髭さんはまだまだ喋る言葉を用意していたので気勢をそがれて当惑する。ゼニゲバはもう一度笑いかけ、今度は笑顔を崩さない。そして髭さんもようやく笑う。

次の日の午後、助手とゼニリブと研究生二人はライトバンで出発した。海から氷片を含んだ風が強く吹きつけている。

「冬になった」

走り去る車を見送りながら花壇係がいう。

「もう冬ですね」

椎茸嫌いはそういって、えりを立てて首を埋める。

第三部　機械と氷とパラコンパクト空間

枯れた葦のベージュ色の原野をアスファルトの黒い道が貫いている。濃紺の空は無限に深く、車の窓から見上げていると、ふとしたはずみで車ごと空の底へ落ちていきそうに思える。

「ヒーターを入れようか?」

助手は横に坐っているゼニリブに聞く。ゼニリブはじっと窓に顔を押しつけて空をみつめている。時速百キロで走っていても、直線コースなので全くハンドルを動かす必要がない。助手は後部座席の二人の研究生をみる。

「寒いわ」

ゼニリブは助手に答えるというよりは、一人ごちるようにいう。助手はすぐにヒーターのボタンを押す。車内はたちまち暖まり、窓ガラスは曇っていく。助手はスプレーを噴きつけて、布でフロントガラスをふく。街までの距離がいつもよりずっと長いように思える。

やがて鉄塔や煙突がみえ、ビルや家屋が姿を現わす。ライトバンは最初の建物の前を通過して市街地に入る。冬を迎えたせいか、人通りは全くない。並木道はトーテムポールのような幹だけを連ねている。車も全く走っていないし、工場や商店の雑音も聞えない。

「あら、やっと人がいた」

ゼニリブが指差した方角に店のシャッターを降ろしている人影がみえる。そして間もなく一台の小型トラックとすれちがった。

「だけど変ですね。店も全部閉まっているようだし、車も少ない」

研究生の彼は窓の水滴を手でぬぐいながら呟く。助手は早くから何らかの不安を感じていたのか、ずっと沈黙している。

デパートもシャッターを閉じており、屋上から下った布広告は破けて風になびいている。車が急カーブを切ると、タイヤのきしみが街中に轟く。そして車は駅に到着する。

研究生二人は不安げにスーツケースを持って車を降りる。助手もエンジンを切って車を出る。

「行ってみよう」

助手に促されてゼニリブも車を降りた。

駅の待合室では二人のセールスマン風の男と女子高校生がベンチに坐っている。そして出札口には駅員もいた。研究生たちは笑顔をみせて手を差し出す。

「大丈夫です。列車は動いているようです」

助手は握手をしながら頷いた。

「いずれ東京で会おう」

助手とゼニリブは車に戻る。ゼニリブは車に乗る前に不安げに周囲を眺める。

「とりあえずホテルに落着こう。理由はすぐわかるよ」

助手はそういってエンジンをかける。ゼニリブも車に乗り込んでドアを閉じる。車が動き始めてすぐに後方で列車の到着する音が聞えた。列車がさまざまな音を運んできたように、海岸の方向から工場のサイレンが聞え、ビルの裏側からも車の音が伝わってくる。しかしそんな音もすぐに消える。ホテルの駐車場に車を停めた時にはまた恐しいほどの静寂が始まっていた。駐車場には車が二台停まっている。二人が歩く足音だけがコンクリートを強く響かせている。階段を昇り、ドアを押してロビーに入ると、室内は暗闇だった。

「休業?」

ゼニリブはドアの外に立ったままいう。助手はロビーに一歩踏み込んだだけですぐに外へ出てくる。

「他所へ行ってみよう」

しかし、二人とももう身体の底から突き上げてくる不安に耐え切れなくなっていた。そしてホテルの階段を降りたところで、立ちすくんで動けなくなってしまう。動かないとよけい静けさに全身がしめつけられていくように思える。

「行きましょう」

ゼニリブはいう。しかし彼女も足元の震えから脱け出せない。助手は彼女の肩を抱き、引きずるように車へ向かう。

「どうしたの？　一体、どうしたの？」

ゼニリブは口の中でくりかえす。助手はようやくエンジンをかけて車を走らせる。

「駅には人がいたんだ。列車も走っている」

助手はいう。そして巨大なきしみ音とともに車をUターンさせる。

駅へ一人の男が駈け込もうとしていた。車はその男を追うように歩道に突っ込んで急ブレーキをかける。そして二人は車を飛び出して、駅へ走り込む。丁度男が改札口を抜けて地下道を駈け降りていくところだ。駅員は改札口を閉ざしてホームを歩いていく。二人は改札口までできて駅員を呼んだ。しかし、駅員はホームからレールに飛び降り、対面の線に停止している気動車の車掌室に入ってしまった。地下道から男が昇ってきて、その列車に走り込む。そして警笛が鳴って、列車は動き始める。

助手は改札口を乗り越えてホームを走り抜け、レールの上に飛び降りたが、彼の眼前で列車は少しずつ加速していく。ゼニリブはホームの上で絶望的に列車と助手をみつめていた。

列車が走り去ってからも、音だけが長くレールを伝って響いている。そして発車信号が赤から橙色になり、青く変わる。駅には全く人影がなくなって、再び完全な静寂が始まった。

「みんな、わたしたちから逃げていくわ」

ゼニリブがいう。助手はホームに這い上がり、駅務室に向かった。飲みかけの茶や、開いたままのノートがあわただしい逃亡の跡を留めている。出札口には多額の金が積み上げられたまま放置されている。

「きっと駅員は戻ってくるよ。ここで待っていてくれ。ぼくは街中を捜してくる。まだ何人か居たはずだ」

助手はいう。ゼニリブは返事ができない。

助手は駅を出て、巨大なトレーラーでも動かしているような排気音を残して車を走らせていく。ゼニリブは出札窓口の前に坐って、じっとその音を聞いている。自動車の音はずっと聞えており、右から左へ、手前から彼方へと動いているのがよくわかる。そしてどこかで車を停めたのか、音が消える。そして、駅舎のライトも一瞬点滅して消える。

ゼニリブは顔をひきつらせて立ち上がる。ホームへ出ると、信号灯の青い光だけが輝いている。すでに夕暮が近く、ホームの屋根の下は思いがけず暗くなっている。ゼニリブは引き寄せられるように信号灯に向けて歩く。

また助手が車を走らせる音が聞えてくる。ゼニリブはふと思い出したように笑ってみる。だが彼女の知っている笑いの感覚とは随分異ったものに思える。

後方でディーゼル機関車の汽笛が鳴った。彼女は思わず振り向いて走り出す。

「人がいるわ」

自分に向けてそう叫びながらホームを飛び降りて線路を走る。幾つかのレールと幾つかのポイントを越えると、貨車の奥にディーゼル機関車が停まっていた。歩きにくい石床を夢中で走ったのと、寒さのせいで足元が激しく震えている。ゼニリブは機関車の運転席の取手を持ち、ステップを昇る。しかし人の姿はない。

「どなたか、誰か——いませんか?」

ゼニリブはそういって周囲を眺める。そしてまた硬直し、取手を握った手が離れなくなる。ホームの端に女が一人立っている。ゼニリブはようやく機関車を降り、よろめきながらホームに近付く。ホームの下から見上げると、女は彼女に笑いかけている。

我だった。

我はゼニリブに手を差し伸べてホームに引き上げる。彼女はホームに上がった途端に崩れるようにうずくまってしまう。我はこの上ないやさしさで、ゼニリブをみつめている。

「みんな、我のせい……なの？」

ゼニリブはようやくそういって息を飲む。

「本当は彼女も研究所を離れたくないのでしょう」

我はそういって笑う。ゼニリブは硬直したまま動けないが、寒さだけは身にしみて、何度も何度も激しく震える。我はゆっくり歩き去っていく。ゼニリブは青信号の光を見つめている。周囲は暗くなっており、信号灯の光はとてつもなく明るい。温度は級数的に下がっていく。しかしゼニリブは動けない。事態がいかなるものかを考えれば簡単に結論が出ることはわかっている。しかし、その結論は欲しくない。彼女は考えることを拒否する。以前に心得ていたセルフロボトミー。前頭葉からの思考や恐怖の伝達を扁桃核で断絶する。ゼニリブ——自殺した彼女の特技である。いつか彼女はニヤニヤ笑っている。彼女の眼前の最後の光が消え、そのニヤニヤ笑いも闇に溶け込む。

助手は根気よく車を走らせて人影を捜し求めた。警察、役所、スーパーマーケット、放送局、新聞社、そして商店や住宅。警察や役所の机の上には書類が開かれたまま残されていて、直前まで人がいたことは明らかだ。しかし、そんな短時間に街の人々が避難できるものだろうか？　書類にも黒板にもこの事態を示す警告のような言葉は書かれていない。警察の小部屋の机の上には拳銃が投げ出されている。助手はそれを肩にかける。スーパーマーケットではサンドイッチやジュースや懐中電灯を持ち出して車に積む。

やがて日が暮れた。なぜかメインストリートだけ街灯がついた。車で住宅街を走っていくと、時々電灯の光もみえる。彼は車を降りてドアや窓から押し入ってみる。犬や猫だけは残っていた。そしてテレビのスイッチが入ったままの家もある。しかし、画面には何も映っていない。

車のヘッドライトは闇の中の迷い子のようにさまよい続ける。弱々しい光に照らされた街は白っぽく、霧が出てきたのかもしれないと思う。彼は駅へ戻る。メインストリートの街灯も消えてしまっていた。彼はゼニリブに知らせようとクラクションを鳴らし続ける。しかし駅舎の暗闇から人の姿は現われない。彼はエンジンを切らず、ライトもつけたまま懐中電灯を持って駅へ入る。駅務室にもゼニリブはいない。彼は大声でゼニリブを呼ぶ。そしてもう一度駅舎を出る。

車のライトに照らされて人が立っている。ゼニリブではなく、男だ。男はゆっくり助手に近寄る。

「恐がらなくてもいい。我だ」

助手は立ちすくんだまま答えない。彼は男の言葉を理解しようとするが、自分の中の何かがそれを拒否していることに気付く。

「ゼニリブはホームの端にいる。早く行ってやらないと凍死する」

我は悲しげにいう。ようやく彼は我の言葉を理解する。そしてなぜ我が悲しげな顔をしているのかと考える。彼はホームを走っていく。ゼニリブはまるで猛獣に追いつめられたうさぎのようにホームの端にうずくまって震えている。彼はゼニリブを抱き起こし、引きずるように車まで連れていく。

「大丈夫だ。研究所に戻ればみんないるよ」

助手はいう。

車の中で毛布を被り、ヒーターに暖められると、ようやくゼニリブは眼を開く。助手は車を走らせる。

「彼女を愛しているわね。彼は彼女を愛しているのよね」

ゼニリブは弱々しい声でいう。

「もちろんだ。どうしたんだ？　大丈夫だよ、研究所へ戻ろうね」

「本当に愛しているのなら、この街に二人っきりで住みたいの」

助手は彼女の眼をのぞき込む。そしてゼニリブが自殺した彼女に戻ってしまっていることを知る。

「そうしよう。だけど、今日は一度研究所へ戻ろう」

助手はいう。車は街を出て原野に走り込む。ライトの光の中に小さな虚空だけが開けている。道路も霜で白くなっていて、方向がよくわからない。時折枯れた葦が光の中に現われて、急いでハンドルを切る。道路が凍っているのでスピードを出せない。彼は自殺した彼女を抱き寄せて無限に続くような虚空の中の単調なドライヴを続ける。彼女の体温に接しているとそんな状態がとても幸福に思える。何度かほほをすり寄せて彼女の顔をのぞき込む。そして遂に車を停めてキスをする。

自殺した彼女は助手の身体を抱きしめ、シャツのボタンに手をかける。しかし彼はその手を制していう。

「研究所へ帰ろう。少し熱っぽいよ」

そしてまた車を走らせる。しばらく行くと、もう何時間も走り続けているような気がして、ふと研究所もなくなってしまったのではないかと思う。そして先へ進むことも恐しくなってくる。彼はまた車を停めてキスをする。しかし、今度は彼女からの反応がない。海の中に車がとり残されてしまったように、波の音が激しく鳴り響く。彼は急いでギヤを入れて出発する。やがて前方に小さく研究所の光がみえてくる。彼はアクセルを踏み込む。凍結した道路に何度もハンドルをとられるが、少しスピードを落してすぐにまた加速する。そしてようやく坂道にかかる。

研究所の彼や彼女たちは助手と自殺した彼女に何が起こったか知っている。それは具体的な経過をたどれる知識ではなく、極めて断片的なイメージと我の存在による必然的な理念として認識されている。その認識はデジャヴュのように、助手の車からのクラクションが聞えた時に識閾上に浮上する。

カマキリと椎茸嫌いの彼女がまず玄関から飛び出し、髭さんも博士も続く。助手の車はクラクションを鳴らしたまま坂を登ってきて停止する。助手はハンドルに倒れかかって、しばらく動こうとしない。自殺した彼女はゼニゲバの姿をみると急に元気をとり戻し、笑いながら車を出てくる。

「楽しかったわ。街には一人も人がいなくって、ずっと二人っきりだったの。彼って、とてもやさしくって、彼女をとってても愛しているの」

彼女はそういい終えると、ゼニゲバの胸の中に崩れる。

「大変！　すごい熱よ！」

ゼニゲバは叫ぶ。助手もその声に驚いて顔を上げ、車を飛び出す。

広間に運び込むと、自殺した彼女は顔を真赤にして、苦しげに助手の彼を呼び続ける。博士が急性肺炎と判断し、酸素吸入やペニシリンの注射をした時には、もう彼女は死を受け入れていた。熱は下がり始めたが脈搏は消えている。そして平温に戻った時、一瞬眼を開いて助手に笑いかける。そこからは急速に体温を下げていき、再び熱をとり戻すことはなかった。自殺した彼女の痴呆症の表情の奥から知的なゼニリブの顔が戻ってくる。鼻筋の通った美しい顔。口元には微笑を残し、ほほはやさしげだ。ゼニゲバも助手もその死顔に近寄りがたいものを感じ、じっとみとれている。

「きれい……」

椎茸嫌いの彼女だけが素直な感想を述べて口元に指を振れる。髭さんはゼニリブの両手を助手とゼニゲバに握らせる。

オペラの彼女は歌い始める。

「キ……リ……エ……」

ベートーベンの『荘厳ミサ』だ。次々と彼や彼女たちが歌に加わっていく。誰も歌詞もメロディも知らないし、ドイツ語すら博士と髭さん以外はわからないはずなのに、みんな正しく荘厳に歌っている。そしてモーツアルト、ブラームス、ヴェルディ、フォーレとミサは続く。最後にシューベルトの『アヴェマリア』を歌い始めると、窓の外がモルゲンロートの鮮やかな光に満たされる。

助手とゼニゲバと博士と髭さんがゼニリブの死体をかつぎ上げて庭へ出る。燃えるような真紅に染められた白衣のゼニリブが庭の白いテーブルの上に横たえられる。そして陽が昇ってゼニリブの身体が白くなっていくとともに、彼女の魂が脱け出ていく。周囲の空間の隙間から次々と天使が現われ、最後に大きな羽根を持った大天使が出てきてゼニリブを抱き上げる。みんな枯れた芝の上にひざまずいて大天使に祈る。ゼニリブはもう助手にもゼニゲバにも眼をとめず、光の中でみんなに幸福を振りまきながら昇天する。

オペラの彼女は『歓喜の歌』を歌う。

ゼニリブと天使たちは高く高く昇っていき、やがて白い一枚の花びらのようになって消える。そして助手が思い出したように泣きじゃくる。

髭さんは透明なプラスチックの柩を作ってゼニリブの死体をおさめた。椎茸嫌いの彼女が死体の周囲を造花で飾る。そして柩の中に水が入れられ、端の洞穴の中に納められる。夜になると水が凍りついて来春まで溶けることはない。

助手は一日中庭に坐ってゼニリブを見守っていた。彼女が洞穴に入ってからも、部屋に戻ろうとしない。博士が彼の横へ立つと、助手はうらみがましく汝を見上げる。

「もし、我がみんなの意志のゲシタルトから生まれたものなら、どうしてゼニリブを殺したのですか?」

博士は答につまりながら、彼を促して立ち上がらせる。

「どうしてですか?」

彼は答を得るまで部屋に入らないというかのように博士を問いつめる。

「我は自分の世界を持っているだけだ。その中の一人一人は個人として生きている」

博士はいう。しかし博士自身その答で満足しているわけではない。助手もその答に満足したわけではないが、あきらめたように部屋に戻っていく。

オペラの彼女はその後もずっとミサを歌い続けている。ゼニリブを送った時の神々しい歌声は少しずつ衰えていって、いつかもとの自己陶酔だけの歌に戻ってしまう。二重人格の彼女はもう一人の人格として、彼の代りにゼニリブを演じようとしている。ゼニリブの鋭敏な知性はみられないが、言葉づかいや表情は驚くほどうまく特徴をとらえている。カマキリは漫画もヘッドホンも片付けてしまって丸坊主の後継ぎとして木彫に精を出している。ゼニゲバはこうして死者の代行者が現われるのも、ゲシタルトが我を守ろうとするためだという。そしてそれは『ゲシタルトに於ける内宇宙保存の法則』と名付けられた。

ゼニゲバは事態の変化を最も深刻に受けとめている。髭さんはこうなることを予測していたかのように、ゼニリブの葬儀ののちもすぐにアトリエに戻って仕事にかかっており、博士に至っては外部の人間が消えたことが、むしろ彼や彼女たちに幸福をもたらすものと信じ込んでいる。そして他の彼や彼女たちはみんな外の世界などに全く無関心だ。

この事態の直接的な被害者である助手にも、自分の体験の不条理を認めてくれる人間がゼニゲバただ一人でしかないということが最も辛い。

助手はゼニリブに長く恋をしてきた。そしてようやく彼女への愛を告白した時、彼女は自分から去ろうとしていた。そんな愛のすれちがいの一瞬をとらえて二人は愛し合った。洞穴の中での空虚な交情。——むしろ二人が本当に愛し合ったのは、ゼニリブの死の直前の、街から研究所までのドライヴの間だけだったかもしれない。そして、そんなせつない愛の一瞬でも、我は二人に与えてくれたのだといえるのかもしれない。助手は研究所の玄関から街への道を眺めて時間を過す。暖かい午後の陽ざしが彼をなぐさめるように降りそそいでいる。この時期には珍らしく心地よい午後だ。或いは彼の悲しみを知る我が、そんな日和を用意したのだろうか。

「彼女も日向ぼっこする」

椎茸嫌いの彼女が助手の横に坐り込む。振り向くと二重人格の彼女も助手のすぐ後にじっと立っている。助手は思わず顔をしかめる。そして、そのことが彼女を傷つけるのではないかと思って、すぐに笑いかける。

「彼女あっちで日向ぼっこする」

椎茸嫌いの彼女は助手の感情を鋭くとらえて立ち上がる。

「いや、ここにいてほしい。二人ともここにいてほしい。みんなで日向ぼっこしよう」

助手はいう。

二重人格の彼女は当惑しながら、思わずゼニリブのように口をとがらせて助手に近寄る。そして彼の笑顔に応じて自分も笑う。三人は気まずく顔を見合わせたままでそこを動くことができなくなってしまっている。

「お菓子とお茶をもらってくる」

椎茸嫌いの彼女はそういって、逃げ出すように走り去る。二重人格の彼女は演じ切れない大役を背負い込んでしまって当惑しながら、つとめてゼニリブの役柄を離れようとする。そして、あのゼニリブの決定的な変身の契機も同じ様な当惑の中から生まれたことを思い出す。彼女が助手をみると、助手もまた彼女をみる。そして二人は意味もなく笑顔をかわす。

椎茸嫌いの彼女がジャーを持って戻ってくる。トミーと自閉症の彼女がお菓子や食器を運んでくる。

「ほんとにいい日和ね」

トミーは全てを了解しているかのようにとりつくろう。

「ピクニック、ピクニック。彼と汝も呼んでくる」

椎茸嫌いの彼女はジャーを置くとすぐにまた走り去る。トミーは枯れた芝の上にビニールシートを敷いて坐り込む。そして二重人格の彼女や自閉症の彼女にとりとめもないことを次々と喋りながら紅茶を入れる。二重人格の彼女はトミーに合わせて大げさに受け答えする。やがて椎茸嫌いの彼女は花壇係の彼と博士を連れてくる。助手以外はみんなわざとめかしくはしゃぎ続ける。博士ですら菓子を「うまい、うまい」といって食べ、トミーの冗談に大笑いする。誰もが助手に対して何もしてやれないことを知っている。そして、あえて助手を無視することで彼が一人でどこかへ行きやすくしている。助手はやがて立ち上がる。しかし結局はゼニリブの死体の洞穴の前以外に行き場はない。


ゼニゲバは機械の中で髭さんの仕事が一段落するのを待ち続けているが、いつまで経っても彼はコンピューターのボードから離れようとしない。

「おなかがすいて死にそうよ。あなただって食べないと死ぬわよ」

ゼニゲバはもう髭さんのことを『あなた』としか呼ばなくなっている。それはむしろゼニゲバの我への反抗というべきものだろう。髭さんはそんなゼニゲバを彼女としか呼ばない。髭さんにいわせると、そうした小さな反抗はよけい我を強力なものにしていくそうだ。

「あなたは私がいなければ心配だといいながら、私のいうことを少しも聞こうとしない」

ゼニゲバは機械の雑音を貫くような高い声でいう。さすがに髭さんの思考回路に彼女の怒りがインプットされたのか、彼は手を休める。

「今はもっと考えなければならないことがあるでしょう。あなたがた技術屋さんは、まず方法を考えて技術を完成してからその意味を考えるのね。原爆を作ってから反省したり、ロボトミーをしてしまってから間違いだったといっても遅いのよ」

髭さんはようやく立ち上がって歩き出す。しかし疲労のためによろめき、ゼニゲバにすがりついてどうにか転倒をのがれる。ゼニゲバは全身で彼を支え、いたわるように抱き寄せる。

「大丈夫だ。すまない。全てが連続した因果律を持っているので途中で切ると何もかも崩れてしまうような気がするんだ。確かに彼女のいう通りだろう。作ることの意味を考えるのは作ってしまってからでもいいように考えてしまう」

そして二人はアトリエを出て食堂へ。髭さんは驚くほどの食欲を示して、トンカツ定食とラーメンとカレーライスを黙々と食べ続ける。

「これも驚きね。あまり空腹になると食欲がなくなるものなのよ」

「彼は学生時代から寝溜め、食い溜めが習慣になっているんだ。科学者のたしなみだな」

そういいながら髭さんはカレーライスを十二さじで食べ終える。ゼニゲバはその間にスパゲッテイ一皿をようやくたいらげる。彼女はお茶を入れながら呟く。

「もう現実世界には戻れないのね」

「今までも外の世界とかかわりなくやってきたんだ。それに元の世界に戻れないとはいい切れないと思う」

「あなたの機械で戻れるの？」

　髭さんは自信なく頷く。

「理論上は戻れるはずだ。ここはあくまで我の幻覚の世界で、現実は厳然と存在している。だから我が幻覚から目覚めればいいんだ。確定的なものとして――」

　二人は立ち上がる。髭さんはすっかり元気をとり戻していた。

「でも、淋しいわね。どこか別の星にでも住んでいるようだわ」

　ゼニゲバはそういって髭さんと腕を組む。彼がまっすぐアトリエに戻ろうとするので、強く腕を引き寄せて研究室へ連れて行こうという計略だ。

「まだゼニリブのレポートを読んでいないでしょう。彼女はずっとあれをあなたに読ませたがっていたのよ」

　髭さんはあきらめて研究室に入る。室内では放火魔が仕事をしている。彼は髭さんを珍しそうに眺め、嬉しそうに笑いかけた。

「ゼニリブのレポートを読ませるのよ」

　ゼニゲバがいうと、放火魔はすぐに立ち上がり、書類棚から紙袋をとり出す。髭さんがテーブルで書類を読み始めると、放火魔はデスクに戻り、ゼニゲバはお茶を入れる。髭さんは食事の時と同じように勢いよく資料をむさぼり読み、幾つかの統計だけを抜き出す。その間、ゼニゲバは髭さんの対面で何やら作図をしている。

「これは要するにカタストロフィ理論だな。ゼニゲバの考えが入っているようだ」

髭さんは数枚の統計を手に持っていう。

「ばれたか。でも、彼女の抽出した統計がそういう方向性を持っていたのよ。何よりも大量の実例が重味を発揮するわ。社会科学に関してはゼニリブが最も進んだ考え方を持っていたんだから」

ゼニゲバはいう。

「カタストロフィ理論などというのは社会科学的に作られたものだ。むろん数学的な無限とか、全てとかいった考え方が『全ての集合の集まりを集合と考えることはできない』というような矛盾を生むことは事実だが、同時に現実的イメージを数学に求めることは無意味だと思うし、現実的な結論に数学をエクストラポレートすることも無意味だと思う。数学は正確に現実と対応するものではない」

髭さんはゼニゲバの発言を封じようとするかのようにいう。

「相変わらずがんばりますね。でも、私たちは現実の問題を扱っているんですよ。いかなる完璧な理論よりも実例の方が納得できるわ」

「納得することが重要であるわけはない。真実が重要なんだ。現実を扱うからこそ、現実の中だけで考えていたのではいつまでも現実の本質をとらえ切れない。しかも今ここに起きている事態はユークリッド的世界のものではない。今のところ位相空間の問題は物理学でも殆どとらえられていない。しかし、数学だけは極めて高度な理論を持っている。そして、そこから現実をみつめることこそ正しいサイエンスの姿勢だと思う」

髭さんはゼニゲバをにらみつける。彼女もさすがにこの日の髭さんの迫力に押されぎみだ。そして、話題を変えようとするかのように、自分の書いた図を示す。

「これは我の存在性を三段階に分けて考えた図よ。もし全ての形相を数式にできるのなら、解析して説明して下さる?」

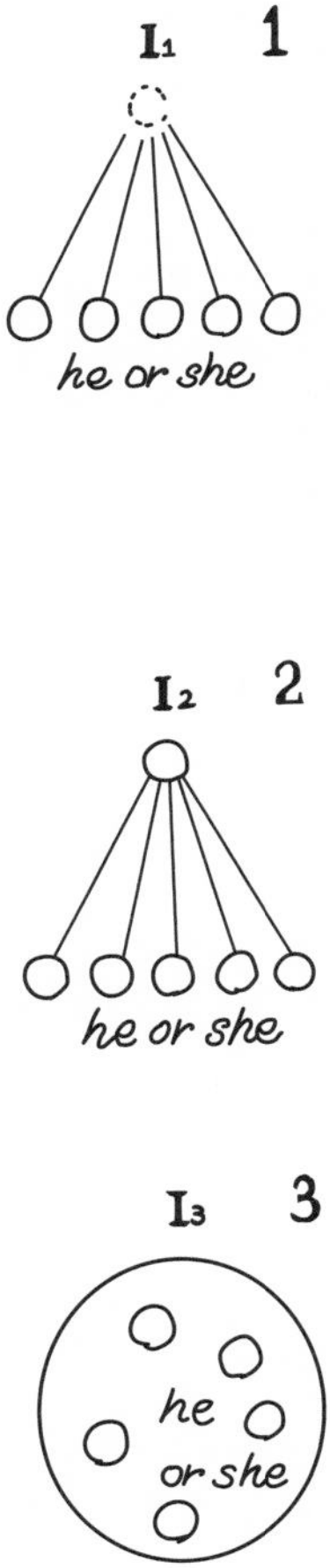

髭さんは図を少し眺めただけで頷く。

「簡単だよ。彼や彼女の集合としてのゲシタルトをIとする。彼や彼女の情報、つまり意識をhとすると、Iはhの和集合だ」

$$I=\bigcup_{h\subset I} h$$

髭さんはゼニゲバの図の下に式を書く。

「この式は第一段階から第三段階まで変わることはない。しかし、第一段階では我が存在したわけではなく、あくまでI_1はhの情報としての幻覚でしかない。従って」

$$\bigcup_{h\subset I}\supset I_1,\quad I_1=\Phi$$

「となる。第二段階での我、すなわちI_2が出現し始めた時、我が空集合だけではなくなり、彼や彼女の合意できるもの、つまりゲシタルトの共通部分が含まれることになる」

$$I=\bigcup_{h\subset I} h,\quad I'=\bigcup_{h\subset I} h,\quad I_2=\{\Phi, I'\}$$

「I'は出現し始めた我だ。そしてI'はIの写像となることで関数f(I)を求めることができる」

$$f(I)=I' \Leftrightarrow f\bigcup_{h\subset I} h=\bigcap_{h\subset I} h$$

「これが我の基本式だ。第三段階に発展してもこれは成立する。ただ、我としての存在域は拡がり、Ｉそのものを含むI_3が成立する。つまり」

$$I_3=\{\Phi, I', I\} \Leftrightarrow I_3=\{\Phi, f(I), I\}$$

髭さんはこれだけの式を書いてゼニゲバに返す。ゼニゲバは彼のきめつけるような喋り方にあきれたようにその式を眺めている。

「ごもっともね。でも、本当にI_3がＩを含む和集合に含まれるの？」

ゼニゲバは皮肉っぽく笑う。

「さすがに痛いところをつくね。そこが問題だ。IはI_3の利用域として含まれるが、I_3の決定要素とはならない。決定要素としては共通集合I'までだろう。しかしIはI'の写像である。ここで問題となるのはIをコンパクト空間としてとらえてよいかどうかだが、カマキリのヒントがパラコンパクト空間として、〝星有限〟の概念を与えてくれた」

「そんな難しい理論はわからないわ。でもカマキリを通じて示した我はその理論をどうして考えることができたの？」

「彼の知識とゼニゲバやゼニリブや博士の直観力があれば簡単だろう」

「そう思うのならあなたの知識を私や博士の直観力に対応させていかなければ我と対抗できないわけでしょう。それにゼニリブの資料だって、素晴しい直観だと思わない？」

こうして最後にはやはりゼニゲバに一本とられる。放火魔が二人を眺めてにやりと笑う。

そして二人の近くへきて坐り、髭さんに質問する。

「本当に今でも現実世界があるんですか？」

「それは確かだ。我は現実の中に存在し、この研究所も現実的存在だ。彼や彼女の意識が我の幻覚の中にとらえられているだけでしかない」

「少しはなぐさめになるかしら？」

ゼニゲバはそういって放火魔をみつめる。放火魔はてれたように笑う。

「まあ、どちらでもいいですよ」

「みんながそう考えていることが問題なのよ。彼や彼女たちが現実を強く求めれば、現実が戻ってくるわ」

「しかし、それは無理でしょう。ここの人々は現実と和合できない人ばかりですから」

放火魔がいうと、ゼニゲバは嘆息する。

「そうだったわね」


そして雪が降った。雪は常に風とともに横から吹きつけてくる。雪つぶはどこにもみえない。それは殆ど霧に近い小さな粒子として風の中に混っている。樹木や建物は全てラッカーを吹きつけられたように純白に塗装され、陰影のないところでは何もかもが白くしかみえない。そんな日に建物から百メートルも離れると、もう無事帰ってくることは難しいだろう。

外出するとしたら、そんな吹雪の翌日だ。湿度が低くなって、透明な陽光が雪に美しい立体感を与える。建物も樹木も美しい砂糖菓子のように白く輝いている。

ハーフトラックを先頭に、ライトバンとトラックがキャラバンを組んで街へ向かう。ハーフトラックには鳥氏とトミー、ライトバンには髭さんと画家とゼニゲバ、そしてトラックには助手と放火魔が乗っている。ハーフトラックは道路に黒いアスファルトの線を二本掘り起こしながら進む。

とにかくもう一度街をみに行こうというのがこのキャラバンの動機だったが、食料や石油を街から運んでくることも重要な任務である。画家は街に残って創作を続けたいといって荷台に画材を積み込んでいる。

キャラバンは約一時間かかって、街までの半分の距離を走った。付近の湿地帯は潟湖に連なっており、雪面の向こうに灰色の氷面が縞模様を形成している。そして最も遠くの黒い層は海に続いている。縞模様が黒くなる付近に渡り鳥が集まって飛び立ったり、着地したりをくり返す。

画家は創作している時とは全く別人のように楽天的な笑顔を窓外に向けている。

「本当に街に残るの?」

ゼニゲバは助手席から振り返り、首を突き出して話しかける。画家は笑顔を崩さずに頷く。

ゼニゲバは彼の顔が最も我に近い存在だと思うことがある。時によって印象が大きく異っているし、若々しくみえることも老人のようにみえることもある。

「街もまた我の世界の中だ。たぶん良い絵が画けるだろうと思う。贅沢なアトリエだと思わないかね？」

画家は眼を細めて窓の外を眺める。

「いずれ何人かが街に住むことになるかもしれないな」

髭さんは正面を向いて固くハンドルを握りしめたままいう。

「そうね」

ゼニゲバは不満げにいった。やがて鉄塔や煙突がみえてくる。赤い帯のついた煙突も殆ど純白に輝いており、青空を背景にいつもより大きくみえる。幾つかの家屋を見送って街中に入っていくと、雪に包まれた街はもう何十年も人間が居住していないかのように無機的で、実物大の模型のようにみえる。

トラックがクラクションを鳴らし、ハーフトラックとライトバンが停止する。トラックから助手が降りてライトバンに歩み寄る。

「おかしいと思いませんか？　随分荒れていますよ」

助手は白い息を吐きながら周囲を指差してひとめぐり見渡す。雪に隠されているが、確かに破れているガラスが多いし、ビルに倒れかかっている電柱もみえる。

「崩れている木造家屋もありました。とても数日前まで人がいたとは思えない」

髭さんとゼニゲバは車を出て近くのビルの入口に向かう。シャッターは白い雪で美しく装われているが、近付いてみるとでこぼこしており、ゼニゲバが手で触れると鉄片ごとはがれて赤い錆が露出する。髭さんはシャッターを力いっぱい蹴る。巨大な音とともに鉄板が突き抜け、奥のガラスドアが割れる。

「十年以上放置されている状態だな」

髭さんは懐中電灯で中を覗き込み「酒屋さんだ」といって笑う。

「我にとっては、もう大昔から街に人が住んでいなかったことになるのね」

ゼニゲバがいうと、髭さんも頷く。

「すでに街は記憶の中の存在でしかない。そして記憶の中では時間概念が失われる。むしろ街に人がいないとすれば、ずっと昔からないと考える方が自然だ」

鳥氏がシャベルを持ってきて、シャッターとガラスを突き破りにかかる。街に爆撃機が襲いかかったような轟音が響きわたり、あちこちで雪崩のように何かが崩壊する音が連鎖的に伝わっていく。

鳥氏が残ったガラス片を突き落すと、髭さんは中に入った。懐中電灯の光の中に酒や食品が整然と並んでおり、不思議にほこりを被っていない。

「酒は大丈夫だ。罐詰の一部は錆びているが、大部分は使えるだろう。乾燥食品は風化している」

髭さんが高野豆腐の箱を開くと、中から完全に粉末化した豆腐がこぼれ落ちる。髭さんとゼニゲバは数本の高級ウイスキーとブランデーを持って酒屋を出た。そしてまたハーフトラックを先頭にキャラバンは出発する。

無人の都市はとてつもなく広くみえる。雪に包まれたポストもゴミ箱も、全て異星人のための不思議な道具のように違和感を与えている。交差点には凍った犬の屍が雪の死衣に包まれて転がっていた。

駅前のガソリン・スタンドでハーフトラックが停止する。髭さんはトラックのバッテリーを接続して注入器を作動させ、ドラム罐にガソリンを入れる。鳥氏と放火魔はすぐにその仕事を奪いとった。助手はその間もじっと駅舎の方向をみつめて立ちすくんでいる。そして思いつめたように歩き始める。

「彼、大丈夫かしら」

ゼニゲバがいうと、それが聞えたのか、助手は振り返って笑顔を向ける。

画家はライトバンから身を乗り出して髭さんに呼びかける。

「アトリエ捜しに付き合ってくれるかね」

髭さんは頷く。

「私も行くわ」

ゼニゲバはそういってライトバンに走り寄る。放火魔はドラム罐を転がしながら手を上げて三人を送る。ライトバンは雪の上を少しスリップしてから走っていく。

荒廃の程度には地域差があり、鉄筋コンクリートの建物ですら崩れかけているものもあるし、商店街が殆ど風化しないまま残っているところもある。ゼニゲバは車の地図に荒廃の程度をＡＢＣランクで記入する。

午後の太陽がギラギラ輝いて、雪を張りつけたビルの南壁は鏡のように光っている。雪は溶ける気配をみせず、乾いた風がビルの間を吹き抜けていく。街は何かのセレモニーのために巨額をかけて製作され、遂にセレモニーが開催されないまま荒れ果てていったように思えた。

髭さんが運転するライトバンは何度も氷に車輪をとられてスリップしながら街をひとめぐ

りして中央公園に出る。市庁舎の前には雪人形のような銅像がそびえている。

なぜか銅像は庭の我と同じポーズをしている。

「とめて！」

ゼニゲバが叫ぶ。車は大通りの中央を五メートルほどスリップして急停車する。ゼニゲバは車を出て滑らないように気づかいながら銅像に近寄る。

「ねえ、あなたにもこれが我にみえる?」

ゼニゲバがいう。髭さんは車から出たままの姿勢で頷く。単にポーズだけでなく、顔も衣類も全て一時期に研究所のあちこちでみかけた人形の幻覚と同じものだった。

「最近は現われないと思ったら、こんなところにきていたんだな」

画家は感銘を受けたようにいう。

「我がこの街を占領したって意味かしら?」

「もとは誰の銅像が建っていたんだろう?」

髭さんがいうと、ゼニゲバは銅像の台のプレートを手袋で拭う。

「まあ！」

ゼニゲバは叫ぶ。そこには二つのアルファベットが刻まれている。

髭さんはそれをみて大声で笑う。

「ずいぶん力作ですな」

「ばかにしているわね」

ゼニゲバも笑う。彼女は自分が我に対して寛大になっていることに気付く。そして、この無人都市で我が待ち受けていたことがとても嬉しく、その気持にはどうにもさからえないことを認めざるを得ない。

「それにしてもアイではなく、ウイなのはどうしてだろう？」

「だって、アイそのものが集合系でしょう」

「そうか。個人個人にとって我であっても、我の存在そのものは我々なんだ」

髭さんとゼニゲバは顔を見合わせてもう一度銅像を見上げる。市庁舎の入口から画家が二人を呼んでいた。

「ここは全く荒れていない」

画家は二人を玄関ホールに案内しながらいう。ホールは二階まで吹き抜けになっていて、二階の雪の付着した窓ガラスから柔らかな光がさし込んでいる。

「あれ！」

ゼニゲバが大声で叫ぶと、ホールにこだまして天井が吠え返す。彼女が指差した階段の踊り場にも銅像がある。それは正しく広間の我であった。

「どうやらここが定められたアトリエだったようだ」

画家はそういって廊下を歩いていく。戸籍関係の窓口のあるオフィスも整頓されており、まるで開業前の銀行のようだ。

「自家発電装置はあるのだろうか？」

画家は立ちどまっていう。

「役所だからな」

髭さんはそういいながら階段へ向かう。

「我が眼をつけたぐらいだから設備は整っているわよ」

ゼニゲバがいった。確かに地下室にはセントラルヒーティング・システムとともに巨大な発電機があった。髭さんがスイッチを入れて点火ハンドルを廻すと、ボイラーに火がついて轟音とともに発電機が動き始め、機械のランプが点灯した。

「近くの消防署や警察にも電気を送れるようになっている」

髭さんは機械のメーターを眺めながらいった。そしてヒーターのスイッチを入れて階段を昇っていくと、美しい照明を受けたホールが三人を迎えた。


駅前では鳥氏と放火魔とトミーがドラム罐をトラックに積み上げて疲れ切ったように坐り込んでいる。髭さんのライトバンが戻ってくるとトミーは荷台から飛び降りて走り寄る。

「彼が消えたのよ！」

トミーは駅舎を指差す。

「消えた？」

ゼニゲバは聞き返しながら車を出る。

「ええ、プラットホームの途中で足跡が消えているの。みにきて」

トミーは走り出す。すでに駅舎までの間には幾つもの足跡がついている。髭さんは走り出すとすぐに足をとられて転ぶ。先を走っていたゼニゲバはばかにしたように戻ってきて彼の上着をつかんで引き上げる。

駅舎の中は吹きだまりになっていて、珍らしく深い雪に埋もれている。トミーはラッセルあとを通り抜けてホームに出る。ゼニゲバと髭さんが追いついてくるのを待って、彼女は足跡の一つを指差した。

幾つもの足跡の中で、乱れていない一条がホームの端まで伸びており、信号灯の手前で途切れている。三人はその足跡の横についている幾つもの踏み跡を歩いていく。レールの上も雪に埋もれている。そしてそこからどこかへ行った形跡は全くみられない。

ゼニゲバは大きく息をして白い蒸気を吐きながら確認を求めるかのように髭さんをみる。髭さんはゼニゲバの動揺だけが心配であるかのように彼女の肩に手を置いて頷く。

「ゼニリブがいなくなると、彼には我が必要ではなくなったんだ。それに我の側でも彼がやっかいものになっていた」

構内には貨車三輌とディーゼル機関車とラッセル車が雪に包まれて放置されている。考えてみると、その組み合わせも、将来遠くから石油や食料を運んでくるために我が用意したもののように思える。

「だけど、彼は本当に現実世界へ戻ったの?」

トミーがいう。放火魔が改札口からゆっくり歩いてくる。

「そうよ。彼は戻ったのよ。それでいいのよ」

ゼニゲバはいいわけをするようにいって、名残り惜しげに振り返りながら歩き出す。

「画家はここへ残るといってます」

放火魔が髭さんにいった。そして三人と共に改札口へ戻る。

「彼も今日は残ることにするよ。電気や水や燃料のめんどうをみてやらなければならない。それに誰もいなくなるとまた街の荒廃が進行するかもしれない」

髭さんがいう。ゼニゲバはまだ改札口からホームの端の信号灯をみつめている。そして、雪の切り通しをくぐり抜けて駅舎を出た時、ようやく髭さんに問いかける。

「明日は戻ってくる?」

髭さんは頷いた。

「天気さえよければ」

そして髭さんと画家は駅前に捨てられている車のエンジンを直結して市庁舎に向かい、鳥氏と放火魔がハーフトラックに乗り、ゼニゲバとトミーがトラックに乗る。ライトバンは助手がもし戻ってきた時に使えるように駅前に残した。

研究所へ戻った時にはもう日暮直前で、一面の雪がピンク色に染まり、建物はイチゴ・クリーム・ケーキのよう。

次の日の夕方、髭さんは大型トラックに資材をいっぱい積んで戻ってきた。

そしてその夜から数日間吹雪が続いた。

研究所の建物は雲の中を漂流しているように、乳白色の濃淡に包まれ、風の方角によって傾いたり浮き上がったりするように思える。風が強くなると、まるでフルスピードでどこかへ飛んでいくようだ。

暖かい広間のあちこちに放牧牛のように彼や彼女が寝そべり、ゲームをしたり本を読んだり、なごやかな時間を過している。博士はそんな光景を満足げに眺めて研究室へ入っていく。

髭さんとゼニゲバはアトリエに閉じこもっている。椎茸嫌いの彼女は、まるで猿が毛づくろいをするようにカマキリやトミーや自閉症に寄りそって、奇妙な会話や行為を交えている。

「足が長くって、毛がなくって、眼が四つで、紫色をしているものなに？」

椎茸嫌いはオペラの横に坐って腕を組みながらいう。オペラは当惑しながらも思いつくまま答える。

「スペインランプ？」

椎茸嫌いはその答が気に入ったのか、坐ったまま飛び上がる。

「わーっ。スペインランプね！　スペインランプ！」

約三メートル離れて自閉症の彼女が共感して手をたたき、つつましげに笑っている。オペラは椎茸嫌いの腕を振り廻し、椎茸嫌いは坐ったまま身体を一回転させる。

「じゃ、スペインランプが背中にしょってるものなーに？」

椎茸嫌いはオペラの両手を引き寄せる。オペラは彼女の耳もとでささやくようにいう。

「スペインランプの子供でしょう」

椎茸嫌いは不満げにオペラの両手を押し戻す。

「ちがうわ」

自閉症の彼女が近寄ってきていう。

「そうよ。ちがうわよ」

椎茸嫌いも同意して自閉症を抱き寄せる。

「何？　何なの？　教えて？」

オペラは二人にとり入るようにいう。自閉症と椎茸嫌いは顔を見合わす。そして口をそろえて叫ぶ。

「唐草花！」

「それ何？　カラクサバナってどんな花？」

「いろいろあるもん」

椎茸嫌いがいう。

「唐草だって花を咲かせるでしょ？」

自閉症は小声でいう。そして椎茸嫌いは頷いて同意、同意。

窓の外では吹雪が一段とはげしくなり、建物の周囲で圧縮された風が汽笛のような音をたてる。広間の箱舟は大波にもまれるようにゆれ動き、虚空を漂い続けている。オペラの彼女は立ち上がり、窓辺に寄って悲しげに小声で歌う。カマキリはスケッチブックを持って自閉症と椎茸嫌いのところへやってくる。スケッチブックには幾つもの奇妙な図形が書かれている。

「犬のふんどしね」

椎茸嫌いは図形の一つを指差していう。カマキリはその図形の下にギリシャ文字と数字の組み合わせで〝犬のふんどし〟を表示する。

オペラの彼女はワグナーの『さまよえるオランダ人』のメロデイをハミングしながら、二重人格をみつめている。オペラは椎茸嫌いたちのところへ戻って二重人格を指差して何やらささやく。


二重人格は決意したようにゼニリブの表情を作って我の人形のあった場所に歩み出る。

「大統領を選びましょう。大統領がいた方がいいと思います」

二重人格は単調にゆっくり喋る。彼や彼女たちは顔を見合わせる。みんな権力に対しては敏感だ。椎茸嫌いが一瞬の間に二重人格の前に出て、両手で力いっぱい突く。二重人格は彼女の力が予想以上のものだったので絨毯の上に倒れる。そしてまるで哀れなイサクのように椎茸嫌いに追いたてられて広間の隅へ這って逃げる。

吹雪が少しおさまって、窓の外が明るくなる。嫌悪が充満していた広間に穏やかな感情が戻ってくる。椎茸嫌いはトミーが読書しているテーブルに行って横に坐る。

「あの本みせて」

椎茸嫌いがいうと、トミーは本の積み上げから一冊を抜きとって手渡す。椎茸嫌いはページをくりながら、イラストだけを眺めていく。

「これなに?」

「プルキンエ細胞」

トミーはゆっくり発音する。

「プルキンエ――か」

椎茸嫌いはこうして記憶した言葉を殆ど忘れることはない。彼女の頭脳には虚実とりまぜておびただしい量の名詞がつめ込まれており、それらは形相のアナロジーとして体系づけられている。しかも覚えた時の状態によってどこへ位置づけられるかわからない。例えばねぎ類と筆記用具は近いものとされ、ねぎと玉ねぎの間に鉛筆が位置し、玉ねぎとらっきょうの間にボールペンがある。一方、ボールペンのここでの呼称〝ペンボ〟はノートに近い存在である。中性子星は金平糖に近いが、ブラックホールはゼブラに近い。縞馬となるとパンツに近く、パンティはミルクに近い。椎茸嫌いはこれらの名詞群を気まぐれに喋りまくることはあるが、他人に聞かれて披露することはない。また、この位置関係に矛盾が生じるようなことがあってもさほどこだわらず、他人の概念に反論することもない。彼女は常に自分自身に満足している。

彼女は顕微鏡写真の本を閉じて花壇係に走り寄る。

「プルキンエって知ってる?」

花壇係はパズルの手を休めて椎茸嫌いの肩を抱き寄せる。

「プルメリアと似たものだ。春になったら植えようね」

そして彼女の中でプルメリアと脳細胞が近い位置を占めることになる。彼女の頭の中では無数の名詞の集合群が複雑にかかわりあって位相を築いている。それは誰にも読みとれるものではなく、髭さんですら式にすることはできない。むろん髭さんがそれを式にしなければ我をとらえ切れないというものでもないだろう。髭さんは髭さんなりに彼女と他の人々との共通部分から我を求めようとして機械室でがんばっている。吹雪はまた強くなり、広間は風の方向へフルスピードで飛んでいくように思える。

博士は相変わらず論文を書き続けている。現実世界が消えたのでもう発表するあてもないのだが、もともと発表するあてがあったわけでもないので似たようなものだ。放火魔もそんな博士のために記録を作り続けている。ゼニゲバがアトリエから研究室に戻ってくると、放火魔が博士にノートをみせて報告しているところだ。

ゼニゲバは自分のデスクに坐る。窓の外では吹雪がおさまり、静かに粉雪が舞っている。博士は会議用テーブルからゼニゲバを手まねきする。ゼニゲバは開いていたノートを持ってテーブルに向かう。

「風がおさまってよかったわ。吹雪の中ではアトリエからここへも渡れないのよ」

ゼニゲバはそういって放火魔の横に坐る。

「彼女はここの冬が初めてだったね」

博士はいつになくあいそがいい。

「エニシング・トラブル？」

「ノー、とても平和で全て順調だ」

博士はそういって伸びをする。

「問題があるとすれば椎茸嫌いの彼女のことぐらいですね。ゼニゲバもゼニリブもいないのでわがままのしほうだいで、まるで女王さまだ。二重人格とか鳥氏は彼女とうまくいかず、広間では疎外されているように思います」

放火魔がいう。

「それで彼女も広間にいろっていうの？　彼女も椎茸嫌いとはうまくやれないわ。あの娘は彼女に敵対心を持っているのよ」

「確かにそうです。椎茸嫌いはある種の明晰さを恐れています。論理性というものを憎んでいるんですね」

「つまり、汝はあまり論理的人間ではないから椎茸嫌いに好かれているというわけかね?」

博士はそういってわざとめかしく笑う。

「そう思います。少なくとも博士は彼女にとって論理的人間ではないのでしょう」

放火魔は真面目に応じる。ゼニゲバはその口調に思わず笑う。

「放火魔の彼は助手の役割を引き受けたのね。内宇宙保存の法則よ」

ゼニゲバにいわれて、放火魔は思いあたるところがあるのか、急に口を押えて下を向く。

「誰かが引き受けることになるのよ。でも、それでゼニリブの代役の二重人格に同情するというのも何かおかしいわね」

「ゼニゲバは二重人格をどう思っているのだね?」

博士がいう。

「二重人格は確かに論理を受け入れる人間よ。でも彼女は弱すぎるわ。だから二重人格になって、一方で論理を追い求めながら、そこで生じた矛盾をもう一つの人格に押しやることになるのよ」

「彼女は突然、大統領を選ぼうといいだしたのです」

放火魔がいう。

「彼女なりに状況を論理化しようとしたのね。もし椎茸嫌いが大統領なら二重人格も受け入れることができると思ったのよ。だけど椎茸嫌いの力は権力にはならないけれど、二重人格のやり方では権力にしかならないわ。そこが論理の強さと弱さね。中途半端な論理というものは最も弱いものよ。論理的であるなら徹底して論理的でなければならない。可哀相だとは思うけど彼女も二重人格は好きになれないわ」

ゼニゲバはそういって博士と放火魔を交互にみる。

「結局、助手とか二重人格とか彼は平凡なのですね」

放火魔は呟くようにいう。

「少なくともフロイト的に理解できる人間ね」

ゼニゲバがいうと放火魔は自嘲的に笑う。

「汝はあまりまともではないと思うかね」

博士がゼニゲバに問いかける。

「博士はこういう立場にありながら、そうして自意識を先行させる点では幼児的センチメンタリズムに退行しておりますわね。むろん髭さんの完全主義だって似たところがあるけれど、こうして論理というものがさほど重要な意味を持たなくなった世界では椎茸嫌いやカマキリのような存在の原点だけに密着している人間が強いでしょう。そして、その点では博士も同じだと思います。助手や二重人格にはプラグマティックなところがあるから――」

「汝には確かにプラグマティズムはないが、論理性はあるつもりだがね」

「それは学者さんですもの。だけど、汝はユートピア主義者でしょう」

放火魔はそれを聞いて急いでノートに記入する。

「なるほど。彼女はそうしてみんなを新しい観念的ニックネームに分類していくわけだ」

博士は一瞬、不快げに眉を寄せる。

「しかし、これは面白い分類です。ものごとは完全に正確にとらえることはできないのですから、彼女のように適確な要点を押えて認識するのが最良だと思います」

放火魔は助手の口調でいう。

「でも、不思議ね。現実を失って、みんながこれだけ平気でおれるなんて思わなかったわ」

「現実は失っていない。我が自我を確立しただけだと汝は思っている」

博士は遠くをみつめているような表情に戻っている。

「髭さんも似たことをいうわ。でも、髭さんは確立したとはいわないわね。確立しなければならないといってがんばっているのよ」

「いや、そうかもしれん。確立したなどとはいい切れないだろう。だが、少なくとも今の状態がそこへ向かっているものと汝は考えている」

「だけど髭さんは今の状態がとても危険だと思っているのよ。まあ楽天家と悲観主義者の相違だけれど」

「それは大きな相違だと思います。現実が我に対応して存在しているとすれば、我が現実に負けた場合にゼニリブのいうようにカタストロフィを迎えることになります」

放火魔は殆ど助手になり切ったように博士への反抗を示す。ゼニゲバはそんな彼を驚いてみつめながら頷く。

「そうよ。彼女もここが好きだし、我も好きよ。だけど危険ではあると思うわ」

「彼や彼女は我に守られている。逃げ場もある。危険がなくなったように思う」

博士は強固に主張する。

「では髭さんの仕事は無意味だというのでしょうか？」

放火魔はくい下がる。博士は立ち上がり、広間の中二階のベランダへ出る階段を昇りながら振り返る。

「そうはいってない。髭さんの仕事は素晴しい。我の中に確定的なものを求めていくことも重要だ。だが、それがなければ危険だとは思わない」

博士はそういい残してベランダへ出る。彼や彼女たちは楽しげな顔を博士に向ける。博士はゆっくり頷く。

ゼニゲバと放火魔は顔を見合わす。

「画家はどうしているだろう」

放火魔はポツリと呟く。ゼニゲバは窓の外をみる。また風がでてきて、金属のねじまがるような音を伝えている。


吹雪は夜半にやみ、翌朝は日の出と同時にギラギラした光が乱反射して、強烈な紫外線にとり囲まれる。雪は鮮明に輝き、窓はむしろ暗くみえる。

椎茸嫌いの彼女は大きなトンボグラスをかけて、温室から鉢植を運び出し、庭の雪の上に並べている。トミーはスキーを持ち出して器用に研究所前の坂道を降りていく。ゼニゲバも髭さんを強引に連れ出してスキーをつけさせる。ゼニゲバはトミーが予想した通り、直滑降で一気に下っていき、髭さんは予想に反して上手にパラレルで滑って降りる。

「髭さん上手ね」

トミーが大声で呼びかけると、その声に気をとられたためか、前のめりに転倒する。

「全神経を重力理論に集中させて、量子力学的に正確に滑らなければ気がすまないのよ」

ゼニゲバは勢いよく二本のスキーを繰り上げてトミーの位置まで登ってくる。

「そんな憎まれ口ばかりいってないで、少しは回転の練習でもすれば？」

トミーがいうと、ゼニゲバは彼女を追い越してエネルギッシュに登りながら答える。

「彼女はまがったことが嫌いなのね」

ゼニゲバは坂上まで登り切って、また直滑降で滑っていく。トミーが上まで登りついた時、鳥氏がハーフトラックを運転して坂道までやってくる。トミーは手を上げて「ありがとう」といいながら、ハーフトラックのスピードに合わせて回転しながらゆっくり降りていく。やがて二重人格と放火魔もスキーをつけて出てきたが、歩くのがようやくで、坂にかかるとすぐに転ぶ。

ハーフトラックがトミーとゼニゲバと髭さんを乗せて登ってくる。

「さあ、髭さんの量子力学的パーフェクト・スキーを拝見しましょう」

ゼニゲバは荷台から飛び降りて叫ぶ。トミーもストックを突いて髭さんを眺める。髭さんは歯をくいしばり、四十五度に三メートル降り、直角に回転してまた三メートル滑る。それが三回続いたところでみんなは大拍手。そしてその拍手によって必然的に素粒子の活動が乱れ、エントロピーが発生して髭さんは転倒する。そして更に大拍手。

「あれは?」

二重人格が叫んで湿地帯の彼方を指差す。確かに地平線に青い点がみえる。

「画家ね!」

ゼニゲバがいう。髭さんもスキーを脱いで大急ぎで登ってくる。青い点は容易に接近してこない。トミーは建物に入っていく。髭さんとゼニゲバは巨大な蟻塚群のようなトド松の樹氷群の下まで登る。

「おかしいわ。一台ではないみたい」

ゼニゲバがいう。青い点の後に茶色いものがみえ隠れして、両者が別の動きを示している。やがてトミーが双眼鏡を持って出てくる。その後を追うように博士も姿をみせる。

「みて、一台ではなさそうなのよ」

ゼニゲバがいうと、トミーは立ちどまって双眼鏡をのぞく。

「二台です。ハーフトラックと大型トラックですね」

トミーはそういって髭さんのところまで登ってくる。

「助手の彼が戻ってきたのかしら」

トミーは呟きながら双眼鏡を髭さんに手渡す。鳥氏はハーフトラックから見上げていう。

「迎えに行きませんか？」

髭さんは頷いて雪面を駈け降りる。ゼニゲバはスキーで滑り降りて、ハーフトラックの手前で転ぶ。

ハーフトラックが坂の中程をすぎると、青い点はみえなくなった。そして五分後に再び地平線に姿をみせ、更に十分後に両者が出合う。鳥氏がハーフトラックを停めると、前方のハーフトラックも十メートル前で停止する。ワイパーの奥は暗くて操縦者を確認できない。ゼニゲバと髭さんが車を出ると、対面からも人影が出る。

「助手の彼よ！」

ゼニゲバは叫んで走り出す。前方からは助手も走ってくる。しかし凍った雪に足をとられ、三人は次々と転ぶ。三人は半ばなつかしさで、半ば相手にすがりつくように抱き合う。

「戻ってきたのね！」

ゼニゲバがいうと、助手はサングラスをはずして首を振る。ゼニゲバはその顔を不審げに見上げる。

「もう〝彼〟ではないんだな」

髭さんがいうと、助手は頷いて後続のトラックを指差す。

「冷凍肉や野菜やインスタント食品を持ってきた。あの車には画商が乗っている。画家はあの絵を売ると約束していたそうだ」

ゼニゲバは助手から離れ、サングラスを持ち上げてトラックをみつめる。そしてようやく全てを理解したように叫ぶ。

「外の世界から!?」


二台のハーフトラックと大型トラックが坂を登って研究所に到着する。博士とトミーと二重人格は助手を出迎えたが、椎茸嫌いやカマキリや花壇係はどこへ逃げてしまったのか姿をみせない。トラックから画商と二人の作業員が降りてドラム罐やパッケージを雪の上に降ろす。助手は少しばつが悪そうに博士に一礼する。

「あの街で何をしているのかね?」

「総合病院に就職を決めました。それで医師免状や学位証書をとりにきたのです」

「何とかやっていけそうかい?」

「それが、まだ仕事にもかかっていないのに外の世界がとても辛いのです。ここと外とのきずなになれるということだけがせめてものなぐさめです」

博士はその言葉に不快感をおぼえたように助手から去り、トラックの横へ行って作業を見守る。

「ここのことは外ではどうみられているの？」

ゼニゲバは助手とともに玄関に入っていく。彼女には助手が研究所時代とどこか異っているように思えた。

「外からみれば何も起こっていない。こうして研究所は存在するし、ものを運び出すこともできる。ただ研究所の人々が電話を切って事務員たちを追いだして幻覚にひたっているだけのことだ。厚生省の出先機関から問い合わせがあったけれど、今のところ保護の必要はないとぼくは証言した。事実今のところ何の害毒も生み出していない。精神医療機関としてそれなりの役割を果たしている」

ゼニゲバはゆっくり頷く。

「そうね。外からみれば単に幻覚をみている分裂症患者の集団でしかないのね。本当にその通りだわ」

助手は荷物をまとめに研究室へ向かう。ゼニゲバは窓に近寄る。髭さんと画商が庭を歩いており、二階の窓からカマキリが二人をみつめている。髭さんが顔を上げるとカマキリは首を引込める。髭さんと画商は作業室に入って絵を運び出してくる。二人は絵を庭のテーブルにたてかけ、画商は布を持ち上げてのぞき込む。髭さんは絵をみないように顔をそむけている。

「素晴しい力作ですね」

画商がいう。髭さんは布が戻ったのを確認してから頷く。

「ここの人間にとっては、あまりにもあからさまに内面を表現していて恐しすぎる絵なのです」

髭さんはいう。

博士は玄関から暗いサングラスで、じっと髭さんたちをみつめている。そして二階の窓や垣根の影からはカマキリや花壇係が様子をうかがっている。ゼニゲバはそういったシチュエイションに驚くほど強い敵対心がうごめいているのを認めている。画商と二人の作業員はそれと気付かないまま、薄気味悪いものを感じて髭さんや博士の顔を盗みみる。

助手が広間に戻ってくると、二重人格がすがりつくように寄りそっていく。

「彼女も街へ連れていって下さい。向こうの病院へ入れられてもかまいません」

助手は頷く。

「そうした方がいいと思う。放火魔やゼニゲバや髭さんもここを出てもらいたい。外の世界はとても辛いけれど、ここのような嘘の世界ではない」

助手は博士やゼニゲバにも聞えるように大きな声でいった。博士は外を向いたままだが、後手に組んだ指をいらだたしげに動かしている。ゼニゲバは助手の断定的な喋り方に驚いていた。

「彼女はここを出ないわ。髭さんも同じよ」

ゼニゲバは大声でいった。彼女にもどうして自分がそれだけ素早く決心したのかわからない。おそらく助手の変化に何かの不安を感じたのだろう。助手の背後には何か巨大な恐しいものがあるように思える。助手は放火魔とトミーにも問いかけた。

「彼女も残るわ」

トミーはいう。

「彼は街へ行きたい。街がだめなら戻ってくる」

鳥氏はいう。放火魔は決めかねたまま博士をうかがう。博士はまだ外を向いたままだ。

「ゼニリブの死体はどうするの？」

ゼニゲバがいうと、彼はようやくかつての助手のような当惑を示した。そして窓の外の雪を眺める。

「今度、霊柩車を連れてくる」

庭のゼニリブの屍に話しかけるように彼は呟く。仕事を終えた画商が広間に入ってきて、まるで刑事が現場検証をするように周囲を眺めまわしている。ゼニゲバがにらみつけると、すぐ逃げだして玄関へ歩き去る。

「あなたはずいぶん無理をしているのね」

ふとゼニゲバは助手にいう。助手は一瞬眼を伏せて頷く。博士がようやくサングラスをはずして広間に入ってきた。

「もう、ここへはこない方がいい」

博士は宣告するように助手にいう。そしてそのまま研究室へ通り抜けていった。

助手とゼニゲバは驚きの表情を崩さないまま博士を見送る。

庭で画商がクラクションを鳴らしていた。助手は自分の荷物を抱きかかえ、二重人格と鳥氏を促す。放火魔もようやく決心をした。

「彼はここに残ることにする」

助手は頷いて二重人格と鳥氏を追って出ていく。助手と二重人格はハーフトラックに乗り、鳥氏は大型トラックの幌に入る。そして何度かエンジンをうならせて出発した。

ゼニゲバと髭さんとトミーはスキーで坂道を滑りながら見送る。カマキリや椎茸嫌いは敵軍の撤退を見届けようとするかのように、窓や樹氷の陰から油断なく見守っている。

海から薄い雲が流れてきて、日がかげり、冷い風が吹きつけてくる。


髭さんとゼニゲバと放火魔はまっすぐアトリエに戻っていく。すでに機械の中にベッドルームや居住室が作られてあり、居住室は操作台に接している。

「機械を改造しなければならない」

髭さんは居住室に入るとすぐに機械の図面を拡げる。

「まず破壊工作に対する探知装置。もともと機械は電気に対して敏感だから人間が接近すればわかるはずだし、我の精神活動をある程度予知できる。破壊を受けた時の反撃システムとともにプログラミングすればいいだろう。問題は動力源の分散だ。今のところ電源を切られれば機械は使いものにならない。先日大型バッテリーを二つ運んできたので、これで少しはもつだろうが、できれば機械の中に充電システムを作りたいと思う」

「でも、機械が我の主体性を確立させるものだということは博士も認めているのよ。どうして我が機械を襲うの？」

ゼニゲバは髭さんの激しい戦闘意欲に辟易したようにぐったりと椅子に坐り込む。

「彼女は我を信じることができるのかい？　博士は楽天的に我を信じているだけだ。博士にとってはあくまで我だけが重要なんだ」

「それは事実ね。でも、そうして機械が力を持つということは、我に対して髭さんの論理を強制することになるわ」

「結果的にそうなるかもしれない。しかし、現実との接触をあれだけ強固に拒否しようとする我は、次に論理の束縛から逃れようとすると思わないかい？　博士はそれでもいいというだろう。だが、分裂症と呼ばれてきた人々がゲシタルトとして獲得した人格を、もう一度でたらめの世界に放り出していいのだろうか？　精神病としての分裂症はあくまで対現実の問題であるが、ゲシタルトがでたらめの世界を受け入れるということは存在の問題だ。彼はゲシタルトが状況にとらわれず、真に正しい存在として確定的なものを持ち得ると思うんだ」

髭さんは図面の上に手を突いてゼニゲバと放火魔を交互にみつめながら訴える。ゼニゲバの表情から皮肉は消える。しかし彼女は頷かない。

「彼は髭さんを信じたい。これまで彼は自分と我との間の分裂だけをさけてジンテーゼに従ってきました。だけど、もうそれが不可能であることがわかりました」

放火魔がいう。髭さんはゼニゲバをにらみつけたまま頷く。

「私は信じないわ。あなたはあくまで野心家よ。それも雲をつかむような理想を追い続ける野心家だと思うわ。だって、髭さんの求めるようなウィトゲンシュタイン的論理の世界など可能だとは思えない。きっと無理が生じてゼニリブのいうようなカタストロフィを迎えると思うわ。でも……私はそれを見届けるためにずっとあなたについてきたのよね。これからもそうするわ」

ゼニゲバはいった。

「ありがとう」

髭さんは初めて笑う。そしてさっそくバッテリーの設置にかかる。夕食はゼニゲバが食堂へとりに行き、トミーとともに運んでくる。髭さんはもう断固としてアトリエを出ようとしない。

画家は一人っきりになったことを淋しいと思ったことはない。市庁舎の中と外には堂々とした姿の我がいるし、我を通じてみんなの考えていることもわかるように思える。彼はいつも我と話し、我からさまざまなことを教えてもらうこともできる。ヒーターを調整する時には髭さんの知識を我から得ることができるし、食事を作る時にはトミーの献立を真似ることもできる。

晴れの日にはスケッチブックを持って無人の街を歩きまわった。海岸に近い工場の廃墟は、まるで数千年前の遺跡のように荒れ果てていて、彼が求めるソドムの街のイメージそのままである。雪はまるで遺跡を覆う砂のように風を受けて舞い上がり、鋼鉄の塔の周囲につもっている。彼が褐色のサングラスをかけてスケッチすると、砂漠に埋もれた廃墟が画かれていく。彼はさまざまな場所からさまざまな方角に向けてスケッチを重ね、いつか数千年前の遺跡ではなく、地割れや火山弾に襲われているソドムを再現する。夕焼けの空は燃え上がる街の炎となり、鋼鉄の煙突は巨大な石塔となり、舞い散る雪は火の粉となった。

吹雪の日はずっとホールに閉じこもって、我と話し合ったり、階段を昇り降りしたり、三枚のカンバスに別々の時間のソドムの構図を何度も画き直したりして過した。ホールの天井には螢光灯の列が並んでいて、その光は奇妙に平板な空間を生み出している。街中では吹雪もさほど強くないので、鈍い音が周囲から地鳴りのように伝わってくるだけだ。

彼はようやく二枚の作品の素描を終えた。だが、もう一枚は全く別のスケッチをもとに画かなければならないと思う。それはおそらく三枚の連作の中央に位置するものとなるだろう。彼は雪のおさまった日に、またスケッチに出かける。

周囲を原野に囲まれた街は人口のわりに都市面積が広い。画家は研究所にきてから助手や髭さんに車の運転を習っただけだから、ハーフトラックで走り廻るというわけにはいかない。髭さんは彼のために小さなスノーボートを用意しておいてくれた。しかし、スノーボートはあまり長く走り続けることはできないし、とても疲れるので行動範囲が限られている。

それでも、その日は河を渡って新しい市街地へ向かった。河は氷のかけらをゆっくりと海に向けて運び続けており、鉄橋の途中には乗り捨てられた車が鉄柱にひっかかってぶら下がっている。河口では海に流れ着いた氷が溶けて、その地域だけの霧を生み出していた。新しい市街地は十年ぐらい前に都市計画によって開けたところだが、旧市街よりもずっと荒廃が進んでいた。

窪地の底が公園になっていて、その中央には池らしきものがある。鏡のように平坦な雪面が太陽の光をまばゆく反射し、まるで宇宙に向けて何かを呼びかけているかのようだ。鏡面の横に小山があり、小山の背後は三十メートルぐらいの崖になっている。崖の上には崩壊したビル群が壁の一部や鉄骨だけをさらし、崖にそって瓦礫が崩れ落ちている。小山はその断片が積み重なったものだろう。雪をつけているので表面は純白だが、複雑に入り組んだ光の陰影は単なる瓦礫以上に混沌として、位相的な結晶が盛り上がっているように思える。或いは髭さんならエントロピーの泉と呼ぶかもしれない。確かにそこから発する奇妙な光の乱反射が、周囲の荒廃の時間を短縮して数千年の風化を一日に進行させてしまったように感じさせている。

「美しい」

画家がいうと、耳と頭脳の間のニューロンに割り込んでくるような我の答が戻ってくる。

「ここから新しい世界が生み出されていくようだ」

「なるほど、で、どんな世界だろう」

「終末を原体験として、過去に向けて予言された世界」

画家にはすでに一人ごとと、我との会話の区別がつかなくなっている。それはむしろどちらでもいいことであり、区別をつける気持もない。彼は我が実在するかどうかというようなことを悩んだこともなく、ずっと我を素直に受け入れてきた。

彼は数枚のスケッチを画きながら、我とのとりとめもない会話を続ける。やがて身体が冷え込んで耐え切れなくなると、スケッチブックをスノーボートに置いて石段を降りていく。石段はゆるやかで危険はないが、まがりくねっていて池の岸まで着くとすっかり疲れてしまった。雪をつけた枯木の間から見上げた崖は平凡で、先程のイメージをとらえることができない。

「そろそろ戻った方がよさそうだな」

我がいうと、画家は太陽の傾きをみて頷く。そしてふと、市庁舎で重要な用事が待ち受けていたように思う。

スノーボートのエンジンはなかなか始動しなかったが、画家は根気よくワイヤーを引き続ける。そしてようやく走り出した時には日が暮れようとしていた。

橋を渡って市庁舎に接近すると、画家にも少しずつ自分を待っているものがわかってくる。夕もやの中に、我の巨大な銅像が姿を現わし、その下で二人の人影が手を振っているのがみえた。画家はその二人が現実世界から逃げてきた二重人格と鳥氏であることをすでに知っている。二人は助手とともに街へ出たものの、現実に対する拒否反応を示し、我に連れられてここへやってきた。画家はスノーボートから降りると、笑って二人を迎え入れる。

「よくきたね」

画家がいうと、二人は堰を切ったように喋り始める。鳥氏は現実の街がいかに汚らしく嫌なところであるかを話し、二重人格は研究所に戻りたくないので、ここに置いてくれと願い出る。彼女は自分にできる仕事を並べたてた。食事、掃除、洗濯、簡単な機械の修理。

「それに、彼は車の運転ができる」

鳥氏はいう。

「それは助かる」

画家がいうと、彼女はさっそく夕食の準備にかかる。二人は現実の街からさまざまな食品を持ち込んでいた。市庁舎の食堂は一度も使われていなかったが、鳥氏が掃除をして、テーブルクロスをかけると素敵なダイニング・ルームになった。二重人格は十勝ワインやスモーク・サーモンや若鶏のローストを運び込む。鳥氏はカセット・デッキを持ってきてムード音楽をかけながらテーブルの上の鳥肉をみて大げさに恐怖を示す。二重人格は、まるで火館祭のようだといって、鳥肉を持って鳥氏を追いかける。画家はテーブルに着席したものの、二人が走っていったので当惑している。鳥氏と二重人格は市庁舎の端までいって走り戻ってくる。二重人格がホールを抜けて食堂に駈け込もうとした時、どこから現われたのか、カマキリが走ってきて彼女の鳥肉を奪いとる。二重人格は思わず立ちすくみ、悲鳴をあげる。

カマキリに続いてオペラと自閉症と椎茸嫌いもホールから歩いてきた。四人は二重人格と鳥氏の前を通りすぎて食堂に入り、テーブルの周囲に立つ。画家も驚いて四人を眺めている。

椎茸嫌いは皿を手に持っていう。

「椎茸はないの?」

鳥氏はようやく事態を認識したのか、テーブルに歩み寄る。

「どうしてここへ?」

鳥氏がいうと、椎茸嫌いは高い声で叫ぶ。

「来てはいけなかったの? だって、我がパーテイだからといって連れてきてくれたのよ!」

カマキリはすでに二重人格から奪いとった鳥肉をかじっている。二重人格はそんなカマキリを押しのけて椎茸嫌いの前に立ちはだかる。

「これは画家と鳥氏と彼女の三人だけのパーテイです。他の人は帰って下さい」

椎茸嫌いはもう一度何かを叫ぼうとしたが、すぐに気を変えて「ふん」といい、皿を持ったまま部屋を出ていく。カマキリは鳥肉をかじりながら彼女を追いかけていき、オペラと自閉症もテーブルを名残り惜しげに眺めながら出ていく。

画家はフォークを片手に持って、いつまでも四人が去っていった方角を眺めていた。二重人格は興奮して震えており、鳥氏は邪魔者を追い払ったとばかりに席につく。四人が研究所からの長い道をたどってきたとは思えない。だからあの四人は我と同じように幻覚として現われたのだろう。周囲が静かになると三人はそう考えた。そして気をとり直してワインで乾杯をした。

画家はそれでも食がすすまず、早々と「ごちそうさま」といってホールに戻っていく。二重人格と鳥氏は当惑げに顔を見合わせて笑う。

「あら、彼は鳥を食べてる」

二重人格は鳥氏の手に持った鳥肉を指差していう。彼はそれを何とわからないまま口にしていた。そして二人はまた顔を見合わせて笑う。笑い声はひきつっていて、まるで泣いているようだ。しかも二人とも、いつまでも笑いを止めない。二人は笑いながら苦しみ、やがて抱き合って涙を流す。そして笑いが終った時、二人はキスをした。二人とも相手に愛情を感じたことも性的魅力を感じたこともあるわけではない。鳥氏にとって他人というものは常に自分に命令し、何かを強制するものでしかなかったし、二重人格にとって男というものは遠いあこがれの対象でしかなかった。二人とも恋愛を現実的なものとして考えてみたことすらなかった。二人はただ自分がとても哀れでたまらなかっただけだ。

画家はそんな二人の淋しい交情を背後に感じながら絶望的なソドムの街を画き続ける。


博士は髭さんと話すために何度もアトリエを訪れた。しかし髭さんの考え方ははっきりしており、博士がそれを否定することはできない。話し合ってわかることは、博士自身の論理のあいまいさである。博士とて我の幻覚世界が何の論理も持たず、椎茸嫌いたちのわがままに応じてでたらめな広がりを持っていくことが正しいと思っているわけではない。むしろ自分の髭さんへの不満が理不尽なものとすら思えるほどだ。しかし、それでも不満が消えるわけではない。博士はたとえ論理的根拠がなくとも我を信じたい。自分自身を信じたいと同じように我を盲目的に信じたいのである。

それはもともと博士の思想の根底にあったものだ。この研究所の成立そのものが患者への盲目的な信頼に始まっている。博士はともかく彼や彼女たちさえごきげんで幸せそうであれば満足だった。ゼニゲバはそんな博士を〝やさしさの天才〟と呼んだことがある。一人でいる時には髭さんが我と敵対しようとしていることがとても気になっていらだつのだが、髭さんと話し合うと髭さんの考え方が正しいと了解してしまう。博士は髭さんの論理以上に、彼のやさしさに負けてしまう一面もある。何よりも髭さんのやさしさこそ、博士自身が考える我にとって大切なものだから。

ただ、やはり髭さんの考える我の存在性と博士の考える我の存在性とは本質的に異っているだろう。髭さんの側にはまず世界観があって、そこに我を存在づけようとしており、博士の側にはまず存在があり、そこから世界を求めようとしている。博士の側では明解な世界観を提示することができず、髭さんの論理を否定することもできない。そうした点で本質的な不利を背負っているといえるかもしれない。博士にはこれからどうありたいというヴィジョンが存在しないことは事実であり、結局のところ髭さんの理想だけをたよりにしているわけである。おそらく髭さんに依存する面が強いことで不安が生じ、髭さんへの不満も生まれるのだろう。

博士は研究所に戻ると、いつものように論文にとりくむ。今は猿の実験に関してまとめているが、結論としてあの実験が博士の思想への反証となったことを認めざるを得ない。博士はそれを丸坊主の事件と結びつけて、我に於ける〝向ボス的〟な危険性として問題提起する。だが、それに対する解答はない。

椎茸嫌いの彼女が研究室に入ってくる。赤いマフラーを巻き、なぜか白い手袋で皿を一枚だけ持っている。

「外へ出ていたのかね」

博士はそういいながらペンを置いて立ち上がり、書棚から鉱石図鑑を抜き出す。彼女が博士のところへくる時には常に新しい名詞を求める。今は鉱石の名に強い関心を示していた。しかし彼女は首を振る。

「パーテイをしたいの。火館祭は室内でもできるでしょう」

博士は大きく眼を開いて彼女が手にしている皿をみつめる。そして納得したように頷く。

「なるほど、それはいい考えだ。どうしてそんなことに気付かなかったのだろう」

博士はそのアイデアを敵対意識の緩和のために我が考え出したものだろうと考える。椎茸嫌いは逆に、博士も彼女の対抗意識に同意してくれたものと誤解する。

「さっそく明日パーテイを開こう」

「開きましょう」

椎茸嫌いは大喜びで廊下を走り、みんなにパーテイを告げていく。そして次の朝には早くからトミーをせかせて献立を作らせ、花壇係や自閉症には椎茸の水もどしに始まる下ごしらえを催促する。ゼニゲバまでがこのパーティには乗り気で、作業室からさまざまな罐詰を運んでくる。椎茸嫌いは調理室を飛び出すと、広間に紙テープの飾りつけをして、あわただしく外へ出ていった。

博士は髭さんを説得するためにアトリエに向かう。博士が案じるまでもなく、髭さんもまたパーティに賛成した。博士と握手しながら髭さんはいう。

「もし、よろしければプログラム1をかけてみたいと思います」

「それはどんな内容だね」

「音と照明による刺激ですが、我の共通部分としてとらえられる論理の定着を意図するもので、主として空間の論理構造が図式化されています。これによって我の幻覚に基礎的な論理性が与えられることになると思います」

髭さんはそういって大事そうにテープをとり出して示す。博士は一瞬不安げにテープを眺め、作り笑いをして髭さんをみる。

「いよいよ髭さんのプロジェクトが始まるわけですな」

そして当惑とあきらめの入り混った表情で何やらひとりごちて博士は出ていく。髭さんと放火魔はすぐに機材の準備にかかり、途中でゼニゲバも加わって広間にホログラム装置やスピーカー、反射鏡などを設置する。椎茸嫌いの彼女はたくさんの花を持って外から戻ってくる。トミーは感嘆して花を半分奪いとって浴室へ運んでいく。

「よく温室でこれだけの花が作れたわ！」

トミーがいうと、椎茸嫌いは嬉しげに彼女に笑いかける。髭さんは装置の調整をしながら横眼で二人を眺める。自閉症が料理を運び込み、花壇係は雪をつめたバケツにワインを入れて持ってくる。トミーと椎茸嫌いは剣山に生けた大きな花盆をテーブルの中央に置く。そして博士も姿をみせ、スピーカーからはプロローグの静かな音楽が流れる。椎茸嫌いはさっそく皿いっぱいに椎茸をとり込み、カマキリは誰かが鳥肉に手を出すのをみはからって横どりする。照明がサイケデリックな光彩を拡げ、ロックミュージックが流れる。オペラとカマキリは踊り始め、髭さんもプログラムをコンピューターに任せっきりでワインを楽しげに飲む。そしてロックが終るとオペラは待ちかねたように歌を歌う。音楽は単純な音とリズムに変わり、幾つかのメカニックな音のコンビネーションがくり返される。しかし彼や彼女たちはそんな音と無関係に歌っており、髭さんもアメリカ・インディアンの歌を大声で歌う。光線は幾つもの点と線を生み出し、それが音とシンクロナイズする。いつか髭さんのプログラムした音と光の刺激が彼や彼女の耳や眼から脳のニューロンに伝達され、それらは我の共通部分として認識されてもう一度彼や彼女に戻る。我の認識として特別の意味を与えられた情報は彼や彼女たちの脳細胞で蛋白質を合成し、RNAを形成してニューロンに定着していく。プログラムとプログラムの間には音楽が入り、表層記憶としてのプログラムは消去される。彼や彼女は美しい音と光の世界に酔っているだけでよかった。博士もそうした楽しげな様子にすっかり安心して花壇係や放火魔に話しかけながらワインを飲む。

「すてきね」

オペラがいうと椎茸嫌いは満足げに頷く。

「二重人格のところのパーテイなんかめじゃないわ」

「二重人格のところのパーテイって？」

ゼニゲバが問い返す。しかし椎茸嫌いは笑ってワインのテーブルへ向かう。

「昨夜、二重人格と鳥氏と画家のパーテイへ行ったんです。だけど招待してもらえなかったんです。ええ」

カマキリがいう。そしてゼニゲバの顔をみてニヤニヤと笑う。音は忙しく幾つものレベルを転移し、光は幾つものシンボルを重ね合わせたように立体的な結晶を構成する。

「二重人格は画家のところにいるの？」

ゼニゲバがいうと、カマキリは逃げるように椎茸嫌いに近付く。そして椎茸嫌いは急に悲鳴をあげ、ワイングラスを床に落す。

「痛い、痛い、助けて、頭が痛い！」

彼女はそういいながら机に手を突いてうずくまる。花壇係が走り寄って抱き上げるが、彼女はそれに抵抗して更に暴れる。

「助けて、助けて、いやよ、死ぬわ！」

ゼニゲバは素早く髭さんに走り寄る。

「すぐにとめて！　彼女はもう空間の論理を崩していたのよ！」

椎茸嫌いは頭をかかえて床にすり寄せる。そしてカマキリとオペラと自閉症も続けて悲鳴をあげる。髭さんは廊下に飛び出してアトリエに走り込む。一瞬研究所の全ての光が消え、すぐに普通の照明だけが点灯される。カマキリやオペラや自閉症は何でもなかったように起き上がるが、椎茸嫌いだけは気絶したままだ。彼女はベッドに運び込まれ、時々苦しげに何かを叫び、また気絶する。

髭さんとゼニゲバと博士は呆然として顔を見合わせる。テーブルには料理が残っており、カマキリが鳥肉をかじっている。

「この花もどこか幻覚のお花畠からとってきたのね」

トミーはそういって空虚に咲き乱れたバラやケシやアネモネを眺める。白い光の中で、それらの花々は幻覚世界の忘れもののようにとり残されている。


次の日の朝、椎茸嫌いの彼女はベッドから姿を消していた。髭さんとゼニゲバはカマキリとオペラを問いつめる。

「どこから街へ行ったの?」

ゼニゲバがいうと、カマキリは例によってニヤニヤと笑う。彼は丸坊主の代理をつとめるようになって更に強くゼニゲバに関心を抱くようになっている。ゼニゲバがにらみ返すと、叱られたように改まった調子で「はい」という。

「画家のところへ行ったのね? どうして行ったの?」

ゼニゲバはオペラに眼を移し、もう一度カマキリに戻る。カマキリは急に振り返ってロッカーに走り、コートを身につける。髭さんとゼニゲバも急いでコートをとりに行く。

カマキリは裏口を出て、海岸の崖へ向かった。崖からジグザグに下る道は何人もの人が歩いた跡があり、階段状に雪が掘れている。坂の中程まできた時、花壇係とオペラが後を追ってくるのがみえた。

海岸の岩に打ち寄せた波しぶきは空中で凍って綿のように舞いながらふわふわと岩の間に落ちていく。カマキリは岩の上についた足跡にそって灯台の方向に進み、大きな岩をまわり込んで洞窟へ抜け出る。洞窟の入口にも多数の足跡が残されている。

カマキリは懐中電灯もなしに洞窟の奥へ進んでいく。髭さんとゼニゲバは壁をつたって一歩一歩確認しながら歩くので、たちまち遅れてしまった。途中で岩壁がコンクリートに変わり、間もなく地面も平坦になった。そして前方に薄明りがみえて、階段に出る。カマキリは階段の上で待っていた。

髭さんとゼニゲバが外に出ると、カマキリはようやく任務を終えたといいたげにゼニゲバにニヤニヤ笑いを向ける。

「ありがとう。いい子ね」

ゼニゲバがいうと嬉しげに笑う。すぐ前に市庁舎があり、地下道は横断歩道になっている。雪をつけた我の銅像は二人の記憶の倍ぐらいの大きさにみえる。

「なんとゆがめられた空間でしょう」

ゼニゲバが叫ぶ。花壇係とオペラが息を切らせて階段を昇ってくる。

「椎茸嫌いの彼女がここにきたのは当然だな。我がいるんだから」

髭さんはいう。市庁舎の正門では二重人格と鳥氏が手を握っていた。そしてホールに入ると画家が両手を拡げて髭さんとゼニゲバを抱き寄せる。画家はすぐに三枚の連作の構想を話し始める。ゼニゲバは画家の話をさえぎっていう。

「椎茸嫌いがこなかった？　彼女、行方不明なのよ」

画家は廃墟の絵を手に持ったまま不審げに彼女を見上げて首を振る。髭さんは絶望的に両手で顔を覆ってその場に坐り込む。

「どうしたの？　どのみちこの世界は位相空間でしょう。どんなゆがみ方をしていたっていいじゃない？」

ゼニゲバはそういって髭さんの顔をのぞき込む。画家はまだ絵を手にしたまま、髭さんの絶望に当惑して口を開いている。

「確かに研究所とここが短絡されただけなら機械はこの空間を簡単に理解し、認識するだろう。しかし、椎茸嫌いはすでに未確認領域に足を踏み入れているんだ。それを全て式やグラフにするのはとても無理だし、おそらくさまざまなパラドックスを生み出すだろう。彼女が頭痛を訴えたのはそのせいだろうと思う。もしかすれば、もうこの幻覚世界はパラコンパクト空間ですらないかもしれない」

髭さんはそういって、やけくそぎみにゼニゲバに笑いかける。そして博士のように夢みるような視線を虚空に漂わせる。ゼニゲバと画家は顔を見合わせる。二人とも過去に髭さんのそんな表情をみたことはない。髭さんはよろけるように立ち上がり、ふらふらとホールの片隅のベンチへ歩いていって、ごろりと寝ころんだ。

しかし、髭さんの絶望を理解するものはいない。カマキリと鳥氏は階段を昇ったり、廊下を走りまわったりして広々とした市庁舎を楽しんでおり、二重人格とオペラは我の銅像の前でコーラスをしている。画家はしばらく困惑していたが、やがて自分にできることは何もないと知って絵具を溶き始める。ゼニゲバだけが髭さんに寄りそってじっと見守っている。

一度研究所へ戻っていた花壇係が、博士や放火魔やトミーを連れてやってきた。博士は我の銅像に感動し、じっと見上げて動かない。放火魔はゼニゲバの説明を聞きながら、不安げに髭さんをみつめる。

「髭さんは我に敗北したのでしょうか?」

放火魔はいう。

「少なくとも戦う気力は失ってしまったようね。彼や彼女にとって現実というものがどうでもいい存在だったように、論理もまたどうでもいい存在だったのよ」

ゼニゲバがいう。髭さんは薄眼をあけて、二人に笑いかける。ゼニゲバはその笑顔に痴呆症の筋肉の動きを認める。

博士は食堂や機械室をみてまわって、市庁舎を大いに気に入り、市長室を自分の研究室として使うと宣言をする。放火魔とゼニゲバは髭さんを抱き上げて研究所へ連れ戻す。

地下道への階段を下りながらゼニゲバがいった。

「我は機械に直接攻撃をかけて破壊するのではなく、機械を無意味な存在にしてしまったのね。やるもんだわ」

「しかし、まだ無意味とはいい切れないと思います。髭さんさえ気力をとり戻せば、未確認領域だって何とか解明できるはずでしょう。髭さんはそういっていたはずです」

放火魔がいう。彼の声は暗闇の地下道でいつまでも反響し続けている。

第四部　花と廃墟とイリュージョン

完全に冬に突入してしまうと、天気はそれなりに安定してくる。特に十二月から一月にかけては殆ど吹雪も快晴もなく、薄い雲に包まれた静かな日ばかりが続く。研究所も市庁舎も雪の表面がなめらかになって、空よりもずっと明るく輝いている。

椎茸嫌いが行方不明になってから五日にもなるが、花壇係が時々広間の方角を眺めて彼女を捜しているようにみえる以外は、みんな楽しげに市庁舎と廃墟の街での自分自身の生活を過している。博士も一段と楽天的になり、広い市庁舎を歩きながら、一人一人に笑顔を振りまいてまわる。博士はこのところ何かに気を病むということが殆どなく、全てに達観したように静かである。そんな博士はまるで聖人のようにもみえるし、痴呆症の末期的状態のようにもみえる。博士の内部ではどうやら両者が同時に進行しているようだ。オペラの彼女はあまり歌わなくなり、一人で酒を飲んでいる日が多い。カマキリは幾つかの木彫の傑作を完成し、みんなにほめられたので自信を得たのか、更に行動的になった。鳥氏と二重人格は公認の恋愛関係にあるが、互いに相手が自分をさほど愛していないこともわかっているので他人行儀な付き合いを続けている。花壇係は相変わらず黙々と日常的な仕事だけをこなしており、トミーは医学書とスペースオペラばかり読んでいる。そして画家は自分の創作に余念がない。椎茸嫌いの彼女はいないが、いとも静かで穏やかな毎日が続いている。

ゼニゲバと放火魔は髭さんの意欲をとり戻させようとつきっきりで世話をやいている。髭さんはこれまでの労働に応じた休養をひとまとめにとろうというかのように、朝から晩まで広間に寝ころんで乱数表や素数の列を眺めて過し、時には自分でπや平方根の計算をいつまでも続ける。ゼニゲバがのぞき込むと楽しげに彼女を見上げていう。

「πというのは、まだ計算されていないところまで全て確定しているんだ。すごいだろう」

ゼニゲバはやさしげに笑い返す。

「でも、あなたが作った機械に計算させればずっと早くて正確よ」

髭さんは自分の計算用紙をじっとみつめる。そして「それもそうだ」といって立ち上がる。

髭さんがアトリエにやってくると、放火魔は大喜びで自分の仕事机をあける。しかし髭さんはまっすぐ機械の中に入り込み、コンピューターの画像と久々の対面をする。放火魔は更に驚いてゼニゲバをみつめる。ゼニゲバはめくばせをして居住室のベッドに坐り込んだ。しかし、およそ十分で髭さんは機械から脱け出してくる。

「わかり切った計算をしても面白くも何ともない」

髭さんは無表情にいった。ゼニゲバは思わず大声で笑う。機械の中の狭い居住室は三人が入ると身動きできないほど窮屈だ。放火魔は手だけを湯わかし器に伸ばしてコーヒーを入れる。

「助手がいっていたように、新しいゲシタルトを組んで、最初から確定的なものを与えていけば、髭さんの機械は有効なものではないでしょうか？　この実績を公表すれば、どこかの医療機関でやり直せると思うのです」

放火魔はそういって髭さんにコーヒーを手渡しながら、うかがうようにみつめる。髭さんはその視線を避けてコーヒーカップに砂糖を入れ、長い時間をかけてかきまぜる。そして頃合をみはからって顔を上げるが、その時にはゼニゲバもまた彼をにらみつけている。髭さんはようやく口を開く。

「もっと本質的な問題だよ。もともと機械の側で論理を組んでゲシタルトの意識に与えても有効ではない。あくまでゲシタルトの共通部分と和集合の関数として成立するものでなければならないんだ。そうでなければ音と光の刺激ぐらいで確定的なものなど定義していかないだろう。しかし、関数を求める間に我は共通部分を拡大していく。ゼニゲバの意識にあるものをトミーに与え、博士のものを椎茸嫌いに与えていくわけだ。たとえゲシタルトという概念が成立していなくても、何人もの人間が接触しているとそうなっていくのが自明のことだ。しかも共通部分の拡がりとともに和集合もふくれあがる。我は機械を待っていてくれない。――結局のところ彼がしようとしていたものも治療行為でしかないのではないかと思う。博士が正しいんだ。人間の意識を変える方法はただ一つ、愛情だけだ。それ以外のものであってはならない」

　髭さんはうまそうにコーヒーを飲む。

「ずいぶん急いで無条件降服をするのね。確かにあなたは技術屋としては天才だけれど、科学者としては落第よ。あなたは人を愛しすぎるわ」

　ゼニゲバがいうと、髭さんは全くの同意を示して頷く。

「その通りだよ。科学者は人類と自分自身だけを愛さなければならないんだ。とても疲れた」

「彼は髭さんが甘えていると思います」

　放火魔はとがめる。

「確かに現実と和合させようというのなら治療行為になりますが、髭さんは論理を与えようとしているのです。そこには本質的な相違があるというのが髭さんの考えであり、博士も認めていたものであったと思います。そして与える論理はあくまでゲシタルトの持っていたものの一部でしょう。それを確定的なものにするだけなら、治療とはいえないでしょう。少なくとも意識を強制的に変化させるものではないと思います。髭さんはここの彼や彼女たちを愛しているから、我の論理を求めることができるのです。そうでなければ我はもっと早く髭さんの機械を破壊していたのではないでしょうか？」

放火魔はいつか髭さんに指を突きつけている。ゼニゲバは興味深げに二人を交互にみつめる。

「ごもっともだ。彼もそう思っているよ。しかし、論理というものは現実を認識することで生まれてきた。しかもその認識にはあまりにも幾つもの方法がある。数学の理論はその一つでしかなく、かつて数の概念で世界をとらえようとしてとらえ切れず、ユークリッド空間の概念で世界をとらえ切れなかったように、集合の概念でも本当の世界をとらえ切ることはできない。哲学が存在をとらえ切れないのと同じだ」

「まるで晩年のウィトゲンシュタインの心境ね」

「だけど、たとえ完全なものでなくても、部分的にでも新しい発見を求めようとするのが科学ではないでしょうか？　少なくとも強引に現実に同化させようとする治療よりも、髭さんの方法はずっと進歩したものだと思います。彼も髭さんの目ざすものを本当に理解するまで時間がかかりました。それまでは博士の仕事を手伝いながら幾つかの疑問を抱いてきて、ようやく髭さんが博士の仕事を完成することがわかったのです。たとえ髭さんが個人的に絶望していようと、髭さんの開発した技術や理論は社会に役立つものです。せめてそれを本に書いて下さい。技術的な問題や数式さえ書いて下されば、あとは彼がまとめます」

放火魔はいった。髭さんはまた沈黙してしまった。

「彼のいう通りね。たとえ髭さんの研究が未完成のものであっても、誰かが後を継いでくれるわ。精神医学に於いては、もともと一気に解決する方法など求めるべきではなく、少しずつ根気よく、全てがなじむように進めなければならないものなのよ。我の世界がいかに拡大していっても、機械にできることもあるわ。たとえ小さな力でも役立つはずよ」

ゼニゲバはいう。髭さんは眼を閉じて動かず、眠っているのか考え込んでいるのかわからない。しかし、やがて眼を開いてかすかに頷いた。ゼニゲバは笑う。そしてすぐに無表情に戻る。

「それにしても彼はすっかり助手の人格を持ってしまったようね」

ゼニゲバがそういって放火魔をみると、放火魔は少し不満げに笑う。しかし髭さんは今度は大きく頷いて彼に笑顔を向けた。

市庁舎の周囲は除雪されて、黒いアスファルトの路面が地下道まで続いている。周囲の恐しい沈黙の中で、市庁舎の近くだけが生気にあふれており、常に叫び声や笑い声が無人の空間に向けて放出されている。時折、街中から自動車やスノーボートの走りまわる音が響いてくるが、それらもいずれ市庁舎へ戻ってくる。

暖かい陽ざしの日には博士やトミーが前庭にデッキチェアを並べて日光浴をする。自閉症ですら散歩をするようになり、一日中どこかへ行ってきて、夜になって戻ってくることがある。カマキリはスノーボートで毎日のように街中を走りまわり、廃屋に押し入ってブードゥーの仮面とかスエーデン製のグラスとか白頭鷲の剝製といったものを運んでくる。花壇係もデパートや商店街でパイプやステッキを選んで毎日のようにとり換えている。二重人格だけは椎茸嫌いに殺されるという被害妄想にとりつかれて、市庁舎を一歩も出ようとはしない。花壇係は自分がついていれば大丈夫だといって彼女を外へ誘う。

「椎茸嫌いは自分の楽しみさえ妨害されなければ危害を加えないよ。彼女は楽しむことの天才だから、いつまでもパーテイのことなんか気にしてはいないと思う」

花壇係がいうと、二重人格は大喜びでコートを持ってくる。彼女も外へ出たくてうずうずしていた。

花壇係は木ゾリを引いてデパートへ向かう。デパートには布製やビニール製や紙製の造花がいっぱいあり、彼はそれを使って花壇を作ろうと思っていた。彼はその計画を椎茸嫌いに話すと喜ぶだろうと思っていたのだが、彼女がいつまで待っても戻ってこないので、二重人格に手伝ってもらうことにした。ソリを外に置いてデパートに入ると、薄暗い店内にはまるでジャングルのように商品が密生していて、その陰にさまざまな怪物が潜んでいるように思える。二重人格は花壇係の腕にすがりついて懐中電灯の光を追うように歩いた。しかし、造花の売場に着くと、彼女も大喜びで幾つもの花たばを抱き上げ、全ての恐れから解放されたように入口の光に向けてはしゃぎながら駈けて行く。

二重のガラス扉を押し開いて外に出ると、路上に置かれた木ゾリの上には本物の花がいっぱい乗っている。そしてその横に花を抱きかかえた椎茸嫌いの彼女が立っている。二重人格は思わず悲鳴をあげそうになって立ちすくみ、造花を雪の中に落してしまう。そして花壇係が出てくると、素早く彼の背後に身を隠した。

「まだまだお花があるのよ。でも、どうしてもプルキンエがみつからないの」

椎茸嫌いはそういって花壇係に近寄る。二重人格は更に後ずさりする。花壇係は椎茸嫌いから花を受けとりながら、まるで長い間の行方不明を忘れているかのように笑いかける。

「だけどね。冬は本当の花がすぐに枯れるから、彼女も造花を集めた方がいいんだよ」

花壇係がいうと、椎茸嫌いはしばらく考え込むように立ちどまっている。そして急に「そうね」といって走り出す。

「一度戻った方がいいよ。みんな心配しているからね」

花壇係がいうと、椎茸嫌いは振り向いて「すぐ戻るわ」と叫び、器用に雪の上を飛びはねるように走っていく。

花壇係は二重人格が落した造花をひろい集めて生花とともにソリに積む。二重人格はむしろ自分が無視されたことに不満を抱いて椎茸嫌いの去った方向をみつめている。

二人がソリを引いて歩いていくと、カマキリが大きな音をたててスノーボートで追い抜いていく。そしてすぐ後に鳥氏が続いてきて、二人を抜いたところでスノーボートを停める。

「乗らない?」

鳥氏は二重人格に呼びかける。二重人格は十代の娘のような笑顔で歓声をあげ、鳥氏につかまって後部に乗り込む。花壇係はそりを引いて歩いていく。二人は歓声をあげて去っていき、ひとめぐりしてくると、また歓声をあげて彼に手を振りながら追い抜いていく。そして今度はどこかへ走り去っていった。

花壇係は市庁舎に着くと、石段の上に生花と造花をゆっくり並べる。生花は二回に分けて浴室へ運び込み、トミーに生けてくれるよう依頼した。トミーは大量の花を一本一本観察しながら「みたこともない花がたくさんあるわ」と呟く。確かにまとめて眺めればさほど不思議にも感じないが、一本をとり出すと、とても花と思えないものもある。鮮やかな若草色のバラ型の花や、呼吸をするように収縮するユリ状の花、また水につけると花びらが裏返ったように色を変える花、そして蜘蛛のように細い糸にぶらさがった花を手にした時には、さすがのトミーも思わず悲鳴を上げる。

花壇係が玄関に戻って造花の整理をしていると、広場の我の銅像の横から椎茸嫌いが顔を出した。彼は造花を置いて、ゆっくり彼女に歩み寄る。椎茸嫌いは今度も手に花を抱いており、花壇係が近付くと一本の花を抜き出す。

「これ、プルキンエかしら？」

彼女はいう。それはまるで本物の脳細胞を大きくしたような壺型の黒っぽい紅色の花だった。花壇係は大きく眼を開いてその花をみつめながら頷く。

「わー、よかった。やっとプルキンエをみつけたのね！」

彼女はそういって急に元気をとり戻し、何度も何度も飛び上がる。そして両手で花を抱きかかえて歌を口ずさみながら市庁舎へ入っていった。椎茸嫌いの帰還を知った彼や彼女たちは次々とホールに集まってくる。椎茸嫌いは一瞬とまどったように立ちどまるが、すぐにトミーに歩み寄ってプルキンエの花を差し出す。

「きっと彼女はバビロンの架空園を発見したのね」

トミーは呟く。

「そうよ。どんな花でもあるの。だから、プルキンエもあったのよ」

椎茸嫌いはいう。ゼニゲバも放火魔もいないので彼女をとがめる者はなく、トミーだけが当惑している。やがて鳥氏と二重人格のスノーボートも戻ってくる。椎茸嫌いは二重人格にもプルキンエをみせる。

「これがプルキンエ?」

二重人格が小声でいうと、「そうよ、そうよ、きれいでしょう」といって二重人格の肩を強く揺する。

「本当にきれいね」

二重人格はいう。そして二人は急に仲良しになったかのように連れだって玄関へ出ていき、花壇係の造花の分類を手伝う。花壇係はそんな二人を疑わしげにみつめている。

大晦日も間近になって、助手が霊柩車とともに研究所へやってきた。髭さんとゼニゲバと放火魔が出迎えると、助手はハーフトラックの前で黙って頭を下げる。三人は言葉をかけずにすぐ庭へ戻って、助手とともにゼニリブの柩を運び出す。柩は氷がつまっているので重く、四人で運ぶにも手間どった。氷の中には花がゆがんでみえるだけで、ゼニリブの顔は泡にさまたげられて確認できない。

柩が収まると霊柩車だけが先に街へ戻っていく。坂を下って湿地帯を走り去る間、四人は沈黙したまま見送り続ける。そして車が黒い点になると、ようやく広間へ戻っていった。

テーブルについてお茶を飲みながら、助手は研究所について質問する。放火魔はポツリポツリと説明する。

「それで、ここはどうなるのですか?」

助手がいう。

「よくわからないが、みんな現実を求めないのだから、このままでいいのだろう」

髭さんは投げやりにいう。

「でも、空間に矛盾が生じたらどうなるのですか?」

「我はどちらかを選ぶだろう。新しい空間を獲得し、どこかの空間を失うかもしれない。だから現実を失う可能性はある。しかし、そのあたりは我も認識しているだろうし、彼や彼女たちの共通部分はあくまで現実世界に根ざしている。簡単には現実と離れられないはずだと思う」

髭さんがいうとゼニゲバが笑う。

「このひと、博士に似てきたでしょう」

「本心ですか?」

助手は真剣に髭さんをみつめている。

「たぶん、そうではないと思うわ。我を欺こうとしているのか、自分を甘やかしているのか、いずれにしてもまたそのうち戦闘開始すると思っているのよ」

ゼニゲバはいう。髭さんは口元だけで笑っている。

「確かにここには何の苦労もなく、毎日毎日を遊んで暮せる天国だけれど、所詮、我の幻覚の中の世界でしかないのです。いつか現実へ出ていかなければならないと彼は考えています」

放火魔がいうと、助手はてれたように眼を閉じる。

「でも、いつか、いつかと思ってずるずる住みついてしまうのよ」

ゼニゲバはいう。

「ぼくがその地下道を通り抜けるとどうなるでしょう」

助手がいった。ゼニゲバは彼の眼をじっとみつめ、それまで口にするのをさけてきた言葉を吐き出すようにいう。

「彼はここへ残るつもりできたのね」

助手はそれをいわれてむしろ気楽になったのか、改まった口調で肯定する。

「迷っていることは事実です」

「確かに彼があのトンネルを抜けると我の位相空間に変化が生まれるかもしれない。だけど、それで現実へ戻れなくなるということもないだろう。彼は一度廃墟の街へも行っているのだからね」

髭さんはいう。そして三人が同時に助手の顔をみた。

「いってみる?」

ゼニゲバが問いかけるのを待って、助手は頷く。そして四人で立ちあがり、食堂を抜けて裏口から崖上へ。

しかし、海岸へ降りる小道の入口にはカマキリが立っており、その横にオペラが雪の上に坐り込んでいる。四人が近付くと、カマキリは両手を拡げて通さない。

「どうやら、我に拒否されたようだな。たぶん彼がここに残ることを決めなければ入れてもらえんだろう」

髭さんはそういいながら、カマキリの顔をからかうようにのぞき込む。カマキリは表情を変えない。

「だけど、外の世界は逃げ戻りたくなるほど苦しいの？」

ゼニゲバは助手を振り返っていう。

「いや。慣れてしまえば、現実というものはそれなりに楽な世界だ。大きな流れにのってまじめに働いていればいいだけだからね」

助手はそういって建物に引き返す。助手の雪を踏みしめる足は、彼や彼女たちよりも力強く、いかにもリアリテイを感じさせる。その足どりに感心して放火魔は「なるほど」と呟く。

助手は一人でハーフトラックを運転して戻っていった。髭さんは以前に作ってあった現実音によるシンセサイザー作品をかける。汽車の音、飛行機の爆音、断片的なテレビのニュースやショウ番組、自動車のクラクション、雑踏、自動販売機の音、目覚まし時計、食器のふれ合う音、鳥や風や波の音、サイレン、それらが混じり合って強くなったり弱くなったり限りなく続く。カマキリとオペラもそれらの音に耳を傾けている。長く忘れていた現実音は不思議にやさしさを感じさせる。或いは我の幻覚空間が現実から断絶しかけた時、こうした音が有効かもしれないとゼニゲバは思う。冬至もすぎて、また太陽の沈む位置が研究所に近付いてくる。薄く雲を張った冬空は夕陽を受けてパープル・カラー。雪に包まれた建物や森や湿地も全てパープル・カラーに染まり、灰色の長い影が遠くまで伸びている。そして何かを捜し求めるように灯台の光が回転している。灯台はまだ現実世界にある。

花壇係の心配をよそに、椎茸嫌いと二重人格はすっかり仲良しになって、毎日のように二人で街へ出かけていく。それもどうやら街だけでなく、椎茸嫌いが開拓した幻覚空間で遊んでいる様子だ。二人は奇妙な花や木の実を持ち帰ってくるし、モア鳥かとも思えるような巨大な羽根をホールに飾りつけたりもしている。博士は一度椎茸嫌いにこれ以上空間を拡げない方がいいといったが、髭さんやゼニゲバが研究所にいるので強く禁止する者はいない。

椎茸嫌いは長い失踪ののちに少し変わったようだ。少なくとも過去の椎茸嫌いは自分の欲求に応じた行為しかしなかったが、彼女の二重人格に対する親切はエゴイズムだけではないように思える。それは椎茸嫌い自身も感じていたことで、以前の自分にはなかった感情が自分をとらえていることに気付き、何やらむずがゆいような気持になることがある。

そして椎茸嫌いはそんな感情が薄気味悪くなって二重人格から逃げるようになった。

助手の彼が研究所にやってきた日の夜、二重人格は市庁舎に戻ってこなかった。花壇係はホールで椎茸嫌いをつかまえて問い質す。

「彼女と何かあったのかい?」

こうした質問に対して椎茸嫌いはまず拒絶を示したものだが、この日はむしろ花壇係を安心させようとするかのように笑顔をみせてから首を振った。

「何もないのよ。彼女、このごろ一人で出かけるの」

花壇係は椎茸嫌いをじっとみつめていたが、ふと思い直したように振り返り、階段を昇っていく。椎茸嫌いはホール中央の大きな鏡の前に行って自分自身を眺める。いつものように笑顔を作るわけではなく、むしろ自分自身をとがめているようだ。

次の日の朝、スノーボートで走っていたカマキリは二重人格の死体を発見した。ビルの屋上から転落したのか、周囲三メートルぐらいの雪面を血に染めて路上にたたきつけられている。

彼や彼女たちは赤い雪をとり囲んで為すすべもなく立ちすくんでいた。花壇係は椎茸嫌いを盗みみる。彼女はそうした視線に敏感なはずだが、その日は気付かないふりをしているのか、じっと二重人格の首のあたりをみつめたまま表情を変えない。

「みんな死んでいきますね」

急に椎茸嫌いはいう。誰もがその言葉に当惑して一歩後退したが、花壇係だけは彼女の前に歩み出て、いきなり頬をたたく。その音は何かの爆発音のように廃墟の街を貫いて飛び去る。

「知らなかったのよ。彼女がこんなところにきていたってこと」

椎茸嫌いは大人びた口調でいった。それは花壇係の暴行に対して全てを許し、冷静に話そうと提案しているように思えた。その言葉によって彼や彼女たちは今更のように椎茸嫌いの変化に気付く。同時に椎茸嫌いへの恐れがゲシタルトをとらえ、椎茸嫌い自身もそれを感じる。

二重人格の死について本当のことを知ろうと思えば簡単だ。我はそれを知っているはずであり、つまるところ彼や彼女たちもそれを知っているのである。だが、それを認識しようとする者はなく、全く別の可能性を考えようとする。今、彼や彼女たちをとらえている不安や焦躁との関連を求め、犠牲者を二重人格一人にとどめたいと思っている。だが、同時に椎茸嫌いとの関連もまた打ち消したい。椎茸嫌いが無害な存在ではないことがわかった時に、よけいそう思うようになる。やがて幾つもの幻覚が飛び交って、我の中ですら何が真実かわからなくなってしまう。おそらく事故なのだろう。何かの間違いで二重人格は屋上へ昇って、そこで足を踏みはずしたのだろう。屋上に昇った理由については、椎茸嫌いが何らかのかかわりを持っているかもしれない。しかし、それは極めてささいなことだ。おそらく――

彼や彼女たちはいつかビルの屋上を眺めている。二重人格は自分自身の死体と屋上を結ぶ放物線上に現われ、ゆっくり落下してくる。

「可哀相に」

鳥氏が呟くと、幻覚の二重人格は一瞬にして落下し、全員の顔面に血しぶきをあびせる。全員が鳥氏をにらみつけ、むしろ非難の対象を発見したことを喜ぶように幻覚の拳を投げつける。鳥氏は自分の役割を知って二重人格の横にひざまずき、少しずつ涙をしぼり出す。そしてオペラが歌い、死体がハーフトラックに積まれ、市庁舎に向けてゆっくり行進していく。

椎茸嫌いがいったように、次々と人が死んでいくと誰もが感じており、そのことに対する不安は打ち消せない。それが二重人格の死を正しく認識することをさまたげており、市庁舎への行進の途中でも鳥氏はニヤニヤ笑いを続け、カマキリとオペラは時々甲高く笑い声をあげる。そして、それをとがめる者もいない。

市庁舎に着くと、二重人格の死体は我の銅像の下に置かれ、花で飾られる。そして彼や彼女たちは逃げるように建物に戻っていく。死体はその夜、我によってどこかへ運び去られる。

次の日になると、全てを忘れ去ったように、カマキリはスノーボートで走りまわり、博士はデッキチェアで日光浴をし、放火魔は研究所の機械室で髭さんの論文をまとめにかかる。髭さんも少しずつ意欲を取り戻し、現実音を構成した幾つかのパターンを製作し始めた。花壇係は造花畠を作りながら、何度も何度も二重人格の死体が置かれていた場所を眺める。やがて椎茸嫌いが手にいっぱい花を持って現われ、我の銅像の下に置く。

花壇係は立ち上がって彼女の背後に歩み寄り、静かに肩を抱き寄せる。椎茸嫌いは振り返って笑顔を向ける。

「この花、彼女にとってきたの」

椎茸嫌いは花束の中央で不気味な燐光を放っているプルキンエを指差す。花壇係は謝罪するように彼女をみつめ、ゆっくり頷きながらいう。

「本当に可哀相な人だったね」

椎茸嫌いは彼の腕を振りほどく。そして強く首を振る。

「ちがうわ。とても楽しそうだったわ」

そして年が明けた。我の幻覚の中でも現実の暦がまだまだ大きな意味を持っている。我を生み出した彼や彼女たちは、ずっとその時間帯に生きてきたのだし、さまざまな考え方や認識もあくまで現実の暦の中で形成されてきたものだ。そして正月が晴がましく、あらたまった日であることも変わるところはない。

夜明け前に全員が毛皮のコートを着て研究所に戻り、丘の上から初日の出を眺める。そしてみんな自室へ行って晴着に着替えて市庁舎のホールに集まる。衣裳持ちの椎茸嫌いは赤い振袖を着て、どこかすまして柱の横にそっと立つ。ゼニゲバも水色の留袖でにこやかに「おめでとう」といって歩く。トミーは白いスーツに蝶々のブローチをつけ、オペラはまるで舞台衣裳のような赤いドレスに白い大きな造花を飾っている。博士はタキシード姿でホールの中央に立ち、この上ないやさしげな笑顔で三六〇度の各方向に笑いかける。髭さんはコールテンのよれよれの上下を着ているが、それが彼の精いっぱいのフォルマル・ウエアだ。

テーブルにはお煮しめやパーテイ料理が並び、博士が乾杯してニュー・イヤー・パーテイが始まる。鳥氏はあいもかわらず鳥肉から逃げ出すが、椎茸嫌いは椎茸に無関心になったように他の料理をつまんでいる。

「ほら、椎茸だ」

花壇係がそういってはしでつまみ上げても、「そうね」というだけで逃げようともしない。そしてお酒を少し口にすると、思いつめたように片隅へ行って宙空をみつめる。オペラは歌を始め、カマキリは踊る。鳥氏やトミーも加わるが、火館祭の頃のような強烈な感情の奔流は生まれない。椎茸嫌いは急に忘れものでも思いついたように玄関口へ早足で向かう。ゼニゲバはそれを目敏く発見し、彼女を追っていく。

「どこへ行くの?」

ゼニゲバがいうと、椎茸嫌いは悪戯をとがめられたように硬直して石段の上で立ちすくむ。そして、ゆっくり振り返ってゼニゲバに顔を向け、何か楽しいことを思い出したように笑う。

「あのね。もう一つお約束があるの。アリスや帽子屋さんやうさぎさんが待ってるのよ」

「まあ! 彼女ったらワンダーランドまで開拓してしまったの?」

椎茸嫌いは悪びれて頷く。

「そんなところなら、私も行きたいわ」

ゼニゲバがいうと、椎茸嫌いは笑顔に戻り、「連れてったげる」といいながらゼニゲバの手をとる。ゼニゲバはそれを振り払って首を振る。

「だめよ。博士もいったでしょう。新しい世界を拡げれば、それだけ失っていくものもあるのよ。それに、ここは本当の世界だけれどワンダーランドは彼女が作った嘘の世界でしょう」

椎茸嫌いは反抗的にゼニゲバをにらみ返し、嘘という言葉で急に興奮を示す。そして肩で大きく呼吸をして甲高く叫ぶ。

「ちがうわ！　いろんなことを知っても過去のことを忘れるわけではないわ。いろんなところを知ることと、いろんなところへ行くこととは同じよ！」

ゼニゲバもまた興奮に引き込まれ、早口の大声で叫ぶ。

「知ることは頭の中でだけ起こることだけど、行くことには空間の論理がつきまとうのよ！」

「ちがう！　ちがう！　ちがう！　みんな我が想像するだけよ。空間なんかじゃない。空間なんかじゃない！」

椎茸嫌いはそういってからも、しばらく口の中で同じ言葉をくり返している。ゼニゲバは言葉を返そうとして、椎茸嫌いのいったことを理解し、口を開いたまま一歩後退する。その一瞬のすきをとらえて椎茸嫌いは階段を駈け降りていく。ゼニゲバは恐しいものをみるように彼女を見送っている。二人のいい争いをみつめていた髭さんはゼニゲバに近寄って疑問符のついた視線を向ける。

「この世界は我の想像でしかないから、空間の論理は適用されないというのよ！」

ゼニゲバは訴えるようにいって髭さんの眼をのぞき込む。髭さんはしばらく彼女の眼をみつめ返していたが、急に膝を震わせてゼニゲバの肩にもたれかかる。

「それは、彼女の考えだろうか？　それとも、彼の考えだろうか？」

髭さんは苦労をしてそれだけを話す。

「どちらでも同じことよ。彼女にはもう、我のことは全てわかっているようね」

「しかし、研究所は現実空間につながっているし、ここには彼や彼女たちといった空間内存在が含まれている」

「でも、我の想像世界であることも事実でしょう。ここの彼や彼女たちが本当に空間内存在といい切れるの？　彼や彼女たちも想像世界の存在でしかないのかもしれないわ」

いつか彼や彼女たちが二人をとり囲んで深刻な議論に耳を傾けている。髭さんはゼニゲバから離れて近くの柱に寄りかかる。

「空間としての論理に制約されるものでないのなら、どうしてあの時、椎茸嫌いが頭痛を訴えるような矛盾が生じたんだ?」

ゼニゲバはすでに落着きをとり戻している。しかし、それも自分が受けとめてきた苦悩を髭さんに押しつけてしまったことで生じた安心感であることは彼女にもわかっている。

「矛盾でなくて、単なる迷いとか困惑というようなものだったのかもしれない。想像世界にだって頭痛のたねぐらいあるわよ」

ゼニゲバは冷くいい切って口を固く結ぶ。

「しかし」

髭さんはそういって首を振る。首を振るばかりで次の言葉はでてこない。やがて彼は柱に向けて頭をかかえこむ。ゼニゲバは大きく息をする。

「わかるわ。確かに想像世界も情報に分割できるはずよ。そして情報は空極的にはアンド・オア・ノットで示すことで数式化できるはずね。また、情報は無制限に作り出せるものではなく、エントロピーを別にすれば一般相対性理論に従うはずだわ。ウイナーは『マックスウェルの魔』のパラドックスを解明することで、情報とエネルギーの相対性を説明したわ」

髭さんは柱から首を起こし、荒っぽく振り返る。

「何をいいたいんだ。エネルギーさえあればいくらでも想像世界が生み出せるというのか？　それともランダムに形成される想像は全てエントロピーだから、相対性理論の制約を受けないというのか？」

　まるでゼニゲバが最大の敵と思い込んだように髭さんは怒鳴りつける。ゼニゲバはそんな髭さんをみつめながら、静かに涙を流す。パーティの全員が同じように困惑しながら、髭さんを悲しげに眺めている。ゼニゲバは激しく首を振った。

「わたしにはわからないわ」

　そして、それに合わせたかのように髭さんも首を振る。

「彼にもわからない。素粒子が波の性格を同時に持つように、空間というものも数理的概念以外の論理を持ち得るのかもしれない。それとも確定的なものが常に一時的にしか成立せず、すぐに別の形相に変化してしまうものなのかもしれない。――ああ、論理ぐるみの不確定性だ！」

　髭さんはそう叫んでゼニゲバに確認を求める。しかし、彼女は涙を次々とあふれさせながら、髭さんから眼を離さない。

「これは想像世界のみならず、全ての空間にいえることでもある。どのみち数学的論理が物理的空間の全てを完全にとらえ切れるわけではないんだから――」

「考えてみれば、あたりまえのことね」

ゼニゲバは涙を手でぬぐって、投げやりにいった。

「そうだ。やはりそうだったんだ」

「我の認識に確定的なものを与えるという考え方がナンセンスだったのよ！」

「その通りだ。しかも彼は、彼はずっと前からそれを知っていたように思う」

「認識しようとしなかっただけなのね」

「そう。全て我に利用されてきただけだ。〝我の論理〟という欺瞞につき合って、お手伝いさせられてきたんだ」

二人はじっとみつめ合う。そして急に抱き合う。ゼニゲバは顔をゆがめ、また急速に涙をあふれさせる。髭さんはその涙の中に顔をうずめる。

「完全な負けなのね。何もかも終りなのね。もう何もできないのね。我に服従しなければならないのね。それでいいのね。――好きよ。大好きよ！」

ゼニゲバは強く髭さんを抱きしめる。髭さんもまた彼女の涙にまぎれて泣いている。周囲の彼や彼女たちも共感して泣きだした。髭さんの一方的な敗北によって勝利者となった博士は、さすがにいたたまれなくなって部屋へ戻っていく。放火魔は呆然と二人の抱擁をみつめている。トミーは涙をしゃくりあげながらいう。

「近頃のパーティは、いつも途中でぶっ壊れてしまうのね」

なしくずし的に幻覚世界への渡航が解禁になった。椎茸嫌いはすでに街のあちこちに虫喰い穴のような幻覚世界への通路を作っていたが、幻覚世界へ渡っていたのは椎茸嫌いだけではない。画家はすでに廃墟の街にソドムの世界を再現しており、そのイリュージョンは日ごと鮮明になって、近頃では崩壊前のソドムの街中を実際に歩くこともできる。自閉症は公園の枯木の間で全身の汗腺から糸を吹き出して繭を作り、肉体をその中に閉じこめたまま、意識だけを蝶に変えて飛び出す方法を身につけている。彼女は蝶になって街中を飛びながら、さまざまな幻覚をみていた。雪に包まれた廃墟はまるで無数の幻覚の巣であるかのように、あちこちで次々とイリュージョンが生まれ、消えていく。彼女はそうして見知らぬ人々の幻覚をのぞきみてまわり、まるで満腹するように堪能して動きが鈍くなると、繭から脱け出して市庁舎へ戻っていく。彼女は二重人格の死についても知っている。二重人格は椎茸嫌いにさまざまな幻覚世界へ連れていってもらって充分楽しんでいたが、自分でも幻覚世界を開発できるはずだと思ってビルの屋上から飛び込んだ。彼女自身はうまく幻覚世界に降りたつもりだったが、身体は道路にたたきつけられていた。自閉症はそのビルの付近に、二重人格が創造した鮮やかな幻覚が漂っているのを何度かみている。さまざまな光彩に充ち充ちた美しいイリュージョンだった。

自閉症はそうしたさまざまな幻覚に接しても、さしたる感動をおぼえるわけではなく、単に心の空腹を充たすためだけに眺めてまわったが、時折のぞきみる奇妙な幻覚だけはとてもいやらしく感じられてやりきれない思いをする。霧のような泥のような得体のしれない空間を、一人の若い男がもがきながら前進している。男は服を着ているにもかかわらず、ズボンの間から勃起したガラスを突き出し、まるで霧や泥に性欲をおぼえているように眼を細めて快感を表わしている。しかも男の顔はとてもハンサムで、それゆえに表情は醜悪である。自閉症はその幻覚に接すると、恐しい拷問を受けているような気分になって急いで繭に逃げ帰る。

カマキリもすでに幻覚世界に入り込んでいたが、彼のイリュージョンは全くの空白であった。何やら灰色の泥のようなものの中で彼はもがき続けている。決して溺れることもないが、立って歩いたり、泳いだりできるわけでもない。常に手足を揺り動かして、何か支えになるものを求め続けている。それはとても苦しい状態と思えるのに、もがき続けている間は全く苦痛を感じない。どこからか快いロックミュージックが聞えてくることもあり、魅力的な香りが伝わってくることもある。それらは彼を陶酔させた。彼はその香りの根源をたどっていこうと思って更にもがく。しかし、いつまで手足を振り廻しても泥沼ばかりが続いている。時には、そんな泥の中に蝶が迷い込んでくる。彼はその蝶になぜかわからぬまま、「小山恵子さん」と呼びかけている。そして、この泥沼を抜け出せば小山恵子さんにも会えるかもしれないとも思う。やがて彼の手に棒状のものが触れ、それをしっかり握りしめると、彼は雪に包まれた廃墟の街に這い出している。

こうした幻想世界は誰もが簡単に開拓できるというものではなく、鳥氏やトミーや花壇係はまだ自分の世界を発見していない。それがあくまで我の幻覚であるからには、我を信じて、いとも素直に幻覚を受け入れる心がまえが必要だ。椎茸嫌いはそうした世界を楽しむ天才で自分の欲求を素直に表現できるし、欲求は複合したものでもない。二重人格はそれができず、幻覚に飛び込む時に複合要素が働いてしまったのだろう。椎茸嫌いだけは、殆ど自由にさまざまな世界を渡り歩くことができる。彼女にはバッド・トリップではなく、全ての悪夢をハッピー・トリップに変えてしまうのである。

椎茸嫌いがオペラの彼女をミラノ・スカラ座のステージに連れていってやったことがあるが、そこはオペラにとっては極めてゆがんだ空間で、どうみてもうら淋しい場末のバーレスクの舞台でしかなかった。それでも彼女はそこで一日中歌って過した。トミーも鳥氏も椎茸嫌いにさまざまな世界に連れていってもらって、それなりに楽しんでおり、カマキリや自閉症も自分の開拓した世界よりも椎茸嫌いの幻覚世界が楽しいものであることを知って、彼女に案内してもらうようになった。

椎茸嫌いはまるで自分の遊びにあきてしまったように、他人の世話をするようになっていた。しかし、そんな彼女の大きな変化に気付いて、疑いを向けているのは花壇係の彼だけだ。

髭さんは全く生活意欲を失って食事も満足にとらず、ベッドに一日中寝ころんでいる。そして、ゼニゲバが横にいないと大騒ぎして泣きわめき、近くのものを投げつけて窓ガラスを割ったりするので、彼女もただただ困惑するばかり。

放火魔はまだ髭さんの論文をまとめているが、わからないところを聞きにいくと、本当に何もかも忘れてしまったのか、大まじめに考え込み、放火魔にすら見抜けるような間違った論理を平気で話す。

髭さんの退行に合わせるかのように、博士もまた一段と痴呆化していき、今では殆ど言葉を話すこともなく、市庁舎と前庭を歩きまわるだけの生活を続けている。人と顔を合わすと、この上ないやさしさをふりまいてにこやかに笑いかけ、相手が笑顔で応じると大げさに頷く。市長室で論文を執筆していることになっているが、花壇係や椎茸嫌いが部屋を訪れても、いつも原稿用紙を前に宙空をみつめているだけだ。

博士のこうした症状は以前から認められていたものなので、少し急な進展があったからといって、誰もさほど不自然とは思わない。しかし髭さんの場合は、もともと論理的で明晰な人間だったので、誰もが一時的なものだろうと考えていた。特にゼニゲバは、髭さんがこれまで我との戦いを楽しんでいたと思い込んでいて、いずれ別の楽しみを見出せばもとの髭さんに戻るものと信じていた。

それでも彼女はいつまでも髭さんを甘やかしておくと本当に痴呆化してしまうと考えて、泣こうが暴れようが放っておくことに決めた。髭さんは二日間わめき続けたのち、急におとなしくなり、どうにか食事をとるようになる。そして機械室へも戻るようになった。しかし、彼が機械相手にしていることは全く正視に耐えないものだ。ハンドルやレバーを次々と動かして、機械が反応を示すと大喜びし、機械が動かないと本気で怒って、力まかせにレバーを引っぱり、やがてブラウン管をたたき割ったり、プラスチックボードを引きはがしたりする。

ゼニゲバは彼に新しい楽しみを与えるために椎茸嫌いに会いに行った。椎茸嫌いは以前よりも論理的な会話ができるようになっていたが、ゼニゲバとはずっと対立してきたし、両者の間で何らかの取引きが成立したこともない。お互いにできるだけかかわらずにすませてきたというべきだろう。

ゼニゲバは食堂で椎茸嫌いをみつけると、おそるおそる声をかけた。椎茸嫌いはいつも自分をとがめるゼニゲバに対して本能的に身構える。ゼニゲバは一瞬の笑顔を作っていう。

「ワンダーランドへ連れていってくれるっていったでしょう」

そしてもう一度笑顔を作る。椎茸嫌いは彼女のとってつけたような笑顔を薄気味悪く思って首をかしげる。

「彼女と髭さんを連れていってもらえないものかしら?」

椎茸嫌いは彼女が本気で自分に頼みごとをしていることを知る。そして急に安心したように頷いて、ようやく笑い返す。

「いきましょう、いきましょう」

椎茸嫌いはそういって、楽しげにゼニゲバの手をとる。

「待って！　髭さんを連れてくるわ」

ゼニゲバは椎茸嫌いが心変わりしないよう、急いで研究所へ戻ろうと駆け出す。

「じゃ、彼女も行く」

椎茸嫌いはそういってゼニゲバを追っていく。椎茸嫌いは自分が初めてゼニゲバに対等の人間として扱われたことを知っている。彼女は自分がこれまでわがままを通してきたことでゼニゲバに許されなかったことも知っている。そして彼女はゼニゲバが強く賢明な女性であることも知っている、更に今、彼女はゼニゲバの弱さをも知った。彼女はゼニゲバの役に立てることが何よりも嬉しかった。

それでもアトリエの前までくると、彼女は立ちすくむ。

「大丈夫よ。彼女が一緒だし、髭さんはそんなに恐くないのよ」

ゼニゲバはいう。しかし、椎茸嫌いは入口で壁に張りついて動かない。

「それじゃ、待っていて」

ゼニゲバがいうと彼女は頷く。間もなくゼニゲバが髭さんを連れてくると、椎茸嫌いはすぐに逃げ出し、五メートルぐらい離れたところで立ちどまる。

「逃げなくていいのよ。彼は叱ったりしないわ。ね？」

ゼニゲバは髭さんにいう。彼はまるで牛のように鈍い動きで椎茸嫌いに頭を下げる。椎茸嫌いはそんな髭さんらしからぬ行動によけい警戒する。

「いいわ、あなたは五メートル後をついていらっしゃい」

ゼニゲバはそういって椎茸嫌いに走り寄り、手をつないで歩き出す。髭さんはその後をのっそりとついていく。

住宅街の裏通りの片隅に古びた井戸があった。井戸は農業用の粗野な作りだったので、付近が住宅地となる前からあったものだろう。椎茸嫌いは立ちどまって、その井戸を指差す。ゼニゲバがのぞき込むと、真暗で何もみえない。

「じゅもんをとなえると、よけいなことを考えないで飛び込めます。——うさぎさん、うさぎさん、待って下さい、待って下さい」

椎茸嫌いはそういって井戸の中に姿を消す。井戸の中からは何の音も戻ってこない。

髭さんはいつからそんな楽天性を身につけたのか、すぐにゼニゲバに笑顔を向け、椎茸嫌いと同じ呪文を口にして飛び込んでいった。ゼニゲバはそんな髭さんに驚いて、しばらく井戸の前に立ちすくんでいたが、やがて気をとり直し、改まった口調でいう。

「うさぎさん、うさぎさん、待って下さい、待って下さい」

しかし、すぐには飛び込めず、また眼を閉じて深呼吸をしてくり返す。そして、半ばやけくそで井戸に飛び込む。

飛び出た瞬間がいつまでも続いているように、落下感覚は全くない。しかもいつまで経っても地面にも着かない。彼女の時間感覚で五分ぐらい経った頃、足元に何かあるように思えて片足を動かすと、まるで空間が切り裂けたように動いた部分だけが白く光った。そして更に動くと、丁度紙の幕が破れるように広がりが生まれた。

彼女は雪の中の街に居た。そこは飛び込む前と同じ場所である。彼女は幻覚空間への渡航に失敗したと思う。

その時、電卓を持ったうさぎが何やら計算しながらゼニゲバの横を走り抜けて行った。彼女はすぐにうさぎを追っていく。路地を抜けて大通りに出ると、道路の中央に停め置かれたトラックの荷台から笑い声が聞える。荷台の上にテーブルを置き、帽子屋とうさぎと椎茸嫌いがお茶会を開いていた。

ゼニゲバは荷台によじ昇って椎茸嫌いの横に歩み寄る。

「髭さんはどうしたの?」

ゼニゲバはいう。

「おや、この御婦人は王様の知り合いかね。それにしても無作法なお方だ。お茶会の席では帽子をかぶるものですぞ」

みると椎茸嫌いも白い帽子を被っている。ゼニゲバはテーブルの上のナプキンを取り上げて頭の上に乗せた。

「ほう、ニューファッションじゃ。ま、もっとお茶をめしあがれ」

帽子屋はいう。

「もっと、といっても、まだ一杯もいただいていないのに無理よ」

ゼニゲバはいう。

「おや、アリスと同じことをいうよ。あの小娘は王様の怒りにふれて、ゴルフ場で首をちょん切られてしまったがね」

うさぎがいう。椎茸嫌いは帽子屋からティー・ポットを奪い取り、カップを持って立ち上がる。ゼニゲバも真似てカップをかすめ取った。

「髭さんは？」

ゼニゲバはいう。

「チェシャ猫に聞けばいいと思う」

椎茸嫌いはそういって荷台から飛び降りる。帽子屋とうさぎは急いで電卓をとり出して計算をしながら椎茸嫌いとゼニゲバの残したエントロピーの量について議論を始める。ゼニゲバが椎茸嫌いに追いついて手をとると、椎茸嫌いはやさしげに笑いかける。二人が手に持ったティー・カップがカチャカチャと音をたてた。

街はずれの変電所の巨大なトランスの上にチェシャ猫が寝ころんでいる。そのトランスだけが活動しているのか、ゆるくハミングの音と振動を伝えており、雪も乗っていない。椎茸嫌いはトランスの下の大きな碍子に坐り込み、ティー・カップにお茶を注ぐ。ゼニゲバも真似て坐り、お茶を入れてもらう。

「どうして坐り込むの?」

ゼニゲバがいうと、椎茸嫌いはにこりと笑う。

「猫に道を聞くには時間がかかります」

「しかし、時間は簡単にかかるものではありませんぞ」

素早くトランスの上から首を突き出したチェシャ猫がいった。

「そうよ。時間はハンガーにはかからないわね」

ゼニゲバは笑って答える。

「おや、おまえさんもおっしゃるね。しかし、ハンガーにかけるのは洋服ではないのかね。時間をハンガーにかけるというようなこと、聞いたこともない」

猫はいう。

「では何にかけるの？」

「手間暇に決っておる」

猫は得意げにいう。椎茸嫌いはポットを置いて猫を見上げる。

「でも、今日は手間暇なんか捜しに行きません。この前はプルキンエを捜しにきたのに、〝逆さ〟なんてものを捜させられたもの」

椎茸嫌いはいう。そして二人はゆっくりお茶を飲んでチェシャ猫の相手をしたのち、立ち上がる。

「さあ、行きましょう」

椎茸嫌いはいう。

「髭さんのことを聞かないの？」

「聞いても無駄ですね」

「それで、どこへ行くの？」

「やはりゴルフ場でしょう」

椎茸嫌いがそういって歩き出すと、ゼニゲバは「なるほどね」といってついていく。街を出ると雪に埋もれたバラ園があり、五助と七助が赤いバラに白いペンキを塗っている。

「また女王さまにバラの色がちがっているっていわれたの？」

椎茸嫌いはいう。

「いや、女王さまは赤いバラがいいっていったのですが、王さまは白いバラでなければいけないっていうのです」

「王様って髭さんのこと？」

ゼニゲバがいう。五助と七助はそろって頷く。ゼニゲバは何かを恐れているように顔をしかめて眼を閉じる。五助は首から下げた電卓をとり上げ、三角函数の計算を始める。

「バラの色だけならいいのですが、我々は素数なもので割り算ができないのです。だからバラの花びらの数を三本のバラの間の距離に整合させるなどということは無理ですよ」

椎茸嫌いはぐずぐずしてはいられないとばかりゼニゲバの手を引いて歩き出す。小さな丘を登ると前方は鮮やかなグリーンの芝生で、一つ向こうの丘に髭さんと女王の姿がみえた。髭さんは女王の肩に手をかけて、フラミンゴのクラブでティー・ショットを打とうとしている。

「あれが本当に髭さん⁉」

ゼニゲバが叫んだ時、髭さんの打ったボールが二人の近くに飛んできた。それは意外に大きく、芝の上を二、三度バウンドして二人の足元にどさりと落ちる。みると、〝何と！〟それはアリスの首ではありませんか‼

アリスの首は二人を見上げる。

「胴がないととても不便ですよ。どうして王様は世の中を不便にしようとするのでしょう」

アリスは悲しげにいう。女王と髭さんは丘を降りてくる。ゼニゲバはしばらく口もきけないが、やがて全身を震わせて大声で叫ぶ。

「どういうことなの⁉」

髭さんは困ったという顔で女王の後に隠れる。

「無礼であるぞ！　このものたちの首をちょん切っておしまい！」

女王はいう。髭さんは女王の肩に首を突き出してにやりと笑う。椎茸嫌いはすぐにゼニゲバの手を引いて走り出す。

「逃げましょう！」

「でも、冗談でしょう」

ゼニゲバは走りながらいう。

「冗談で首をちょん切られるのはいやよ」

椎茸嫌いはいう。トランプカードの衛兵たちが二人を追ってくる。やがて雪のついた丘までくると、カードの衛兵たちも追跡をあきらめて弓を構える。しかし矢はいつまで経っても飛んでこない。おそらく電卓で弾道計算をしているのだろう。

二人が最後の丘を越えると、雪に埋もれた平原の彼方に街がみえた。ゼニゲバはうずくまってしまう。衛兵たちから逃げ切ったという安堵感があったし、髭さんのことがとても腹立たしかった。それに街までの思わぬ距離を歩かなければならないと思うとがっかりする。彼女は何者かから恐しい復讐を受けようとしているのだと思う。そしてそう考えることは自分に罪悪感があるからだろうかとも考える。また自分に復讐しようとしているのが、椎茸嫌いなのか、我なのか、髭さんなのかと考える。しかし、今は髭さんに全ての憎悪を向けていることは明白だ。アリスの国は椎茸嫌いが作ったものであっても、それをこんな悪夢に変えてしまったのは髭さんだろう。これが髭さんの本性だ。髭さんはサディストだ。髭さんは支配欲のかたまりだ。

「大丈夫ですか?」

椎茸嫌いはいう。彼女はこういう苦労に慣れているのか、ゼニゲバが立ち上がるとすぐに、雪にずぶずぶと足を突き入れながら歩き始める。ゼニゲバもよろよろと続く。彼女は自分自身にも腹を立てている。彼女は幻覚というものをあまりにも安易に考えていた。椎茸嫌いは現実世界では甘えていたが、幻覚の中で自分以上の苦労をしていたのだと知る。そして、自分の罪悪はそこにあったと思う。また、髭さんの本性を知りながら、彼を愛してしまったことが最大の罪悪だったとも思う。そう考えると更に髭さんに強い憎しみがこみ上げてくる。

「女王と仲良くしたってかまわないわ。だけどアリスの首をあんなふうにするなんて絶対に許せない。あいつはサディストよ!」

ゼニゲバは息を切らせていう。

「あの人はサディストですね」

椎茸嫌いは彼女をなぐさめるように同意する。そして椎茸嫌い自身もまた何か考えごとをするように立ちどまり、髭さんのいたゴルフ場の方向をみつめる。

ゼニゲバは腹立ちにまぎれて歩き続ける。椎茸嫌いはそんな彼女を気遣うように何度も「休みましょうか?」という。しかし、ゼニゲバは歩けば歩くほど腹を立て、腹が立てば更にがむしゃらに歩きたくなる。途中で日が暮れてしまったが、市庁舎には白い光がみえていて、方角に迷うことはない。

「サディストよ！　サディストよ！」

ゼニゲバはずっと呟いている。もっといろいろなことを考えていたように思うが、いつかその言葉に全てが表現されているように思える。彼女の疲労に応じて市庁舎の光が明るく輝き始め、やがて太陽のようにギラギラと彼女の眼を直射するようになる。そしてその光の根源にたどりついた時、まるで溶鉱炉の中へでも入っていくように思えた。

彼女は市庁舎に着くと同時に椎茸嫌いの胸の中に崩れ落ちる。椎茸嫌いは彼女を抱いてベッドまで運ぶ。そして、ずっと付きそって冷いタオルをあてたり、蜂蜜を与えたりして看病を続ける。

次の日の正午近くになってゼニゲバは眼を覚まし、いつもの彼女に戻ったように冷静に何度も何度も礼をいった。そして急に大声で泣き始めた。

髭さんは遂に戻ってこない。

椎茸嫌いは相変わらず無口だったが、ゼニゲバに対しては、過去に一度もみせたことがない強い愛情を示した。彼女にゼニゲバという女性が理解できるとは思えず、放火魔がみる限りでは、まるで愛玩動物でも可愛がるように世話をやき、髪をなでたり身体にさわったりしているだけだった。しかし、ゼニゲバはそんな椎茸嫌いの愛情を喜んで受け入れ、一日ベッドに寝ころんだまま彼女の愛撫を受けている。そして夜には一緒にベッドに入ってドイツ語やラテン語の花の名や動物の名を並べたて、きゃっきゃっと笑っている。

そんなゼニゲバの立ち直り難い傷心には、放火魔だけでなく、画家もトミーもいたたまれないものを感じている。自閉症やカマキリすら、とてもじっとしておれず、自分の幻覚の中に逃げ込んでいく。

カマキリはいつものように灰色の泥のプールに入り込み、もがきながら奇妙な快感に浸っていく。自閉症は繭の中に閉じこもり、蝶になって街中を飛ぶ。街にはいつもより多くの幻覚が現われたり消えたりしている。雪の中を人が歩いてきて、ふと消える。ただそれだけの幻覚でも、その人物が誰であるかによっては恐しい悪夢にも、素晴しい夢にもなり得る。しかし、そこに現われて消えていく人々がどういう意味を持つものか、自閉症にはわからない。花々が咲き乱れ、風が吹いて花壇もろともに空に舞い散る。鳥や獣も現われる。そして想像上の怪物たち。悪魔や龍や火星人やユニコーン。自閉症は自分がより深く幻覚世界に入り込んでしまったことに気付く。雪景色は消え、広場に大群衆が集まっている。一人の男が群衆の歓声に応じる。男には見覚えがある。「あれは……髭さん」と自閉症は呟く。大群衆は消え、蝶になった自閉症はまた街を飛んでいる。やがていつものように、あの灰色の世界に出る。若い男がもがき続けている。「小山恵子さん」と男が叫ぶ。自閉症は逃げようと蝶の羽根をはばたかせる。だが、この日に限って灰色の泥のようなものがねばねばとまとわりついて、たちまち羽根が重くなっていく。男の手が伸びてくる。

「助けて！」

自閉症は叫ぶ。その声も灰色の世界にこもり、まるで水の中で叫んでいるよう。男の手は彼女を力いっぱいとらえて引き寄せる。自閉症はもがきながらも男の胸にすがりついている。いつか彼女は自分の繭の中でカマキリと抱き合っている。

まるで大昔からそうしていたように、二人は固く抱き合ったまま甘い香りに陶酔している。そして、ふと長い眠りから覚めたように二人は互いに顔を見合わせる。二人の眼が合うとすぐ、どちらからともなく顔をそむける。二人は互いに失望したように黙々と繭から出て歩き始める。それまでの陶酔が嘘だったように身体の中が冷い。二人は互いに嫌悪し合い、互いに憎しみ合う。自閉症にとって、相手が自分の幻覚の中の強姦者であり続けてほしかったし、カマキリには相手が哀れな蝶の小山恵子さんであってほしかった。やがて二人は耐え切れなくなって、雪の中の街を別々の方向へ走り出す。

花壇係は椎茸嫌いの彼女が寄りつかなくなって更に無口になり、市庁舎正門の造花の花壇を何度も何度も造り直している。彼は椎茸嫌いを叱ったことを後悔していたが、それが自分に寄りつかなくなった原因ではないこともわかっている。椎茸嫌いは時々外へ出てくる。彼の造った花壇をみて、「わーっ、きれい！」と楽しげにいうところは以前と変わらない。しかし、ひとわたり眺めまわして彼にもう一度笑いかけて走り去る様子は、彼に対する気遣い以外のものでないことも、花壇係にはよくわかっていた。彼は自分をいたわってくれる椎茸嫌いを叱ったことを後悔していた。造花の列を並べ変えながら、彼はふと椎茸嫌いが造花を好まないのではないかと考える。そして冬空を見上げ、早く春がこないものかと思う。彼は何度も何度も冬空を見上げ、やがて幻覚の春を呼び込む。花壇係は遂に自分のお花畠を見出し、そこから苗を持ち帰る。しかし自分自身が椎茸嫌いにいったように、冬の国では三時間も持たない。

オペラは街の酒場に自分の世界を見出した。椎茸嫌いに連れられていったバーレスクの舞台よりも更に客は少ないし、伴奏もピアノだけだったが、自分が作り出した世界だけに彼女には真実味が感じられる。タバコの煙のたちこめるホールの中をバニーガールが歩きまわる。ピアノが静かに前奏を始めると、スポット・ライトが彼女を追う。オペラは礼をする。まばらな拍手。ジョージ・ガーシュインの「サマータイム」を歌うオペラ。そして「トスカ」や「カルメン」のアリアから、「ウーマン・イン・ラブ」まで、オペラは一日中歌いまくる。

鳥氏も自分の幻覚世界を求めて街を歩きまわる。すでに彼にも他人の幻覚がみえるようになっている。街にはさまざまな幻覚が充ちあふれている。しかし、それが他人の幻覚である限り、僅かな時間で消えてしまう。鳥氏はどこかで自分の幻覚に出会うはずだと思って歩き続ける。

トミーは市庁舎の一室で本を読みながら、自分の幻覚世界に入っていった。以前にも何度か彼女の眼前に巨大な脳が出現したことがあったが、いつかそれは彼女にも触れることができる実体となった。椎茸嫌いがとってきたプルキンエの花畠のような小脳の上に灰色の大脳皮質が僅かに鼓動しながら横たわっている。前頭葉の先をボールペンで突くと、脳は赤くなり、部屋中に閃光が走る。そして幾つもの幻覚が次々と空中に飛び出していって激しく衝突する。これは我の脳だろうか？　トミーはそう考えながらも、その脳のロボトミーへの誘惑が断ち切れない。彼女は扁桃核に手を伸ばす。そしてその皮質にそっと指を触れる。

ポツリと頭頂葉に幻覚が現われた。

「髭さん？」

トミーは呟く。髭さんは中心溝から大脳皮質に脱け出し、まるで夢遊病者のように頭頂を歩きまわる。片手にはどこかから狩りとってきたのか、繊維ニューロンを数本握りしめている。やがて彼は後頭葉のスロープを下り、小脳に降りると、プルキンエ細胞の間に潜り込んでしまう。そしてトミーの幻覚そのものも消えてしまった。

なぜかトミーは大声で笑う。

何もかもとり返しのつかない状況に進みつつあると誰もが感じている。それは髭さんの論理を打ち砕き、無節操な幻覚を拡げていったためだと誰もが認めている。しかし、だからといって論理を受け入れようという気持は全くなく、みんなますます自分の幻覚に逃げ込もうとする。

自閉症は繭に閉じこもっている時間が長くなり、カマキリも泥沼にもぐり込んでいる時間が長くなっている。二人は互いに犯し合い、繭の中で抱き合って快感と自己嫌悪をくり返す。トミーは脳の幻覚と遊び続け、オペラは酒場で歌い、花壇係は花園で椎茸嫌いを待ち続ける。髭さんはあちこちの幻覚を渡り歩き、鳥氏は自分の幻覚を捜し求め、ゼニゲバと椎茸嫌いはナルシストのシャム双生児のように抱き合っている。そして博士は部屋に閉じこもって自分自身が幻覚であるかのように僅かな動きしか示さなくなってしまった。

街中には幻覚があふれており、どうやら現実世界の人々の幻覚がこの世界を侵略し始めているようだ。しかし、そのことがどういう意味を持つものなのか、誰にもわからないし、誰も知ろうとはしない。未知の幻覚は市庁舎の中にまで出現するようになり、廊下を中国魔術団一行が歩いていたり、広間で座敷わらしたちが手まり大会を開いたりしているような光景をみかけることも珍らしくない。そんな時には階段の我が台座から飛び降りて幻覚どもを追い払う。

画家は自分の周囲を幻覚がとりまいても、平気で創作を続けている。ソドムの連作はほぼ完成していたが、最後の仕上げのために、彼はもう一度ソドムの街をみたいと思っていた。画家は鳥氏にハーフトラックの運転を依頼する。自分の幻覚世界をとらえ切れずに落胆していた鳥氏は喜んで引き受ける。彼は荒っぽくハンドルを切り、アイスバーンをフルスピードで突き走る。曲がり角ではカタピラを大きく滑らせて歩道に乗り上げ、ビルの端を削って恐しい破壊音を残す。路上に人の姿が現われてもスピードを落さずに走り抜けると、人の幻影はすぐに消滅する。もしその人影が、現実世界の人間の夢であったなら、おそらくうなされて目を覚ましたことだろう。やがて橋を渡る。かつて鉄柱からぶらさがっていた自動車は水中に落ちたのか姿を消している。新市街に入り、曲がりくねった坂を登ると公園を見おろす高台に到着した。

雪と氷に包まれた公園は静かだ。窪地の底に池があり、池の横の小山から崖上まで瓦礫が続いている。しかし曇り空のためか、全ての陰影が薄く、まるで雪の中に何かを隠そうとしているかのように平板だ。画家と鳥氏が石段を降りると、覆っていた雪景色がめくれ上がったように、褐色のソドムの街が出現する。中央の泉をめぐって石造りの家が立ち並び、あちこちで楽しげな笑い声が聞える。泉の横の広場では商人たちがロバの背にパンや毛皮を積んできて、街の人々に大声で売っている。鳥氏はそんなにぎわいに大喜びで画家の前に立って歩いていく。空には真夏の太陽が照りつけるが、温度は雪の中の廃墟の街のままだ。人々はそれでも薄物を着て活発に動きまわり、楽しげに話している。

広場の石段の上で男が演説をしているが誰も耳を傾けようとはしない。

「予言者だ！」

画家はそういって人垣をかきわけていくが、通行人は嘲笑する。

「何が予言者なものか！　あれはユークリッドっていう数学者ですぜ」

「しかし、ユークリッドはギリシャ人だろう」

画家はそういいながら、ようやく石段の下にたどりつく。そして急に立ちすくみ、じっと男を見上げる。

「髭さんだ！」

鳥氏が叫ぶ。髭さんは二人に気付かない。

「本当にソドムやゴモラは罪悪を犯したというのでしょうか？　本当に快楽を求めることが罪悪だというのでしょうか？　人々が自分たちの最も楽しい世界を求めて何が悪いというのでしょう。神よ！　あなたは自分が作り出せないほど巨大なものを作ることができますか？　万能の神よ！　あなたは自分より強い存在を作り、それを打ち負かすことができますか？　神よ！　あなたは人の幸福を罪悪と思いますか？　それとも神よ！　あなたは今もサイコロで運命をお決めになるのでしょうか？」

画家は大声で笑う。

「笑うのは誰だ！」

髭さんがいう。

「はーい。彼です」

画家が手を上げる。髭さんは彼をみて顔をこわばらせる。そしてその瞬間、神の怒りが始まる。石だたみが突き上げるようにまくれ上がり、池の対岸で宮殿のような建物が崩れ落ちる。何か巨大な力が周囲から押し寄せてきて周囲の風景は画家と鳥氏に向けて迫ってくる。

「ゼウス・イラ‼」

周囲の人々が叫ぶ。石段の上からは人やロバが石材に混って転げ落ちてくる。画家は鳥氏の手を引いて池に向けて飛び込む。

二人は勢いよく氷の上を滑っていた。

周囲は雪と氷の世界に戻ったが、ソドムの崩壊する轟音だけはいつまでも響いている。そしてその音が消えるまで、二人は氷の上に寝ころんで震えていた。

「髭さんは?」

鳥氏がいう。画家は首を振り、立ち上がろうとしたが、急に痛みが訪れたのか「うっ」と叫んで顔をしかめる。

「骨折らしい」

画家はうめくようにいう。

鳥氏はどうにか立ち上がり、画家をかつぎ上げようとするが、彼もまたあちこちに傷を受けていて、氷の上を引きずっていくのが精いっぱいだ。画家の骨折がひどいものであることは鳥氏にもすぐわかる。やがて画家は気絶した。鳥氏は自分のコートを雪の上に敷き、その上に画家を寝かせる。そして一人でよろめきながら石段を登り、来た時以上の荒っぽい運転で市庁舎に戻る。花壇係に救助を頼んだのち、鳥氏もまた倒れた。

花壇係がトミーとともに公園に着いた時、画家はすでに死んでいた。内出血で足がとてつもない太さになり、顔は青と薄紫のまだらで、両手の内側にはキリストのような何かが突きささった傷跡があった。

画家の死体が我の銅像の下に運ばれてくると、ゼニゲバもベッドから出て、椎茸嫌いに連れられて降りてきた。ゼニゲバはすっかりやつれてしまって、もう一年間も患っているようにみえる。彼女は画家の死体にすがりつくと、途切れることなく泣き続け、放火魔が引き起こそうとしても断固として死体から離れない。カマキリや自閉症やオペラも次々と幻覚世界から戻ってきた。しかし、博士だけは市長室に閉じこもったまま強く拒絶する。

最初は画家の死を信じようとせず、花壇係が「みればわかります」というと、今度は自分が行く必要はないといい、次にはさまざまな理由をつけて、どうしてもドアを開こうとしない。さすがに花壇係もあきらめて、博士は欠席のまま葬式が始められた。

みんな画家を好きだったが、誰もが悲しみ以上に恐怖にとらえられている。そして、ミサを一曲歌い終えると、まるで自分の幻覚が最も安全だと信じているように、それぞれの幻覚世界へ急いで逃げ戻っていく。

研究所へ戻ろうとする放火魔を椎茸嫌いが呼びとめた。

「ゼニゲバを研究所へ連れていってあげて」

放火魔は椎茸嫌いの顔をみつめる。彼女の眼には涙が光っている。放火魔の知る限り、それは椎茸嫌いの流す最初の涙の一滴であった。放火魔はゆっくり頷いた。椎茸嫌いは片手で顔をぬぐうと、にこりと笑って市庁舎へ駈け込んでいった。

再び吹雪が始まった。その吹雪は二か月続き、それが終ると春を迎えることになる。自閉症とカマキリは吹雪になっても市庁舎へ戻ってこない。オペラもまた消えてしまった。鳥氏は雪の途切れを待って、また街へ自分の幻覚世界を捜しに出かける。河を渡ってソドムの街の公園に向かったが、なぜか河の対岸には雪がなく、街の廃墟もない。橋から十メートルぐらいで道路も枯れた葦に埋もれてしまっている。雪の街ではあれだけ多くうごめいていた幻覚も全て消え去り、虚無的な湿原だけがどこまでも続いている。これが自分の幻覚世界だろうか？　鳥氏はそう考えながら葦の中に足を踏み入れる。湿原ではあるが、地面は固く、葦も数年前に枯れてしまったようにもろい。空は曇っており、それにもかかわらず湿気は感じられない。そこが現実世界とも思えない。我の幻覚の空間であるとも思えない。むしろ、現実も我の幻覚も衰退して現われた何もない空間であるように思える。或いはそこが鳥氏の幻覚のあるべき空間だったのかもしれない。そして鳥氏の意識の空白が、何も生み出せないまま、ここに虚無の世界を開いてしまったのかもしれない。彼はそう考えて街へ戻ろうとする。だが、すでに背後の河も橋も消え、周囲三六〇度が枯れた葦の原野に変わっている。

鳥氏はそこにうずくまる。彼をなぐさめるように二百メートルほど先で鳥の群が大空に舞い上がる。

そして市庁舎には博士とトミーと花壇係と椎茸嫌いだけが残された。

椎茸嫌いは我の幻覚世界が崩壊し続けていることを知っていた。すでにゲシタルトそのものが崩れ去り、空間を支える力を失っている。

彼女は四人分の食事を作って、トミーを呼びに三階へ行く。トミーは机の上に本を拡げ、その横に自分の脳を置いて眺めている。椎茸嫌いはそれを単なる幻覚と思って近寄るが、トミーの頭には大きな穴が開いており、床上に電気のこぎりやメスが落ちていた。そしてむろんトミーは死んでいる。

椎茸嫌いは静かに涙を流す。そして泣きながら市長室に向かう。博士は鍵をかけて部屋に閉じこもったままで、彼女が呼んでも何の反応もない。彼女は食堂へ降りていく。

花壇係は食卓で彼女を待っていた。

「どうしたんだね?」

花壇係はいう。椎茸嫌いは食堂の入口で彼を手まねきする。

「いっしょにきて」

花壇係はテーブルの上の温かい食事を名残惜しげに眺めながら彼女を追っていく。椎茸嫌いはホールの中央で立ちどまる。

「お船かユーフォでどこかへ行くっていっていたでしょう」

花壇係は機械的に頷く。椎茸嫌いは彼の手をとって階段を降り、吹雪の中に出ていく。風は一瞬弱くなり、広場の端に我の銅像の黒い影がみえる。銅像の下に人影があった。

それが我であることは花壇係にもすぐにわかった。我はやさしげに二人を迎える。そしてアダムスキー型のユーフォが窓から青白い光を放って路上に停泊している。

「どこへ行くんですか？」

花壇係はいう。

「みんなのところだよ」

我は笑いかける。椎茸嫌いは楽しげに歌を口ずさんでユーフォのドアに走り込む。そして花壇係が不安げに周囲を眺めながら乗り込み、我が入るとドアは閉じる。

ユーフォは音も伝えず重力も感じさせずに飛び上がり、僅か数秒で地球を離れてしまう。月も火星も、太陽すら見定めることができないまま未知の星域に飛び込み、周囲の星々はまるで波のようにうねって連なっていく。

「全ての星が全ての人々の幻覚の有限です。これは髭さんの定義ですね」

我はいう。ユーフォの中は薄い水色の気体が充たされていて、まるで花園の中にでもいるように甘い香りを感じさせる。椎茸嫌いは円い窓から星々を眺めながら「きれい」という。そして眼から涙を流し、口では笑っている。まるで全ての感情を一度に発散させようとしているようだが、花壇係にはむしろ虚無的な表情にみえる。

我が明るい星を指差した。

「あれが彼女の有限です」

椎茸嫌いは一瞬我をにらみつけて窓から離れる。そして、かつて彼女が花壇係に甘えていた時のように、花壇係の胸にすがりつく。彼女は更にはげしく泣く。これまでの悲しみを全て表現しようとするかのように、花壇係の胸を涙でいっぱいにしてしまう。我が指差した星はたちまち大きくなり、ユーフォは全くスピードを落すことなく、僅かののちにその星に衝突する。

そして幻覚の街は崩壊し、市庁舎も崩れ落ちる。完全に痴呆化していた博士は椅子に坐ったまま空間を失った幻覚を漂っていく。

「星有限のパラコンパクト空間というのが少しわかってきたように思います」

放火魔はゼニゲバのベッドの横へきていう。ゼニゲバは力なく首を持ち上げる。放火魔は彼女の背を支えて起き上がらせる。ゼニゲバの身体はどこが悪いというわけでもないのだが、ずっと健康をとり戻す気力を失っており、神経系統にはかなり障害が生まれてきているようだ。彼女の顔からは生気が失われ、眼だけが落着かず黒いひとみを左右に漂わせている。

「幻覚には具体的に思い浮かべることができるものと、そうでないものとがあります。例えば市庁舎の建物で彼や彼女たちが知っているところや、知らなくてもほぼこうなっているとわかるようなところはゲシタルトとして形相化できるわけですが、誰も知らず、誰も想像できない部分は自明的に形相となりません。そこはそれなりにつじつまをあわせることになり、その部分に関しては世界が開空間となっているわけです。つまり、ゲシタルトとしての世界は、彼や彼女たちの認識によって星有限のパラコンパクト空間となり、性質としてはコンパクト空間でありながら、それを確認できないわけです。髭さんは――」

ゼニゲバは髭さんの名を聞くと、すぐに反応を示す。

「あんなやつ！　何もかもあいつのせいよ！」

放火魔は少しの間沈黙する。彼女に話すことが無意味であるとわかっているが、彼女に話すために研究してきたのである。そして、また喋る。

「あの人は幻覚世界が数学的空間と別の意味を持つといいましたが、この星有限のパラコンパクト空間自体、数学的に不確定的なものを持っていると思うのです」

「あんなやつ！」

ゼニゲバは一瞬、激しい怒りを示す。しかし、すぐに無表情に戻る。

「でも、昔の髭さんは大好きです」

放火魔はいう。

「そうでしょう?」

彼はゼニゲバの顔をのぞきこむ。しかし、すでにゼニゲバは眠っているように反応を示さない。放火魔はまた彼女を寝かしつける。

吹雪の日は夜と昼の区別すらつかないまま過ぎ去っていく。ゼニゲバはますます食事を拒否するようになり、彼はぶどう糖やビタミンなど、彼の知識でわかるもので研究所にあるものの注射を続ける。いつか彼は春に咲く花を待ちながら、大切な植物を育てているような気持になっている。

やがて雪の日は終った。そして、その日にゼニゲバの心音も停止した。

春の訪れを告げるように、快い太陽が早朝から雪景色を輝かせている。放火魔はその日、ずっと庭で日光浴をして過した。夜になると、彼はゼニゲバの死体の上に自分が完成したレポートをのせて火をつけた。火はアトリエを包み、たちまち研究所全域に拡がった。

快晴の夜空を真赤に染める光は、街からもよくみえた。消防車とともに助手のハーフトラックが研究所へやってきた時、火館はまるで画家の絵から脱け出したように、彼や彼女の姿を映して燃え上がっていた。

アトリエの機械の中から男女各一体の焼死体が発見された。助手はそれをゼニゲバと髭さんと考えて丁重に葬った。

この事件は新しい精神医療システムの無惨な失敗例として、精神医学会のみならず、一般社会にも大きな話題を呼んだ。しかし、ここに生活した彼や彼女たちがいかに幸福であったかを述べた博士の論文がとりあげられることは遂になかった。

（ＥＮＤＥ）

あとがき

実に全く何ともはや、デビュー以来二十年目にしてようやく書き上げた長篇小説なのであります。最初は短篇にするつもりだったのですが、百枚書いてもまだ物語は始まったばかり、二百枚書いてもまだまだ終らず、いつか四百枚という私の最長不倒記録をマークしていたというわけであります。

これまでにも何度も長篇を書こうとしたことがあり、書き上がれば手渡すことになっていた編集者の方々もおられるわけですが、本当に何とお詫びすればいいものやら――とりわけ、かつての「ＳＦマガジン」の編集長で、編集の仕事をやめてからも長篇小説を書くよう熱心にすすめて下さった森優さんには感謝の言葉もありません。更に、いささかエキセントリックな方法ではありましたが、私に頑張って小説を書けと強迫し続けて下さった豊田有恒さんの温情は痛いほど感じております。その他、私の作品の数少ない理解者の方々に、心をこめてこの作品を贈りたいと思います。

精神異常と呼ばれ、特殊と思われている心の状態を題材にしているため、私の知人でモデルにされたと思われる方がいらっしゃるかもしれませんが、この作品に登場する症例なるものは決して特定のパーソナリテイによって発揮されたものではなく、私の周辺でも何人もの知人にみうけられるもので、単にそれを誇張したものにすぎません。むしろ、強い影響を受けたとすれば大島弓子さんの漫画作品の登場人物たちです。もともと漫画嫌いといわれてきた私ですが、大部分の漫画にみられる精神活動への無神経な扱いに耐え難いものを感じていただけで、大島さんの漫画に表現された〝行為で示された心の状態〟には大変感銘を受けました。そして、それがフーコーやレイン以上にこの作品への強力な動機を与えてくれたのです。大島弓子さん、そして素晴しいイラストを描いて下さったまりの・るうにいさんにもとても感謝しております。

一九八一年三月六日

山野　浩一

『花と機械とゲシタルト』
初版カバー
装画：まりの・るうにい

山野浩一『花と機械とゲシタルト』論——解説にかえて

岡和田晃

1　作品概要および著者について

このたび再刊がなった『花と機械とゲシタルト』（適宜、本書とも表記する）は、SF作家・評論家の山野浩一（一九三九〜二〇一七年）が遺した唯一の長編小説である。一九八一年七月一日、山野自身が創刊したオルタナティヴ・マガジン「NW－SF」の十七号（NW－SF社）に第一部の「我と彼と彼女」が先行掲載され、これを収めた四部構成の単行本が、翌年八月三十一日にNW－SF社から刊行された。

本書を一言で評すれば、戦後文学あるいはSFにおける最大の謎、としても決して過言ではないだろう。なにせ、読書人にとり、ある種の畏怖をもって本書は名のみ知られていたものの、内実が批評としてろくに掘り下げられないまま、四十年以上の歳月が経過してきたからだ。その穴を埋めるためには、作家についての属人的な記述を優先させるような読み方をいったん棚上げし、まずはフラットな視点で作品へ向き合う姿勢こそが肝要だろう。

復刻に際しては、テクストには変更を加えず、そのままの形で再刊を行なっている。読者はとりわけ精神医学に関し、二〇二二年現在では用いられない用語が使われていることに気づかれるだろうが、本書は差別・偏見の強化あるいは追認を目的とするものではない。あくまでも自律して読むことができる小説世界——これは山野が発明した用語であるが——として作品は構築されている。本書を読む際、そのことを手放さずにいただければと思う。

極限まで贅肉を削ぎ落とした文体、旧来の「日本文学」に顕著な甘い抒情の撤廃——山野浩一のひとつの到達点をまさしく本書は体現しているわけだが、従来型の（ＳＦ）小説の文脈においては、必ずしも読みやすいものではない、という見方もあるようだ。そこで再刊にあたり、本書の巻頭に登場人物・用語一覧を置いてみたが、ここにＮＷ‐ＳＦ社版のカバー袖に書かれていた作品概要をも再掲することで、作品世界を理解するための一助としていただければと願うものである。

北国の海岸にある研究所――そこは治療のための管理された病院ではなく、患者たちが自らの精神のあり方を考え、生きていくための場として自主的に運営されている〝反精神病院〟である。患者はほとんどが、それぞれの天才性ゆえに自我を保ちえなくなった人々で、この研究所の実質的な運営者であり、反精神医学理論の唱導者である博士は、こうした人々の精神の安定をはかるために、仮想存在としての〝我〟という概念を導入した。この方法はめざましい効果を上げ、分裂した自我を〝汝〟に預けることで、患者たちは〝彼〟や〝彼女〟として、各自の才能を存分に発揮しつつ、平穏な生活を送ることができるようになっていた。しかし――この平穏さは一種の欺瞞の上に成り立っていたものでしかなかった。彼や彼女の自我を投射された〝我〟は次第に統合体＝ゲシタルトとしての存在性を獲得していき、逆に皆の精神を支配するようになる。そして、このゲシタルト精神は空間をも歪めはじめ、様々な狂気と幻想と真実が交錯するこの孤立した世界はやがて、現実から隔絶したまま、崩壊の道を辿っていく……。

かような設定とあらすじの解説に加えて、「最も新しい精神病理学の思想と数学理論をベースに、自我と実存の問題を終末感溢れる独自の幻想空間の内に描く。著者がデビュー以来二十年目にして手がけた待望の処女長篇！」という惹句が添えられていた。対して裏表紙には、次のような詳細な著者紹介が書かれていた。

山野浩一　一九三九年大阪市生。関西学院大学法学部中退。学生時代から映画製作に携わり、評論活動を続けた後、六四年に短篇「X電車で行こう」でSFマガジンにデビュー、本格的な作家活動に入る。六七年からは日本読書新聞のSF時評を担当し、日本SF界の数少ない評論家としても活躍、六九年に書かれた「日本SFの原点と指向」では、アメリカSFの借用・模倣中心の日本SFの現状を痛烈に批判し、オリジナルな新しい小説世界の探索を主張してSF界に論争を引き起こした。同時期にイギリスで起こったニューウェーヴ運動に呼応して、七〇年、スペキュラティヴ・フィクション誌『季刊NW－SF』を創刊、創作・評論に加えて、総体的なSFの改革ムーヴメントの推進者としての活動を開始する。七二年から八〇年まで週刊読書人に執筆したSF・ファンタジー時評は、その厳格な小説理論と科学観・現代論によって、多方面に大きな影響を与えた。著書には「X電車で行こう」「鳥はいまどこを飛ぶか」「殺人者の空」「ザ・クライム」の短篇集があり、本書は初めての長篇である。

以上が初刊時に付された予備情報だ（厳密に言えば、「日本読書新聞」のSF時評は、一九六七年ではなく六六年から開始されている）。当時の環境を再現する形で本書を読み解いてみたい方は、まずは以降の本論を読まないままに本文へチャレンジしていただくのがよいだろう――あなたの知性が試されている、というわけである。

あわせて、本書に先んじて刊行された『いかに終わるか　山野浩一発掘小説集』（岡和田晃編、小鳥遊書房、二〇二二年）、『鳥はいまどこを飛ぶか　山野浩一傑作選Ⅰ』、『殺人者の空　山野浩一傑作選Ⅱ』（ともに創元SF文庫、二〇一一年）もひもといていただければ、いっそう理解が深まるだろう。

2　「内宇宙」で抒情を主体的に組み替える

『花と機械とゲシタルト』はその完成度に比して、戦後（SF）文学史においては、完全に黙殺されてきた。今でこそネット検索すれば、相応の苦労を経て本書にたどり着いた熟練の読書家たちの感想に、それなりの数触れることができるものの、私の知る限り二十年以上前から、稀覯書として数万円の値段がつくことも珍しくなかった。山野自身もそうした事態を面白がり、積極的に話のネタにしていたほどだ。それに合わせ、本書のタイトルにつき、「ネット上ではゲシタルトかゲシュタルトかという話題が結構多いけれど、ｇｅｓｔａｌｔだからゲスタルトかゲシタルトが普通の表記というべきで、ゲシュタルトは発音に引きずられた表記という気もしないではない」(「山野浩一WORKS」二〇〇七年四月十二日)と、山野自身の註釈も入っているのだから、読者の反応に対して意識的であり続けたようだ。ただ、山野自身が保存していた数十冊の初刊本デッドストックを、ご遺族と相談のうえ二〇一八年に開催した「山野浩一さんを偲ぶ会」の参加者に形見分けとして供出してからは、そもそも古書に出ることすら稀になってしまっている。

それ以前、ブロードバンドが充分に整備されていなかった時代、本書はどう語り継がれてきたのか。ちょうど本書の初刊年次と同じ一九八一年生まれの私が、最初に『花と機械とゲシタルト』という名を聞いたのは、図書館で読んだ「別冊宝島　世紀末キッズのためのSFワンダーランド」(JICC出版局、一九八八年)の巻末ブックガイド「世紀末キッズのための100冊」SF砦の四悪人(大島豊+黒井玄一郎+長井務+ブライアン・N・K)編で紹介されていたからだったと記憶する。このムック本は、サイバーパンク・ムーヴメントやゲーミング・カルチャーが日本に輸入・浸透を見せた当時の混迷とした状況を良くも悪くも如実に反映した一冊で、ガイドに収められたラインナップは尖っていた。そこで、『花と機械とゲシタルト』は、「かつて「NW-SF」を主宰、日本SFの検事役として恐れられた山野の処女長編。サイコセラピー・ファンタジー」(!)と評されていたのである。

広い意味で捉えれば、確かに間違ってはいないのであるが、実際のところ本書で扱われているのは精神医学そのものに「否」を突きつけた反精神医学であり、「癒し」の過程はファンタジックに描かれるどころか、むしろ積極的に否定されている。それを「サイコセラピー・ファンタジー」と呼んでしまうとは、要はきちんと読まれず、名のみ高い名作として語り継がれていたにすぎないというわけだ。こうした転倒がなぜ起きたかを把握するには、『花と機械とゲシタルト』の頃、山野がどういう立ち位置にあったのかを、理解しておく必要があるのかもしれない。

『いかに終わるか』の解説では、山野がSF作家としてデビューするまでの軌跡（一九六〇年代前半まで）を網羅的に紹介しつつ、個別の作品に合わせて一九六〇年代・七〇年代前半までの状況についても言及した。山野浩一の思想形成において、巽孝之編『日本SF論争史』（勁草書房、二〇〇〇年）で言及されている荒巻義雄との「論争」は看過できないが、「論争」における各テクストについては、前田龍之祐「山野浩一論――SF・文学・思想の観点から」（二〇一九年度日本大学芸術学部奨励賞受賞、https://note.com/ryumaeda0103/n/n14210e7ede6f 【二〇二二年十月確認】）で仔細な検討が加えられており、ぜひ参照されたい。

二〇〇五年の自筆年譜によれば、一九七〇年に「NW-SF」を創刊した翌年、競馬評論家としての仕事がいっそう充実していた一九七一年について、山野は「むろん小説もこの時期に最も多く書き、評論活動の面でも多くの雑誌に書くようになっていて、「海」に書いた「内宇宙からの抒情」はいわゆる純文学雑誌へのデビュー作となった。当時の純文学雑誌は松本清張や司馬遼太郎ですら受け入れないというほど閉鎖的な世界で、純文学系以外の作家が書くというのは全く驚異的なことだった」と回想している。今も昔も「SF文壇」は閉鎖的で、「純文学雑誌」は「純文学雑誌」で権威主義的なタコツボなのは変わらないわけだが、山野は権威なぞ存在しないかのように、越境を試みたという次第である。

興味深いのは、そのきっかけとなった「内宇宙からの抒情」が、中央公論社の文芸誌「海」一九七一年八月号の特集「抒情への視角」に合わせて書かれたものだったということである。曰く、従来「抒情への嫌悪」があったという山野は、「喜び」と「悲しみ」という二つの「日本的抒情」に、他の細やかな情念が回収されてしまうことへの苛立ちを隠さない。

日本では本当に恐れるべき天災も人災もなく、危機は常に待てば解決してきた。したがって危機に対応する情念も〝悲しみ〟だけでことたりてきたのである。待てば解決するのなら一時的な悲しみでよかろう。やがて〝喜び〟がやってくる。日本人の生活には喜びと悲しみという一元的な起伏があるだけで、立体的な、自身の内部で解決できず、外へ向けて発散させるべき情念が欠けていたのである。

（……）とにかく〝悲しみ〟などに大きな面《ツラ》をされることが私には堪えられなかったのだ。そしていま、怒りや苦しみ、呪い、恐れなどの多様な情念を頭蓋を駆けめぐらせながら抒情というものの重要な意味に気づいて驚いているところである。たしかに叙事の時代は終った。いま必要なのは抒情である。特にSFにとって！

（……）抒情性が悲しみとか喜びという一元的な感情の起伏ではなく、また単なる〝事〟や〝物〟に対する従属的なリアクションでないために、〝内宇宙〟と呼ぶべき主体的な思考世界がなければならない。そして、抒情とは、内宇宙を通じて〝事〟や〝物〟を変化させ、ゆがめて表現することになるだろう。

ここで山野が「内宇宙」と呼ぶのは、「J・G・バラードが外宇宙（SFでいう宇宙であると共に、要するに外なる現実のこと）に対応して名づけた意識世界であり、思考世界」のことを指す。そして山野は、バラードが「終着の浜辺」（原著一九六四年、伊藤典夫訳、『世界SF全集　第三十二巻』所収、早川書房、一九六九年）にて「ヒロシマとエニウェトクに始まる終末観に充ちた抒情」を展開しているとしたうえで、それは「受け身の抒情」からは積極的に飛躍しているものだと論じている。つまり、「内宇宙」を介して、風景は「合成された風景」となり、そこには「ロンドンも、ヒロシマも、アウシュヴィッツも現出」しながらヒロシマから終末までの時間が凝集的・幻想的・積極的に形象化され、「直接法」による体験を超えた「未来を失った我々の新しい情念」を拓くと述べているのである。

「内宇宙」を介した「風景」のコペルニクス的転回。それは本書において、実に見事な形で達成されているものであるのだが、注意すべきは、受動的な「日本的抒情」をドラスティックに読み替えるうえで、山野が未来思考の暴力性を、強く警戒していることだ。スラヴォイ・ジジェクに倣えば、「内宇宙」とは思考と存在のギャップを弁証法的に埋め、あるいは綜合させるものではない。むしろ視差《パララックス》としての存在論的な差異を可視化させ、構造レベルでの間隙を直視することで、その批判的な潜勢力を確保する領域なのである（『パララックス・ヴュー』原著二〇〇六年、山本耕一訳、作品社、二〇一〇年）。

ここから本書に立ち返ってみたい。「NW-SF」二代目編集長をつとめた翻訳家・評論家の山田和子は、「読書人」の「SF・ファンタジー時評」で、バラードの『夢幻会社』（原著一九七九年、増田まもる訳、サンリオSF文庫、一九八一年）につき、表面的にはテクノロジーへの執着が消えた官能的・性的な寓意世界が展開されるとしながら、その閉鎖世界は外部に観念の〝現在＝未来〟としてのテクノロジーが展開されていることが前提になっていることを指摘する（一九八一年九月二十一日号）。『夢幻会社』に充溢する奇蹟の存在論的な確かさは、バラード流の終末論やテクノロジーの精神病理学を新たな形而上学として再構築したものだと述べつつ、それを『花と機械とゲシタルト』と比較するわけだ。

山野浩一の「花と機械とゲシタルト」（NW－SF社、一六〇〇円）もまた、閉ざされた世界のなかに終末を捉えた作品である。分裂症は精神の実存のひとつのあり方であって治療すべきではないと考える新しい精神病理学の理論をベースに、集合論と位相空間論によって人物と空間の関係性を提示し、同時に幻想と狂気というエモーショナルな心的状態を通してアイデンティティを追求するという多面的重層的な構造を持っている。こうした構造やキャラクター、設定、方向性などは「夢限会社」とはむしろ正反対の印象を与えるのだが、終末の観念性において逆にバラードに極めて近いものを感じさせるところが実に興味深い。それは終末を自然として捉えようとする視点であり、現実的な肯定・否定を越えたものとして表現しようという志向性である。一見、このうえなく痛々しい物語でありながら「花と機械とゲシタルト」は決して悲劇ではない。読了後、様々な問題を読者の内に呼びさます作品である。

本書の特徴が的確に捉えられている。山田和子は一九八一年から八四年まで「ＳＦ・ファンタジー時評」を担当していたが、そこではたとえ「NW-SF」関係者の手掛けた訳書であっても、これまでの「現実をくつがえすだけの存在感」のないものには、忌憚のない批判を加えていた。「NW-SF」内では各種ワークショップや座談会企画等で、互いの主体性に即しつつも積極的に議論が交わされており、事なかれ主義の体裁をとった現状追認とは一線を画し、議論によって互いを理解する姿勢こそがむしろ自然だったのだ。

3　山野浩一の筒井康隆批判

旧弊なサイエンス・フィクション（＝科学小説）から、〝新しい波《ニューウェーヴ》〟のスペキュレイティヴ（音訳ではスペキュラティヴ）・フィクション（＝思弁小説）へ。そうしたSF概念の抜本的な刷新は、当然ながら守旧的な「SF文壇」からは強い反発を受けていた。加えて「純文学雑誌」はともすれば「SF文壇」以上に、「日本的抒情」に支配された空間である。だからこそ、あえて山野は自分が「SF」であることを手放さないまま、殴り込みをかけたのではないか。

その闘争性が遺憾なく発揮されたのが、本書初刊時の著者プロフィールでも紹介された、「読書人」における「SF・ファンタジー時評」であろう（最初は「SF時評」として開始）。自筆年譜では「日本で出版されたSF、幻想小説、前衛小説などは全て読み、数千冊の作品に対する批評を書いた」と回想されているが、山野は同種のコンセプトの批評を各種媒体で遊撃的に展開していたし、時評で取り上げられた作品の幅広さに鑑みても、「全て読み」という表現はあながち大仰というほどでもない。少なくとも、平野謙・奥野健男・権田萬治ら当時一線で活躍していた時評家たちに勝るとも劣らない質・量の仕事をなしている。ちなみに先述した山田和子はもともと、山野浩一の後任の枠で「SF・ファンタジー時評」を開始し、理論・観念・体系の三本柱によって属人性よりも批評性を重視するという姿勢を、先達たる山野の時評から学んだものと推察される。

『いかに終わるか』に付した私の解説では、「昭和元禄」なブロックバスターの代表作であるところの小松左京『日本沈没』（一九七三年）に対し、山野が時評で「防衛省のPR小説でしかない」と、いち早く根底的な批判をなした事例に触れたが、山野は属人的な意味で小松を批判していたわけではない。小松の『結晶星団』（早川書房、一九七三年）については、「この時評で何度も小松左京の作品に批判を加えてきて、イデオロギーとして対立しているもののように思われている面もあるようだが、この作品や初期の作品を読む限り、私自身ではそうは思えないのである」と評価している。

私が希望していることは極めて常識的なことであり、地震科学とか茶器に関する知識を作者自身のオリジナルな理念とからみ合うことなく述べても何の面白味もなく、時としてそれが極めて重要な誤解を導き出すということである。「日本沈没」の反動性はその一例であるが、もし国土を失った日本人に関するスペキュレイションが地震科学に関する知識に正しく行き渡っていれば、結果的に国家権力を擁護するような作品にならなかったはずだと思うのである。そして、この「結晶星団」は小松左京のオリジナルな作品である。ここではイデーが知識を優越し、スペキュレイションを形成している。（「読書人」一九七三年十二月二十四日号）

そして返す刀で、筒井康隆の『農協月へ行く』（角川書店、一九七三年）につき、「筒井的な状況への変則アプローチがただ軽薄に拡がっていくだけでイデーとして発展していくものが何もない」と一刀両断にしている。こうした発展の不在は、別の回の時評でも批判の対象となっている。「客観性に対するあるがままの存在意義を欠いていて対立するイデーによるカオスがみられない」ため、「慣れ合い」に堕しているのだというのだ（「読書人」一九七四年十月二十一日号）。

筒井康隆に対する山野の批判として、今でも語り草になっているのは、「佇むひと」（『ウィークエンド・シャッフル』所収、講談社、一九七四年）についての評である。「佇むひと」は全体主義的な管理社会において、犬や猫、さらに人までもが、「柱」として道や公園に設置させられてしまうという寓話的な性格を有した短編だ。「柱」にされると意識はそのままに移動ができなくなってしまい、徐々に植物化していく。語り手は作家だが、正面切って政府批判を行うことも筆を折ることもできず、「人柱」にされた最愛の妻のもとを訪れないわけにはいかないのだ。山野は同作を、収録短編集のなかで「最も面白かった」としつつ、そこには「不条理を見極めようとする論理性」が欠けているのだと指摘する。

この「佇むひと」の場合でも全体主義社会のようなものが作者や主人公の意識から遠く離れたところにあって、主人公の意識に与えられるものは「おれは街道の人柱。同じお前も人柱」という被害者としてのセンチメンタリズムだけである。むろんハインラインのように、こういう全体主義に正面切って立ち向かうべきだというのではなく、全体主義社会であろうが、今日の日本であろうが、人は傷つく度に植物化していかなければ仕方がないんだよというような寓意を街中に立つ人柱の風景に現出するところが筒井作品の魅力であり、筒井にとって社会というようなものが遠いものであるというのは当然といえる。ただ、ここに遠い存在としての加害者を絶対的なものとして限定しなければならないようなところに問題があるように思うのだ。（……）そこに欠けているものは被害者である主人公たちの不条理を見極めようとする論理性で

あり、主体を自立させようとする生きあがきなのである。（「読書人」一九七四年十一月十八日号）

これに対して筒井康隆は「佇むひと」を自身が編著者となっている『'74日本SFベスト集成』（徳間書店、一九七五年）に収めた際の解説で、山野の名を出さずに「まことに無理解な批評」と反論をしている。「主人公は何も傷ついていない。もちろん作者も傷ついてなどいない。誤読もはなはだしいところである。コーヒーのくだり、歌を口ずさむくだりを読んでいただければおわかりだろう。主人公は楽しんでいるのである」というのが筒井の主張だ。これに対して山野は、時評での再反論を試みている。

74年版の解説で筒井がこのSF時評に対する不満を述べているが、作者の意図と読者の理解とがくい違うのは小説に於いてあたりまえのことであり、作者は作者の主体性に於いて創作し、読者は読者の主体性を対応させるので夫々自分の興味の持ち方が違う。むしろそこがメッセージではなく小説であることの重要な意味なのである。おそらく読者の中には筒井の意図に近い読後感を得た者もいるだろうし、私の評論に近い読後感を得た者もいるだろう。評論が作者の意図しないものを発見することもあるだろうし、作者の意図を代弁する結果となることもあって当然だ。

ただ内閣を代弁する政治評論よりも内閣の方針の欠点を発見する評論の方が重要であるように、小説の評論の重要性も、評論者の主体が対応して得た発見にあると思う。「佇むひと」に関しては作者が、『楽しんでいる』のだというが、むしろそれこそが自己憐愛的センチメンタリズムではないだろうか？　少くともこの作品が被害者的心情をとらえていることは常識的な読者の多くが認めるであろう。（「読書人」一九七五年六月十日号）

「内閣を代弁する政治評論よりも内閣の方針の欠点を発見する評論の方が重要」。こうした当たり前の指摘は日本の「ＳＦ文壇」が置き忘れて久しい姿勢であるだろう。実際、『'74日本ＳＦベスト集成』はその後、徳間文庫（一九八三年）やちくま文庫（『70年代日本ＳＦベスト集成４　１９７４年度版』に改題、二〇一五年）に収録され、現在でも容易に読むことができる反面、山野の時評は容易にアクセスできる状態になってはこなかった。あまりにもアンフェアである。

4　「虚構のセクト的発想」に抗して

加えて言えば、この山野×筒井論争は、筒井作品そのものに対してのみならず、日本ＳＦに対する姿勢の違いとしても現れている。『'74日本SFベスト集成』には、田中光二「スフィンクスを殺せ」も収められていたが、この著者紹介で筒井は「よきエンターテインメントの作家は思弁的（スペキュレイティヴ）でなければならぬとする作者の主張は、いいプロット、スピーディなストーリイ・テリング、スマートな練れた文体となってすべて作品にあらわれているといってよい。そのせいであろうか、破滅テーマの長篇「大滅亡」がたまたま終末ブームと重なったこともあって、ベストセラーを狙ったスペキュレイティヴ（投機）小説だなどという、新人にとってはたいへん冷酷な罵言もあったが、これはスペキュレイティヴ（思弁）小説信奉者たちが田中光二の主張で足もとをすくわれたための逆上であろうと思えるから気にしなくてよかろう。この心ない評者へは直接注意したことも二度ほどあるのだが、出かかった芽を踏みつけるような真似は、少なくとも同じSF作家たらんとする者がしてはいけない筈だ」と述べている。

ここで山野の時評を確認してみると、まずは田中光二の『大滅亡（ダイ・オフ）』（祥伝社・一九七四年）につき、「新人らしからぬ筆力で手慣れた物語を展開するが、小説に対する取り組み方も新人らしからぬ安直さである」、「「日本沈没」以来のこういうセシル・B・デミル的ハッタリを売り物にする出版社の商業主義」（「読書人」一九七四年三月二十五日号）と、小松左京『日本沈没』以来のブロックバスター性の顕現という文脈で批判をなしている。同じく田中の『幻覚の地平線』（早川書房、一九七四年）については、「「大滅亡」に比べればかなり緻密に書き込まれている」ものの、「要するに国家的な武器と、アウトロー的な装飾品が代理戦争をしているような空虚な作品となってしまっている」ものであり、結果的には田中が同作のあとがきで主張する「スペキュレイティヴ・フィクション」が、「商社の投機（スペキュレーション）のように根本的な商業の意味を考えることなく、まず商業というものを全面的に認めてしまって、その上で全ての論理を組み立てているようなところがある」（「読書人」一九七四年四月二十二日号）のだと批判している。

まさしく「思弁小説《スペキュレイティヴ・フィクション》」が新自由主義的な「投機《スペキュレーション》」として悪用される危険性をいち早く指摘していたわけだ。「足もとをすくわれたための逆上」というよりは、「足もとをすくわれないための警戒」と評すべきところだろう。ところが筒井は問題を「新人」に対しての酷評という立場性に還元し、「同じSF作家たらんとする者がしてはいけない」と「SF文壇」における作法の問題にも矮小化する。だから当然、山野はこう応答せざるをえなくなる。

同じSF作家が新人を酷評するのはけしからんとあるが、なぜ同じSF作家なのか私にはわからない。私にはアシモフやハインラインに共感するところなど殆どないしハインラインがスペキュレイティヴ・フィクションといってもバラードのいうスペキュレイティヴ・フィクションとは殆ど関係ない。新人作家に期待をかけるのは、新しいオリジナリティの発芽に対してであり、新人の本が出たということが新しいオリジナリティが生まれたということには必ずしもならないのである。自己憐愛的な筒井が積極的に発言するのは良いことだが、同じSF作家というような虚構のセクト的発想ではなく、主体的な理論上に於いてでありたい。（「読書人」一九七五年六月十日号）

『'74日本SFベスト集成』について堀晃は、「編者に筒井康隆が最適任だったことはいうまでもない。SFの領域拡大の最前線にいる作家であり、アンソロジストの実績があり、SFコンテストや漫画賞の選考委員をつとめ、SF同人誌にも目配りし、さらに（……）新人の育成にも尽力されていたのだから」と、「SFの浸透と拡散」の時代における筒井の立場を述べている（ちくま文庫版解説）。しかしながら、その立場が「同じSF作家」という同質性の確認をも招き、対立意見を「スペキュレイティヴ（思弁）小説信奉者たち」と矮小化するような「虚構のセクト的発想」にすぎないのではないかという批判精神は、ついぞ持てずにいるもので、本件に象徴される悪しき排他性は、プロダムのみならず今や〝SFコミュニティ〟の一部でのある種の伝統にすらなっている。

この翌年、山野浩一は戦後日本で初めての職業的なSF評論家・石川喬司との対談「オーバー・ザ・

ニューウェーブ」（「奇想天外」一九七六年十月号）で、「多分田中光二にしても、ぼくはアメリカSFを沢山読まないで読んでいたら、これはスゴイ人が現れたといっていたかもしれない。ある程度これは、批評が検事であるかないかというようないい方と同じで、検事であれば、当然前のことを全部調べて対処しなきゃいけないですよね。／批評というのは、ひとつの表現活動で、自分の観念と理論、体系とによって表現していくわけだから、過去にそういうものを読んでいれば、それはそれでしょうがない」と断ったうえで、石川による「あなたの批評の一貫性というのは分かるんだけれども、たとえば影響力の大きい舞台で、その思想を披露されると営業妨害にならないかしら」という問いに、こう応答している。

ウン、それは営業妨害になるでしょう。政治批評家は必ず政治家の営業妨害をしているだろうし、企業批評家は企業の妨害をしているでしょう。批評というのは、ある程度妨害するものだろう。
批評家にかぎらず消費者というのは、営業政策に批判性をもち得なきゃいけないわけで、それを部分的に代弁するものは批評家ですよ。批判とか妨害というのは成り立たなきゃおかしいわけで、それがないと、政治家や企業、書き手側の独走を許すことになりますからね。そうでなきゃ、ひどい悪宣伝がいくらでも成り立つ。ベストセラーなんかいくらでも作れる。批評活動というのはそういうところに意味があると思うし、読者にとっても同じ意味をもっていると思うんです。

作者の顔色をいたずらに窺うのではなく、読者にとっての責任をきちんと果たすこと。営業活動の暴走をそう簡単には許さないこと。二〇二二年現在、いっそう切実に響く問題提起である。この対談で山野は、小松について「彼はぼくの批評に対して、カゲでは文句をつけていても公の場では文句をつけない。彼は批評としてはちゃんと読んで、それなりの反応を示しているんだ。実際、ぼくの批評を読んで、良い影響を受けてくれた作品も、事実あるわけですよ」と述べ、筒井については「ぼくの一言一句をていねいに読んでくださって、非常にありがたい（笑）」、「ぼくみたいなケンカ相手が一番必要なタイプの人なんじゃないのかな。彼自身、ぼくにケンカ相手になってほしがっているところはあるんじゃないですか」と、応答を好意的に受け止める姿勢は崩さない。

しかし、石川の方が、「SFの場合、非常に狭いサークルで仲間うちでやってきたもんだから、世間の強い風当たりにさらされたときに免疫体質ができてなく、批評にあまりに過敏すぎるところがあるんだね」と、かえって同質主義的な「SF文壇」の体質を見抜いていた。石川は批評において「面白くない作品」には言及しないスタンスをとっており、それがため批評へのアレルギー反応をかえって敏感に看取していたというわけだろう。

5　サンリオSF文庫と〈NW－SFシリーズ〉

石川喬司の指摘は正しかった。デビュー二十年にして上梓された山野浩一の初長編に対して「SF文壇」は黙殺という意趣返しをもって応じたのである。「SFマガジン」に書評は出ず、一九八一年十一月号の星敬によるデータベース（「今月のブックガイド」）で「デビュー二十年、山野浩一が描く初めての長篇SF」と、ひとこと言及されるに留まっている。山野が属する日本SF第一世代は、すでに「SF文壇」内では重鎮扱いされており、その二十年目の第一長編が、小説家としての商業デビュー媒体である「SFマガジン」で――データベースに登録しておきながら――書評一つ出ないというのは、きわめて異例というほかない。ただし、山野は荒巻義雄と並んで一・五世代に分類されることもままあり、一・五世代の作家はファンの目線に近い位置での活動も多かった点は考慮すべきかもしれないが、それでも露骨すぎる仕打ちであろう。時期も悪く、競合誌の「SF宝石」や「奇想天外」は、『花と機械とゲシタルト』が刊行される直前に休刊していた。SF専門誌では唯一、「SFアドベンチャー」一九八一年十一月号にて――「SF宝石」から引き継がれた複数レビュアーによるチェック・リスト式のレビューコーナーで――伊藤典夫が、三分の一頁の紙幅で本書を評している。

山野浩一のはじめての長篇。力作であり、いわゆるニュー・ウェーブ作品の多くがそうであるように（……）読者の積極的な読み込みをいくらか余分に要求する小説となっている。内容はひと口でいえば、一つの精神ユートピア興亡史。人里離れた精神病院を舞台にして、精神の〝実存獲得〟のために行なわれたいくつかの試みが、一種の楽園を生みだし、それが内在する矛盾のために滅び去るまでを書いている。（……）それがいっこうに深刻でないのは、作者の持ち味である飄々としたユーモアのほかに、設定自体が、創造的精神活動のためのアナロジー世界として機能しているせいかもしれない。（……）作者のあやつる論理の交錯を楽しみつつ、充実した気分で読みおえたが、あとになってみると集団自閉症の内宇宙をくぐってきた感じで、作者からの問いかけがほとんど聞えないことに気づいた。これは評者が精神医学の新理論にうといせいなのか。

どこか腰が引けている。本書に一定の評価を加えつつも、「作者からの問いかけがほとんど聞えない」と当惑を隠さない。伊藤典夫は「NW‐SF」創刊時に山野に協力したが、その伊藤をしても、いわばお手上げだったわけである。伊藤を除いて山野に対する応答が「SF文壇」から出なかったのには、個別の作家たちとの因縁もさることながら、山野が雑誌のみならず単行本を含めた出版を手掛ける、第三勢力になったという事情も手伝ったのではないかと推察される。

山野が石川と対談した一九七六年、つまり山野の第三短編集『殺人者の空』（一九七六年）と同年の「NW-SF」第十二号にJ・G・バラード「コンクリートの島」が次号より連載開始との予告が出た。一九七〇年代前半は、山野が企画に噛んで伊藤らと協力し「NW-SF」がらみの翻訳家が起用されたニューウェーヴ系の特集が「SFマガジン」で組まれることもしばしばあったが、やがて方向転換がなされ、一九七六年の段階ではすでに、ニューウェーヴの衣鉢を継いだ一九七〇年代の先鋭的な作品の翻訳を早川書房から出すのが難しい状況となっていた。山野自身、この頃について、「当時のSF界の状況を考えると、翻訳の技能以上に当時のSF界で仕事をしていくことが若い人（引用者註：一九六〇年代前後生まれの世代）にはとても耐えられなかったでしょうね」と書いたことがある（二〇一四年八月九日のTwitter）。

山野らが、それならNW-SF社で出そうと単行本化の計画を進めていたところ、サンリオの佐藤守彦編集長から、翻訳SFの文庫本シリーズを刊行したいという打診があった。山野はすぐに推薦作をリストアップし、佐藤は早い段階で数十冊の版権を取得。その数は雪だるま式に膨れ上がっていった。これが山野の監修になる、アメリカ（フィリップ・K・ディック、ウィリアム・バロウズら）・イギリス（J・G・バラード、ラングドン・ジョーンズ、アンナ・カヴァンら）・フランス（フィリップ・キュルヴァル、ミシェル・ジュリら）・旧ソ連／東欧（スタニスワフ・レムら）・北欧（サム・J・ルンドヴァル）・中国（老舎）からラテンアメリカ文学（アレッホ・カルペンティエールら）まで世界各国のSFと前衛文学を架橋し、フェミニズムSF（ケイト・ウィルヘルム、アーシュラ・K・ル＝グウィン、ジョアンナ・ラスら）をはじめとした新しい文学運動のあり方を提示、百九十七冊ものラインナップを誇ったサンリオSF文庫（一九七八〜八七年）に繋がるわけだ。おまけに創刊記念として、原著が一九七七年に刊行されたブライアン・アッシュ編『SF百科図鑑』（サンリオ、一九七八年）を出版することになり、山野は山田和子・大和田始・野口幸夫・国領昭彦らNW-SF周辺の若手翻訳者たちとともに、NW-SF社に缶詰状態で大冊の翻訳に取り組み、インデックスの作成等においては、沼野充義やデヴィッド・ルイス（現デーナ・ルイス）の協力も得た。

出発時のサンリオSF文庫は、それまでの「SF文壇」の常識からすると異例のスピードで進められた企画にもかかわらず、一定の品質が保たれていた。だが、それ以上に業界的なインパクトは大きく、一九七八年段階で二百冊ほどの版権を取得し、億単位の前払い金《アドヴァンス》が動いたと報道された（「出版ニュース」一九七八年七月下旬号）。けれども、実のところは社長サイドの判断で企画を中途で頓挫させないために佐藤が先んじて翻訳権を多めに取得したという事情もあるようで、現場レベルでは極限まで経費が切り詰められていた。

かいつまんで説明すれば、サンリオSF文庫発刊直前の一九七七年後半時点で、サンリオ出版部にいた社員が七〜八名退職し、正社員は佐藤守彦を残すのみ。少なからぬ実作業は野崎正幸や菅秀実（＝文芸評論家の絓秀実）ら非正規の「アシスタント・エディター」らによってカバーされていたが、制作する本の経費は一件あたり十万円に満たず、校正費や交通費もそこに含まれていたうえ、出来高払いのため無給の月すら少なからず発生していた。そのため、「アシスタント・エディター」四名は労組を結成、会社側を相手取ってそのまま争議に突入した（全国一般南部支部サンリオ分会編『サンリオ闘争の記録』、マルジュ社、一九八四年にまとめられている）。校正費用がほとんど捻出できないなか、山野は翻訳作品の品質チェックを逐一行うのみならず、訳者選定のため月三十冊もの原書を下読みしていたという。このあたり、詳しくは拙稿「山野浩一とその時代（2）サンリオ闘争という苦難」（「TH（トーキングヘッズ叢書）No.75」、二〇一七年）を参照してほしい。

サンリオSF文庫の創刊について、山野は自筆年譜で、「早川書房の独占的な市場だったSFを扱う以上、早川書房との対立関係は避けられないが、同時にSF界全体がSFを革命的に変えようとする動きに強い抵抗を示した。ここでまた、山野はSF界を敵として戦う立場に追い込まれていった」

と回想している。実際、早川書房の営業がサンリオの悪口を喧伝して回ったということがあったらしいし、あからさまな対抗としては、サンリオSF文庫創刊直前に〈海外SFノヴェルズ〉が創刊されている（大森望「サンリオSF文庫の伝説　山野浩一インタビュー」、「本の雑誌」二〇一三年九月号）。

実際、とりわけ創刊直後には、各所で〝サンリオSF文庫の翻訳が悪い〟との悪評が吹聴されたが、山野はそれらにつき自身でも反論を試みている。「私自身はこの文庫の翻訳を一応チェックしており（全ての作品を原文参照するというのは時間的に無理だが）、私が読んでいる他の翻訳出版物の水準を下回るものについてはOKを出さないようにしている。（……）たとえば川本三郎訳の「万華鏡」の中の短篇を他の翻訳者の訳したものと読み比べてみるとよくわかるはずだが、日本語はずっとソフィスティケイトされているし、幾つかの誤訳も訂正されている」（「読書人」一九七八年十一月二十日号）といった具合にである。

そのうえで、山野は飄々とした越境的姿勢を崩さず、ヨーロッパの文芸誌を規範としつつバラードやル＝グウィンらのSFもフィーチャーした冬樹社の「カイエ」（一九七八〜八〇年）の常連寄稿者となったばかりか、第四短編集『ザ・クライム』を同社から出している。一九七六年以降、「NW‐SF」誌の刊行ペースは一〜二年に一冊にまで落ちてはいたものの、サンリオ等での仕事とは別に、そのぶんの労力は単行本〈NW‐SFシリーズ〉に注がれた。『花と機械とゲシタルト』はその二巻目に該当するが、全体のラインナップは以下の通りとなっている。

1：J・G・バラード『コンクリートの島』（大和田始・国領昭彦訳、一九八一年）
2：山野浩一『花と機械とゲシタルト』（一九八一年、本書）
3：J・G・バラード『死亡した宇宙飛行士』（野口幸夫訳、一九八二年）
4：山野浩一『レヴォリューション』（一九八三年）
5：デーモン・ナイト編『ザ・ベスト・フロム・オービット（上）』（浅倉久志他訳、一九八四年）

このうち少なくとも『コンクリートの島』については、一九八三年に二刷が発売されたことが確認されている。その他、『NW‐SF傑作選1』（同誌四号までの精選集）、『ザ・ベスト・フロム・オービット（下）』、J・G・バラード『近未来の神話』、河野典生『二十一の幻想小説』といったラインナップが予告されていた。もとは「NW‐SF」連載のフィリップ・K・ディック『時は乱れて』（原著一九五九年、山田和子訳、サンリオSF文庫、一九七八年）がサンリオSF文庫の創刊ラインナップに入っていたように、臨機応変に版元を使い分けてもいたようだが、それでもあえて大別すれば、サンリオSF文庫が世界各地の前衛文学を網羅的に紹介しようという試みだったとしたら、〈NW‐

ＳＦシリーズ〉はバラードと山野浩一を中心に、ニューウェーヴ運動のコアとなる部分を改めて剔抉しようとしていた模様である。

6 「取り換え可能」な固有性と「中世的底部」

一九八二年に出た「ＮＷ－ＳＦ」最終十八号の巻頭、編集部からのニュース＆時評欄「プレリミナリイ・ノート」においては、「山野浩一の初長編「花と機械とゲシタルト」は、ＳＦ界・文学界での反響は、当然予想されたように無きに等しかったものの、それ以上の領域で思いがけない多様な反応を引き起こし、編集部を喜ばせている。なかでも社会科学関係者の関心が高く、朝日ジャーナルに載った栗原彬氏の文章は、氏自身の〝本〟に対する真摯な姿勢と相俟って、久し振りに〝良い〟書評を読んだという感触を味わわせてくれた」と書かれていた。

この批評、すなわち社会学者・栗原彬の「脱領域に踏み込む眼の自在さ」（「朝日ジャーナル」一九八一年十二月十八日号）では、「読むこと」はそもそも「横断的」な営為であり、「中世から近代への移行期に、本を読むことは宇宙を読むことと一つ」だったにもかかわらず、いつしか本の「商品化」によって宇宙論的な視座は駆逐されてしまった、という状況認識から始まる。「だが、高度産業社会のひどく平板化された意識の光景の底から、再び宇宙を感得しようとする欲求が生まれつつ」あり、その一端として『花と機械とゲシタルト』は位置づけられているのだ。曰く、「この小説は、固有名詞が三人称化して取り換え可能になっており、自我が独裁化している今日の意識の状態、したがって社会の本質をみごとに論理化しているのだ」というわけで、固有性が「取り換え可能」となる平板化が、かえって「我」を肥大化・独裁化させ、やがては破滅へと導かれるプロセスを通じて、「宇宙を感得する欲求」そのものの位置が炙り出される、という認識なのだろう。

こうした栗原の視点は、メディア批評で知られる粉川哲夫の手になる書評「人称代名詞を巡る代表的な長篇小説」（「読書人」一九八一年十一月三十日号）とも響き合う。栗原は本書を、「〝わたし〟、〝彼〟、〝彼女〟といった人称代名詞をめぐってわれわれ日本語をしゃべる者がもつ病理と深層意識に照明を与えてくれるようなところがある」としたうえで、本書で〝髭さん〟と〝ゼニゲバ〟が岸壁で散歩する、次のような場面に着目する。

「あなたは道徳的な顔をしているわ」
「あなた?」
「そうよ、あなたよ!」

「どうしてあなたなどというんだ」
「私を愛しているからよ。そうでしょう。私を愛する人を私というのよ。そうでなければ彼女でいいわ」

反精神病院から離れた二人は、自分たちを〝彼〟、〝彼女〟とは呼ばず、ちゃんと〝あなた〟や〝わたし〟と呼ぶのである。反精神病院における〝異常〟な語りの世界に没入していたのに、急にこうした〝正常〟な語りに出会った粉川は、「家族セラピーで、親と子供の関係・役柄を逆転させて会話させる治療があるが、この小説の〝異常〟な語りと〝正常〟な語りとの往復運動は、まさにそうしたセラピーのなかにまきこみ、自分が誰であり、どんな状況のなかに住んでいるかをわからせてくれる」ような心持になる。そこから、日本語話者の総体としての言説《ディスクール》もまた、本書の〝彼〟や〝彼女〟たちが反精神病院でしゃべっているものと本質的に同じなのではないかとも考えるのだ。

反精神病院における〝我〟と〝汝〟の関係は、本書でも示唆されているように、マルティン・ブーバー『我と汝　対話』（原著一九二三年）に由来している。この本は、「ひとは世界にたいして二つのことなった態度をとる。それにもとづいて世界は二つとなる」（野口啓祐訳、講談社学術文庫、二〇二一年）という一文で始まる。根源語で構成される二つの世界のうち、一つは〝我〟と〝汝〟の世界であり、もう一つが〝我〟と〝それ〟の世界である。関係の対象としての世界は前者、経験の対象としての世界は後者を意味している。十九世紀的な公法秩序を完膚なきまでに解体し、総力戦と大量死により既存のパラダイムを破砕した第一次世界大戦に参戦経験のあるブーバーは関係性の世界にこそ重きを置いたわけだが、『花と機械とゲシタルト』ではいったん関係性の世界を経由することで、経験の対象としての「内宇宙」を再帰的に発見している、というわけなのだろう。

実際、山野はブーバーよりも、ベルジャーエフの影響をより大きく受けている。ベルジャーエフは現代社会において精神の自由が危機に瀕していると考え、必然と強制ではない主体的な社会化のプロセスとしての〝我〟と〝汝〟、そして〝我〟と〝我々〟の繋がりこそを重視した（松波信三郎『実存主義』岩波新書、一九六二年）。『花と機械とゲシタルト』にもまた、「個人個人にとっては我の存在そのものは我々なんだ」と〝髭さん〟が気づく場面のあることが想起されよう。

先述した「NW－SF」十二号で山野は、オルダス・ハックスリー『すばらしい新世界』（原著一九三二年、松村達雄訳、講談社文庫、一九七四年）の冒頭に引かれたベルジャーエフの言葉を分析する（「小説世界の小説4　ディストピアの思想性　ハックスリとザミャーチン」）。ロシア革命に絶望したベルジャーエフは、「ユートピアはかつて人が思ったよりもはるかに実現可能であるように思われる。そしてわれわれは、全く別な意味でわれわれを不安にさせる一つの問題の前に実際に立っている――『ユートピアの確実なる実現をいかにして避くべきか?』」……ユートピアは実現可能である。生活はユートピアにむかって進んでいる」と書いたが、観念化したユートピアは反ユートピアとなって個人を支配・管理してしまうというパラドックスについて山野は考究したのだ。

さらに山野は、「NW-SF」十四号（一九七八年）でベルジャーエフの『現代の終末』（荒川龍彦訳、社会思想社現代教養文庫、一九五八年）を引きながら、現代というものを近代的な進歩の観念から捉えるのではなく、非合理と暗黒からなる「新しい中世」の始まりと見る視点に着目した（「小説世界の小説5　アンチユートピアの形而上学」）。この観点は、先述した栗原の史観と符号する。こうした「中世的な底部」としての「混沌とした暗闇」へ誘惑されることを、山野はゴシック・ロマンの特徴だと捉えていた。近代の経験としてそうした「中世的底部」を発見し、「現代人のアイデンティティ」として取り入れたタイプの文学を山野は「ネオゴシック」だと再定位させたのだ（「サイエンスフィクションとネオゴシック」、『城と眩暈　ゴシックを読む』国書刊行会、一九八二年）。つまり、バラードらニューウェーヴSFはおろか、サンリオSF文庫の中核をなすラインナップは「ネオゴシック」であると区分できるというわけである。

7　訓読のプログラムと天皇制イデオロギー

けれども、一人称の固有性が喪失して三人称に置換されることで、一人称と三人称の関係が攪乱させられるのは、粉川が述べたように日本語の特性ならではのものなのだろうか。この問題を考えるうえで、まず想起されるのは、ジャック・ラカンが日本語読者に向けて『エクリ』（第一巻、原著一九六六年、宮本忠雄・竹内迪也・高橋徹・佐々木孝次訳、弘文堂、一九七二年）に付した序文であろう。そこでラカンは、音読みと訓読みを併用する日本語の構造自体が、すでにして精神分析的だという趣旨のことを述べていた。

山城むつみ『文学のプログラム』（太田出版、一九九五年）では、このラカンの序文を日本語のシステムに内在的に存在するアポリアを指摘したものとして掘り下げていく。曰く、とりわけ訓読というシステムは「無意識から言葉《パロール》への距離を触知可能にするもの」であり、中国語のような異言語の形は保持していながら、実質的に和文として読めるようにあらかじめプログラミングされている。つまり、文字の体系としての記述された言語《エクリチュール》を借り受けて、素朴な「やまと魂」としての「日本精神」を表出する。訓読とは書かれたもの《エクリ》という形を取りながら、その物質性を内側から否定し、ふわりとした発話言語《パロール》としての「日本精神」を共有させる装置としての性格を帯びる、というわけだ。

こうした訓読のプログラムは、まさしく天皇制イデオロギーと類比的であり、一方では「外来の文化や文明を最先端に置いて輸入する国家的な組織」でありつつ、他方では「輸入される外来の文化や文明」が日本国内の「やまと魂」に与える「衝撃力を緩和しその危険性を中和解毒する検疫システム」にほかならない。

それでは本書の〝我〟とは、ずばり天皇のことなのか。野阿梓は本書につき、「私にとっては直接、天皇制批判だった。天皇制論だったんですよね――その「我」っていう人形と、それが崩れていくっていう過程が」と述べているが（「第39回日本ＳＦ大会　ＺＥＲＯＣＯＮ企画　パネル「日本ＳＦ論争史」全記録」https://web.flet.keio.ac.jp/~pcres/features/ronso/index.html【二〇二二年十月確認】、二〇〇〇年）、その前提で書かれた「ジャパネスクＳＦ試論」（「ユリイカ」一九九三年十二月号、前掲『日本ＳＦ論争史』所収）は、まさしく山野の「日本ＳＦの原点と指向」（「ＳＦマガジン」一九六九年六月号、前掲『日本ＳＦ論争史』所収）の引用より始まる批評だった。

アメリカＳＦの「建て売り住宅」である日本ＳＦには「主体的論理体系が欠けて」いるという山野の指摘をふまえ、野阿は「日本に固有な思考があり、理論があったはずだ」と考え――山野も高く評価していた――半村良の『産霊山秘録』（早川書房、一九七三年）等を論じていく。そうして結論部では「インターナショナルな視座から、この奇妙な国、〈日本〉をもういちど見直すために、異邦人のまなざしを通じて視た光景」としての〈ジャパネスクSF〉というサブジャンルを提示してみせるわけだが、こうした発想は、「輸入される外来の文化や文明」の「衝撃力を緩和しその危険性を中和解毒する検疫システム」という意味で、まさしく訓読のプログラムに相似的ではないか。実際、「ジャパネスクSF試論」では、肝心の『花と機械とゲシタルト』そのものは論じられないままに終わっている。

改めて『花と機械とゲシタルト』で実際に天皇制が言及される箇所を見てみよう。幻覚剤を投与された猿の群れを観察し、元新聞記者の〝彼女〟であるゼニリブが、「人間の場合も、さほど変わらないものです。日本文化に於ける家長制度は我の一部を〝家〟に代行してもらうものだし、天皇制だって我の一部として存在してきたものですよ」と語る場面がある。ここでは明らかに、天皇制は頂点ではなく、〝我〟の方が階層《ヒエラルキー》の上位に位置づけられている。続く場面で、〝我〟を制作した張本人たる〝博士〟は「カリガリ博士」に擬えられている。

ここでロベルト・ヴィーネ監督の『カリガリ博士』（一九一九年）を確認してみたい。寒村ホルステンヴァルにサイドショーがやってくる。興行主のカリガリ博士は怪人チェザーレを催眠術で操り、連続殺人事件を起こす。最後に黒幕の博士は精神病院に身を隠すが、博士は病院長と同一人物だった……そのうえ冒頭と結末で、実はこの映画が一種の枠物語だと語られる。すべて、患者たちの妄想にすぎなかったというわけだ。〝汝〟である〝博士〟がカリガリ博士なら、〝我〟はチェザーレに相当する。しかし、テクスト内の〝我〟は、あくまでも訓読のプログラムとしての天皇の上位に位置づけられており、必ずしも「やまと魂」の体系には収まりきらない。つまり『花と機械とゲシタルト』における反精神病院は、「内宇宙」として「日本的抒情」を相対化しているわけで、〝我〟は天皇制を含む依存的な主体のあり方を示してはいても、〈ジャパネスクSF〉の文脈では必ずしも充分に捉えきれない。

日本SF（文学）史の文脈でいえば、本書はむしろ、山野も高く評価していた伊藤計劃の問題意識を「継承」した「伊藤計劃以後」の作家たちの仕事に近いといえるようで、事実、『エクソダス症候群』（東京創元社、二〇一五年）刊行後の宮内悠介に対して、山野は直接「まったく違ったアプローチで（引用者註：『花と機械とゲシタルト』と）同じものを凝視しようとしています」、「むしろ、付け加えるならレムの「星からの帰還」と「枯草熱」も同じような解釈ができるもの」と語りかけていた（二〇一五年十一月八日のTwitter）。

また、樺山三英は山野の没後に発表した「団地妻B」（「すばる」二〇一八年四月号）を紹介する際、「かれこれ1年かかりましたが、そのぶん濃密にはなったかと。お読みいただけたら幸いです。ほんとうは真っ先に読んでいただきたかったのは山野浩一さんでした（『花と機械とゲシタルト』の影響は色濃いと思う）。それが叶わないのが唯一の心残りです」（二〇一八年三月五日のTwitter）と、本書からの影響を公言している。なお、椿山は『いかに終わるか』の刊行後、私との刊行記念対談「内宇宙からのゲリラ戦」（「図書新聞」二〇二二年四月二日号）に参加する等、山野浩一の再評価にも積極的に取り組んでいる。

8　当時の日本SF大賞

「SF界・文学界での反響は、当然予想されたように無きに等しかった」というのは、本書が文学賞の候補ともならなかったことを含意する。当時も今も、代表的なSF賞としては、日本SF大賞（日本SF作家クラブ会員の選考）と星雲賞（日本SF大会参加者により決定）との二つが存在しているが、『花と機械とゲシタルト』の刊行年たる一九八一年前後において、とりわけ目を惹くのが、井上ひさし『吉里吉里人』（新潮社、一九八一年）が第二回日本SF大賞と、第十三回星雲賞日本長編部門をダブル受賞していることだろう。そもそも一九六三年発足の日本SF作家クラブは、アマチュアのファンダムが拡大しつつある状況で、「職能団体」としてプロのあり方を確立し、作家・翻訳家・漫画家らの「利益の拡充と擁護」を目指したものだった（福島正実『未踏の時代　日本SFを築いた男の回想録』早川書房、一九七七年)。にもかかわらず、長らく内輪での結束こそを重視する「親睦団体」としての性格が強調されており、その体質は今でも抜本的に変化しているとは言い難い部分がある。

その日本SF作家クラブが一九八〇年に創設したのが日本SF大賞だ(当時は任意団体で、会員は三十八名と少人数だった)。とりわけ初期の同賞は――個々の受賞作・候補作について一定の美学的価値が認められるのを大前提とするが――限られた人脈を介した密室での〝政治〟によって性格づけられてもいた。以下、『吉里吉里人』を中心に、第五回までの流れをまとめておきたい。

大江健三郎の『同時代ゲーム』(新潮社、一九七九年)が評価されていないと感じていた筒井康隆は、当時日本SF作家クラブの事務局長をしていたが、なんとか『同時代ゲーム』に贈賞したいから日本SF大賞を作ろうと会長の小松左京に直談判した。小松は『同時代ゲーム』そのものに関心はなかったが、日本SF大賞というアイデアについては共感し、徳間書店の社長に掛け合って賞を創設した。ただ、実際の選考においては筒井以外の選考委員の支持が得られず、受賞には至らなかった。翌年、筒井は「今度は『同時代ゲーム』がダメならということで、井上ひさしの『吉里吉里人』を推した。するとと小松は、「『同時代ゲーム』のときのことが頭にあったのか、「これはまあ、いいだろう」と(笑)」応じた。筒井は日本SF作家クラブの事務局長を辞した後も選考委員を続けていたが(〜

第六回まで）、「『吉里吉里人』に大賞やったあとは、もうなんかどうでもいいような（笑）」と、あまり思い入れのない旨を吐露している（日下三蔵編『筒井康隆、自作を語る』、早川書房、二〇一八年）。つまり、『吉里吉里人』がSFとして顕彰されたキーパースンは、まさしく筒井であったのだ。

『同時代ゲーム』はガルシア＝マルケスやバルガス＝リョサらのラテンアメリカ小説のスタイルを自覚的に反芻した作品で、『吉里吉里人』は東北の寒村が一独立国として日本に反旗を翻すという作品であって、いずれも「世界文学」の潮流を正面から意識していた。ところが山野は「別のSF論――狂気の文学へ突入せよ！」（「SF新聞」一九六六年二月号）の時代から、シュルレアリスムとSFの架橋を提唱し、さらには「NW‐SF」やサンリオSF文庫を介して、「世界文学」としての「SF」のあり方を実現させてきたのである。にもかかわらず、日本SF大賞は山野を完全に無視し、『吉里吉里人』に軍配を上げた。この受賞は「SFアドベンチャー」（徳間書店）一九八二年二月号で発表され、同年の二月一日には読売文学賞を受けたと報じられた。こうした〃純文学とSFの架橋〃が、この年八月の星雲賞におけるファンの投票行動に影響していないとは考えづらい。

当時の「SFアドベンチャー」で裏を取ってみると、第一回日本SF大賞は日本SF作家クラブの総会で選考委員六名（星新一、小松左京、筒井康隆、豊田有恒、伊藤典夫、鏡明）が選出され、委員の互選により小松が選考委員長となった。ここに会員から「原則として商業誌上に発表、または単行本化された日本人作家の手になるＳＦ小説、評論を中心とする作品群」より書面アンケートの形で推薦を集めて委員たちが協議したという。集計結果や候補作・選考会については秘密主義が貫かれていたが、「最終候補にのこった中には、もしその作品名をきかれたら、意外に思われる方も多いであろうものもあった」と『同時代ゲーム』の候補入りが仄めかされていた（小松左京「選評にかえて」、「ＳＦアドベンチャー」一九八一年三月号）。このときの受賞作は堀晃『太陽風交点』（早川書房、一九七九年）であったが、この作品の文庫化をめぐって堀およびＳＦ大賞の勧進元である徳間書店を単行本版の版元であった早川書房が提訴し、泥沼の係争になった（堀・徳間側が勝訴）。

『吉里吉里人』の受賞が発表された翌年二月号では、選考委員のうち星新一が石川喬司と入れ替わったが、選評は当然、積極的に動いた筒井康隆が書いている。さらには、選考委員の鏡明と伊藤典夫に山田正紀を加えた「特別座談会　ＳＦとしての『吉里吉里人』」が掲載され、「『吉里吉里人』はＳＦではない」という反論をあらかじめ封じる理論武装が試みられていた（ちなみに、山田は『最後の敵』【徳間書店、一九八二年】で、次の第三回日本ＳＦ大賞を受賞することになる）。

「ＳＦアドベンチャー」一九八二年四月号では、井上ひさしと石川喬司の対談「ＳＦは大衆文学の原点！」に、評論家・翻訳家たちの座談会として伊藤典夫×鏡明×安田均「ＳＦのクロスオーバーが具体的に起こり始めた」が載ったが、後者に参加した伊藤は『吉里吉里人』の日本ＳＦ大賞受賞を一九八一年度の「最大のイベント」と強調している。第四回の日本SF大賞は大友克洋の『童夢』（双葉社、一九八四年）が受け、これは漫画作品ということから、同賞のクロスメディア性が盛んに報じられた（選考委員には田中光二が加わっていた）。

第五回日本SF大賞は、山田と並んで中堅SF作家の代表格とみなされていた川又千秋が『幻詩狩り』（中央公論社、一九八四年）で受賞した（選考委員には小松左京が抜けて、堀晃と山田正紀が加わった）。選考委員の豊田有恒は、「SFアドベンチャー」一九八五年一月号の選評で、「アンドレ・ブルトンをはじめ、シュールレアリズムの作家、画家のなかには、SFと近いところにいる人も、少くない。現代SFは、そうした流れを志向すべきだとする評論家すらいる。しかし、川又千秋は、そこに淫していない。シュールレアリズム運動を、作品の題材として消化してしまい、みごとなエンターテイメントに仕上げてみせた」と述べている。『花と機械とゲシタルト』のあとがきでも言及されているが、豊田が何かにつけて山野を挑発してきた（「山野浩一追悼座談会」における巽孝之と増田まもるの証言、「SFファンジン」No.62 復刊8号、全日本中高年SFターミナル、二〇一八年）経緯からすれば、ここでの「評論家」とは、当然、山野のことと考えるのが自然で、山野がSFとシュルレアリスムを同列で考える流れに「淫して」いるとあてこすられている。

他方、川又はニューウェーヴSF同人誌「N」を主宰、「NW-SF」で商業デビューした書き手であり、評論『夢の言葉・言葉の夢』（奇想天外社、一九八一年）はバラードから島尾敏雄までを軽快かつ縦横に論じた思弁小説論である。その川又がニューウェーヴ的なモチーフを新書判ノベルズの軽妙なスタイルに落とし込んだ『幻詩狩り』に贈賞することで、選考する側が〝山野浩一的なもの〟に対し、一応の落とし前を付けようとしたと考えることもできる（ただし、同号の編集後記によれば、当時の秘密主義の徹底により一般クラブ員はおろか川又当人ですら候補入りを知らされなかった）。

9　「偽史的」な「国家論」SFから遠く離れて

『吉里吉里人』の成功によって「井上ひさしは一躍国民作家としての地位を得ました」と語るのが、斎藤美奈子『日本の同時代小説』（岩波新書、二〇一八年）である。そこでは小松の『日本沈没』を先行例とする「国家論」あるいは「偽史的」な性格をもった「大風呂敷」小説として、『同時代ゲーム』や『吉里吉里人』、あるいは丸谷才一『裏声で歌へ君が代』（新潮社、一九八二年）等をひとまとまりにし、その性質を「①架空の国家の創建と歴史が語られる、②架空の国家は日本と対立的な立場にある、③その結果として戦争が勃発する」ものだと要約している。ただし斎藤は、そもそも『日本沈没』につき、「ありうるかもしれない「未来」を予告した「歴史小説」」という意味不明な形容をなしており、ＳＦやシミュレーション、歴史小説に対するまともな見識があるとは思えない。

斎藤よりも三十年近く早い時期に、『同時代ゲーム』、『吉里吉里人』、『裏声で歌へ君が代』。これらの作品を串刺しにしながら、「作品の風土はまるで似たところがない」のに、「同じ物語的な構造におさまってしまう」ことを指摘したのが、蓮實重彦の『小説から遠く離れて』（日本文芸社、一九八九年）であった。ここでは斎藤の言うような外形標準的な「国家論」という枠組みよりも、説話論的な還元のレベルによる類似こそが問題視されている。「架空の少数者」、「依頼と代行」、「権力の移譲」、「宝探し」というテーマの共通性に始まり、説話論的な「近親相姦」を主題化しつつ「一組の双生児がその物語を支える」構造の共通性、さらには――『同時代ゲーム』に見受けられるエディプス・コンプレックス的「パパ＝ママ＝ボク」を時間軸として転倒させた「父＝兄＝妹」という――「二等辺三角形」が他の作家によって踏襲されているという指摘にまで踏み込んでいる。

『花と機械とゲシタルト』はどう見ても、こうした流れに棹さすものとは言い難い。むしろ、そうした小説群とは明らかに異質で「類似と模倣と反復をめぐるテクスト」だと蓮實は後藤明生『壁の中』（中央公論社、一九八六年）を論じていたが、表面的なスタイルはまるで異なれども、かような反復性への自覚が本書には銘刻されている。「類型」としての物語の変奏と「小説」の記述は根本から異なる、という点において、『壁の中』や『花と機械とゲシタルト』は「偽史的」な「国家論」小説の系譜には組み込まれずに済んだというわけだ。

　そもそもトーマス・マンの『魔の山』（一九二四年）の頃から、サナトリウムや精神病院のような療養施設を扱う小説は、舞台となる施設が擬似的な「国家」としての性格を帯びていることが多いものの、本書における反精神病院は外的権力によって強制された管理社会ではない。〝彼〟や〝彼女〟らは、あくまでも自主的に自我を〝我〟に代補させている。紆余曲折を経て話が進むうちに、精神結合体《ゲシタルト》としての〝我〟の性質は足を使った調査で解明されていき、〝我〟の暴走に対しては数学理論や〝世界〟というオブジェの創造による抵抗が試みられはするのだが、ドラマツルギーの噴出は最小限に抑えられている。確かに人は死んでいくのだが、その唐突さはむしろ『エデン、その後』（一九七〇年）や『快楽の漸進的横滑り』（一九七四年）といったアラン・ロブ＝グリエ監督の映画を彷彿させるものだ。そのうえで特徴的なのは、精神分析的なモチーフを全面に押し出すことで、説話論的な還元による（あるいはそれを可能にする）単純化を予め退けようとしていることである。

　筒井康隆は大江健三郎や井上ひさしと「へるめす」（岩波書店）で一九八四年、八六年、八八年にかけて三回の座談会を行い（『ユートピア探し　物語探し』（岩波書店、一九八八年）にまとめられる）、そこでは『同時代ゲーム』が「内宇宙」を描いたもので、『吉里吉里人』が戦後の文学者たちがこだわった全体小説――世界や人間の全体性を描き抜いた小説――を実現させたものだと論じられていた。

ただ、山野は『同時代ゲーム』そのものに関しては時評において、「力作で手法的には成功しているとは思うのだが、どうも幾つかの疑問点が残って（引用者註：大江の過去作である）「洪水はわが魂に及び」や「ピンチランナー調書」のように素直に納得できなかった。疑問点というのは村が懐かしさに支えられているのなら三島由紀夫の国家＝天皇とどう異っているのか」（「読書人」一九八〇年一月二十一日号）と、天皇イデオロギー批判の見地から鋭い指摘をなしている。

ここで対比的に評価されたのが、三枝和子の『月の飛ぶ村』（新潮社、一九七九年）で、「三枝作品がマルケスの「百年の孤独」のように幻想的なものを現実の中にとり込んで、ぬきさしならないアイデンティティとしての村を結果的に自律させて現実に対位させているのに対し、大江作品は幾つものあるべき世界をパラレルワールドのようなあいまいな存在として網のようにはりめぐらせて、その中に消え去った村を捜し求めている。「月の飛ぶ村」は表題が示すように、三枝の作品としては珍しくイメージに依存する面が強く、それが素晴らしい効果を発揮して観念としての村を小宇宙に作り変えている。おそらく三枝作品の最高傑作だろうと思う」と絶賛していた。「NW－SF」十七号では、山野と三枝との対談「小説空間をめぐって」が掲載され――「偽史的」な「国家論」小説がSFの文脈に組み込まれる状況下において、それとは異なる第二波フェミニズムとスペキュレイティヴ・フィクションの融合そのものが模索されていたというわけで、その先駆性は昨今、いっそう重要性を増している(「より詳しくは、「未来学」批判としての「内宇宙」――山野浩一による『日本沈没』評からフェミニズム・ディストピアまで――」(下)、「季報　唯物論研究」一六二号掲載予定、季報「唯物論研究」刊行会を参照)。

10　主体性を「行為で示された心の状態」として表現

『花と機械とゲシタルト』の執筆そのものは順調で、比較的短期間で(一九八〇年代に入ってから書き上げられたようなのだが、基礎部分の熟成には相応の時間がかけられている。本書の刊行前後のことを、山野は次のように回想している。

あの頃って精神病院から電話がかかってきて、看護師らしき人と大喧嘩している声がいきなり聞こえてきたり、富士の樹海の入り口から電話がかかってきて一度話したかったといってきたり、深夜に電話で私が書いていない小説の感想をさんざ聞かされたり、家の前に恐ろしい形相の自画像なるものが置かれていたり、精神病院から退院してすぐに駆けつけたという青年が、どうして自分の考えている通りのことが書けるのかと詰め寄られたり(すぐにお母さんが追いかけてきてくださって助かった）というようなことの連続で、私のような作品を書く作家の多くはそうしたことが原因で自殺に追い込まれていったのではないかとも思う。（「山野浩一WORKS」二〇〇七年四月十二日）

さらりとした筆致ではあるが、書きつけられている体験は重い。ただ、だからといって、山野が遭遇した事例をそのままモデルにした、ということにはならないだろう。むしろ、本書のあとがきで明記されているように、大島弓子の漫画に見受けられる「行為で示された心の状態」により強い影響を受けたというが、これはどういうことなのだろうか。本書とほぼ同時期の高橋源一郎『さようなら、ギャングたち』（講談社、一九八二年）のように、『花と機械とゲシタルト』には大島作品からの明示的な引用が含まれているわけではない。

もともと山野浩一は、少女漫画にある種の偏見を抱いていた。先の筒井康隆「佇むひと」への批判にしても、「SF作家として最も表現性ある文体と、優れた発想を持った筒井康隆だけに、いつまでも『傷つく』というような少女趣味に閉じこもっている点が読者としてはいらだたしい」と批判し、それに対して筒井からは「傷つくという少女趣味が閉鎖的だという意味の誤解である」と反論されていた。こうした「少女趣味」の忌避は、山野が女性に対してもまた、主体性を重視していたからこそなされたものだろう。

山野は「ニューセンスの新しい女性」一九七六年九月号（吉川書房）に、「不道徳女性教養講座　もっと悪者になっていい」という批評を寄せている。ここで山野は第二波フェミニズムを特徴づける「ウーマンリブ」のアイコンとしてメディアに取り上げられた、榎美沙子について論じている。榎は「中ピ連」（「中絶禁止法に反対しピル解禁を要求する女性解放連合」）を結成し、ピンクヘルメットにサングラス、タオルの覆面という学生運動のパロディのような恰好で「ミスコン粉砕」を掲げる等し、マスコミから揶揄的に取り上げられた。

これに対して山野は「実のところ私自身は榎美沙子という人は、極めてあたりまえなことをさわやかな口調でしゃべる人だと思っていた。私にはそうとしかみえないのである」とし、逆に「男にはまだ本気で女性蔑視をしている人間がいくらでもいる」と指摘したうえで、メディアが過激な悪役として演出している榎美沙子はあくまでも「だまされたがっている人をだましている」ものにすぎないと述べたのである。

つまり山野にとって、女性の側の抵抗はまだ物足りないものだった。男性ジェンダーを自認する書き手による「ウーマンリブ」そのものに対する感情的な反発や不合理な揶揄が「常識」として浸透し、それらが小説に反映されることも珍しくなかった状況において、山野は「ウーマンリブ」が「闘争」

である以上、「もっとルール違反や無理押しをしてでも強引に勝利に向けて突撃すべき」、「恰好をかまわずにやるべき」と発破をかけたのである。「単に政治や経済が男の手に握られているということではなく、女性が主体的に生きることが、男性が主体的に生きることよりもずっと困難であり、女性が男性の玩具となることがあまりにも容易であるという点」に、その原因は根ざしていた。

男性が女性蔑視を「常識」とし、その「常識」に乗っかることで女性が居場所を確保している面があるのだとしたら、そうした「常識」そのものを切り捨て、「ドグマを打ち出して強硬手段をとらねばならないのではないかと思う」と、ここでの山野は主張する。ただしそのドグマは、あくまでも女性の側から主体的に打ち出されるべきものだ。

こうした山野のジェンダー観には、アーシュラ・K・ル＝グイン（グウィン）の影響がある。学燈社の「国文学　解釈と教材の研究」一九八二年八月号に寄せた批評「アーシュラ・K・ル＝グイン女性文明としての中世」では、男女の非対称性が浸透した日本におけるル＝グイン受容がテーマになっている。「私小説と自然主義の根強い影響から抜け出すことができないまま、サイエンス・フィクションに限らず、ヨーロッパや南北アメリカの現代小説すら殆ど受け入れられることもなく、小説の退行だけが進んで」いる日本だからこそ、「ル＝グインのような旧来のモラルや世界観に対して丹念に批判を加えていくような作品が最も有効性の高いもの」というのがその論旨だ。

ル＝グインは「闇の左手」に於いて男性にも女性にもなり得る種族を登場させ、女性問題に関する一つの理想を提示している。この小説に於ける登場人物たちは〝ケメル〟と呼ばれる交尾期に入ると、愛人の片方が男性になり、片方が女性になる。どちらが男性になるかは本人にもわからず、愛し合った時点では両者ともに出産の可能性を持っている。こうした関係に於いては男女が完全に平等であり、男女間の支配と従属、つまり保護者と被保護者という考え方も生まれない。（……）

「天のろくろ」の主人公にも一種の中性的な役割が与えられており、彼に強い影響を与える精神科医は男性的に理想を追求し、主人公の夢によって世界を変える能力を利用してユートピアを築こうとする。一方、女性弁護士はそうした変化の危険性を訴え続け、精神科医に抵抗する。こうした人間のあり方と社会理念の結びついた対立関係はル＝グインの世界に一貫したもので、そこに男性的世界としての進歩概念と、女性的世界としての恒常世界を想定することができるだろう。進歩概念は現代社会の延長上にあるもので、恒常世界は中世をモデルとして生み出されている。

ここで山野は「せいぜい男を選ぶ程度の自主性しか持たない女や、ふとした過ちを自律への発意と認識できずに悩み続けるような日本文学的女性が、現代の社会に於いて何らかの意味を持つとは思えない」としつつ、ル＝グインと対照させることで、その主体性を問い直している。かような「進歩概念」としての〝現代＝男性的世界〟に対峙する「ネオゴシック」な「恒常的世界」としての〝中世＝女性的世界〟を「行為で示された心の状態」という形で取り入れようとしたのが、『花と機械とゲシタルト』であった（より詳しくは、「山野浩一とその時代（21）榎美沙子とル＝グインから見た女性の主体的世界」「ＴＨ」No.92、アトリエサード、二〇二二を参照）。たとえば、本書ではウーマンリブのもと闘士だった〝自殺した彼女〟が登場する。その境遇の変化を考えていただきたい。

11　大島弓子作品に出逢った経緯

しかし、「少女趣味」を忌避していた山野が、どうして「少女漫画」から学べたのであろう。これについては山野自身が、本書の第一部を先行発表した「ＮＷ－ＳＦ」十七号での「小特集　漫画」に収められた「漫画家ベスト10〈アンケート〉」で、一位に大島弓子、二位につげ義春、三位に魔夜峰央、四位に倉多江美、五位に藤子不二雄……といったランクを付けたうえで、その解説に以下のように書いている。ちなみに投票の傾向が似ている者としては、増田まもる・山田和子・大和田始らがいた。

少し前にある雑誌から漫画について書くよう依頼があって、漫画なんぞ読みませんとお断りしたばかりなのだが、その後ふとしたはずみで大島弓子の作品を読んで「すごい！」と叫んだかと思うと、せっせ、せっせ、せっせと小説を書き始め、それがぼくの処女長篇「花と機械とゲシタルト」になった。この作品が少なからず大島弓子の影響下で書かれたものであることを全面的に認める次第であります。（……）大島弓子が面白かったので、少女漫画を手当たり次第読んでみたが、やはり読めるのは倉多江美くらい。あとはギャグ漫画がどうにか楽しめるというところである。ただ、少年漫画の多くにみられるような単純な観念と非美学的な絵に対し、大島弓子の内宇宙で複合した理念を形成させるような方法は（絵の方はどうもね）漫画に新しい可能性を感じさせるものでもある。もし、漫画にニューウェーヴというべき内宇宙をとらえた作品が次々と登場するようなら本当に素晴しいのだが、理想とすればつげ義春の絵と大島弓子の理念や手法のドッキングである。ぜひそういうものを期待したいものだ。

このアンケートが掲載された「小特集　漫画」内の野阿梓のエッセイ「ぺぺ・ル・望都」には、山野が野阿に宛てた通信の引用が含まれている。「前略。少女漫画の方はようやく倉多江美から大島弓子を読み、特に後者は初めて気に入ったのです。（実に一週間ほど、片端から読みました）しかしモトサマだのケイコチャンだのというのは何ともいただけません。山岸先生は未読です。（後略）山野浩一」といった内容なのだが、経緯としてはこうである。

まず、野阿梓のデビュー作「花狩人」が「SFマガジン」一九七九年八月号に掲載された際、山野は「少女漫画そのままを形にしたようなリボン飾りのデテールで形成されたファンタジーで、いよいよこんなものまで登場したかというのが正直な感想だ」と酷評した（「読書人」一九七九年七月二十三日）。これに対し、野阿は現在の少女漫画は侮れないものだと、萩尾望都・竹宮恵子・大島弓子らの少女漫画を薦める手紙を送った（野阿梓「山野浩一氏を極私的に悼む」、前掲「SFファンジン」No.62 復刊8号）。同時期に、NW-SF社内でも少女漫画を評価する面々もいたこともあってか、山野は律儀に本腰を据えて少女漫画を読み、結果として大島を気に入ったとの応答を野阿に送り、『花と機械とゲシタルト』を仕上げたのだった。実際、「NW-SF」十七号のターミナル・ノート（あとがき）では、山田和子の筆により「野阿梓氏をして〝なんとあのヤマノコーイチまでが〟と言わしめた結果、漫画の小特集を組むに至りました」と書かれていた。その後、「少女漫画風」という形容や野阿作品への評価も、より踏み込んだポジティヴなものへ変化していった。

それでは山野浩一は、具体的に大島弓子のどの作品に感心したのか。「夏の終わりのト短調」（「L

ａＬａ」一九七七年十月号、白泉社）や『バナナブレッドのプディング』（集英社、一九七八年）といった、内面性を掘り下げた思考実験が特徴的な一九七〇年代後半の作品を高く評価していたのは間違いないが、同時に、現状の漫画に満足しない大島の姿勢そのものからも刺激を受けたものと思われる。というのも、「プチコミック」一九七七年初夏の号（小学館）のＱ＆Ａで、大島自身、「雑誌のジャンルも、もっとふやしてほしいし、内容的にもしっかりした作品が生まれてきてほしいと思います。このすごい大衆性にあまえちゃいけないんだ。まんがはもっと自由に、もっと高く、もっと低く、もっとおもしろく、その羽をのばすべきじゃないでしょうか。どうかよい冒険を……」と発言しており、そのスタンスはＳＦに革新性を求めた山野の姿勢とも響き合うものであろうからだ。

12　現象学的精神病理学の文脈

他方で少女漫画とは別に、精神病理学的な観点から『花と機械とゲシタルト』について迫る作業も必要だろう。山野の遺品には、いまでは現象学的精神医学や実存主義に分類される二冊の書物が含まれており、これらが本書の参考文献になっていると見てよいはずだ。

・K・ヤスパース『精神病理学原論』（原著一九一三年、西丸四方訳、みすず書房、一九七一年）
・L・ビンスワンガー『うつ病と躁病　現象学的試論』（原著一九六〇年、山本巌夫・宇野昌人・森山公夫訳、みすず書房、一九七二年）

舞台である反精神病院は、給与や国からの助成を加味すれば入院費が実質無償であるため、誰でも入院できるというわけではない。入院するには精神病理学についての知識があり研究員として有能か、優れた芸術家か科学者か技術者であるか、それとも特殊な症例か、あるいは革命以前から入院しているか、いずれかの条件を満たさねばならないのだ。ただ、いったん入ってしまえば「まず発作を制御することが、最大の方針」でそれ以外は緩く、「原則的にここには分裂症と診断された彼や彼女たちがいるが、なかには躁鬱症や神経症的傾向の強い者も」おり、さらには「全く逆の痴呆症に近い彼や彼女たちも多い」とも書かれている。なかでも、特に症状が重い者が――〝自閉症の彼女〟のように――「自閉症」として位置づけられているようだ。しかし、病状の発現は多様にもかかわらず、自我を〝我〟に預けなければ精神の安定性が保持できない、という点は共通している。

いったん、精神の病を大まかに精神病と神経症に区分する〝伝統〟をもって、これを整理してみよう。

B・E・ムーア／B・D・ファイン編『精神分析事典　アメリカ精神分析学会』（原著一九九〇年、

福島章監訳、新曜社、一九九五年）において、精神病は機能精神病と器質精神病とに大別され、前者は身体疾患から二次的に派生するもの、後者は心理社会的な影響によるものと説明されている。とりわけ機能精神病は、主として感情障害（躁鬱病）、思考障害（精神分裂症とパラノイア）に区分されるものである。対して神経症は、問題となる器官そのものに構造的欠陥がない機能的・生理的障害を意味していた。

フロイトの理論では精神病を現実の喪失と位置づけ、神経症は抑圧されたものの回帰だとしている。精神分析においては、リビドーの供給先であるエスとそれを統制する自我との抗争が重要となる。精神病においては、エスが自我のみならず、しばしば超自我をも圧倒してしまうわけだが、ここに鑑みると、『花と機械とゲシタルト』における〝我〟は、〝自我〟や〝超自我〟ではなくエスそのものを代補し、それによって病識を欠落させて患者に解放感をもたらす、といった構造となっている。この仕組みを理解するには、山野がそもそも、病識を欠落させた自由さをSFの理想としていたことを押さえておかねばならない。

山野浩一の最初期のSF論であり、荒巻義雄との論争の発端ともなった「別のSF論」では、「SF作品をSF性の中に体系づける」こと、すなわち「SFらしいSF」を求める姿勢が、厳しく糾弾されていた。ここでは「SFもアンチロマンも、ミステリーも、全て西洋文学の新しい方法、云はば全てが混合された現代の小説」として受け止めることが提唱され、先述したようなシュルレアリスムとの架橋から、シュルレアリスムが入り込めなかった「狂気の世界」に「正気」のままに没入するのが「ＳＦ」であると考えられていた。

山野によれば「ＳＦらしいＳＦ」として「科学的整合性」を求める姿勢は、そのままリアリズム（小説）の論理へとすがりつく営為にすぎない。これは当時のＳＦ観からしても、飛び抜けて過激で「ＳＦらしいＳＦ」というドグマに対する、山野の不満の程度が伺い知れる。そして、「精神分裂者は分裂適程《（ママ）》に於いて病識というものを持つそうである。つまり自分の持った妄想や幻想に対して現実的な意味を与えようとするのだ。悪魔の仕業だろうとか火星人のせいだとか云う具合にである」と、自由であるはずの狂気に、意味としての「病識」が付与される、その束縛こそが「科学的整合性」へ必要以上に拘泥する行為に類比的だと位置づけられていた。

こうした「病識」理解の核にあるのは、山野が一九五〇年代から親しんでいたというヤスパースだろう。ハイデガーは「世界内存在（In-der-Welt-Sein）」としての人間を捉えたのに対し、ヤスパースは「状況内存在（In-Situation-Sein）」だとそれを理解していた。ここでの「状況」とはサルトル流の「政治参加《アンガージュマン》」とも結びつく投企の対象で、曖昧模糊とした世界よりもいっそう現実的・個別的な環境のことを含意する。つまり「状況」に存在論レベルで対峙し、対象的なものを越えて非対象的なものへと接近していくことこそが「主体性」の発露であって、その先に行き着く高次の実存において、私の〝我〟は他の〝我〟と、交換不可能なものとなる（前掲『実存主義』）。

ヤスパースは『精神病理学原論』で、患者がその体験に対して正しい態度が理想的に取れるような状況を、病識があるものと位置づけていた。その際は、病気全体の種類や重さも正しく理解されていることが必要で、さもなければ病識があるとは言わない。ヤスパースは病気に対して人が取る態度を、精神病に罹患している最中と、精神病が過ぎ去った後の二つに大別した。精神病の最中には、病識が続けてあることはない。山野が大島弓子の「行為で示された心の状態」に感銘を受けたのは、そこには病識が欠落しているとみなすことができたからだろう。

精神病のなかでも、『花と機械とゲシタルト』では分裂病に焦点が当てられていたが、これは反精神医学が――治療や入院が強制されてしまいがちな――分裂病にもっとも関心を持っていたからだ。現在では「精神分裂者」という用語は使われず、「統合失調症」がそれに該当するものとなっている。ビンスワンガーは『精神分裂病』（二分冊、原著一九五七年、新海安彦・宮本忠雄・木村敏訳、みすず書房、一九六〇～六一年）の序論において、「自然な経験の一貫性の解体」を「精神分裂病」の基本概念に位置づけている。訳者の一人である木村敏は、反精神医学への真摯な対峙でも知られるが、分裂病の特異的症状を「原発的自閉（＝人と人との出逢いをもたらす接近を不自然に拒むこと）」、「無媒介的な妄想的自覚（＝自己のアイデンティティがあやふやで、他者性を帯びていることにつき自覚があること）」、「自然な自明性の喪失（＝一切の経験から日常的な親近感が失われること）」、「自他の逆対応（＝自己と他者とを当然に対置する姿勢そのものへの根源的懐疑）」の四つに区分した（『木村敏著作集〈1〉初期自己論・分裂病論』、弘文堂、二〇〇一年）。

ここで木村は、「精神分裂者」が逸脱している「常識《コモン・センス》」を、語源のラテン語「共通感覚《センスス・コムニス》」にまで遡って捉えることで「われわれのあらゆる感覚の基礎にあってわれわれと世界との基本的な結びつきを司る感覚」だと仮定し――いわゆる社会的常識の欠落という次元ではなく――「常識の根底にある実践的な勘」が掴めなくなっている状態こそを「精神分裂病」だとしているのである。こうした理解は『花と機械とゲシタルト』の一つの核にあるR・D・レインの思想にも共通するもので、『引き裂かれた自己　狂気の現象学』（原著一九六〇年、天野衛訳、ちくま学芸文庫、二〇一七年）にあるように、世界と自分そして自分自身のうちに分裂を経験し、だからこそ他人と「共に」いる自分や、世界に「くつろいで」いる自己を経験し、肉化される自己が体系にまでなって、肉化されざる自己を苦しめる結果となってしまうのである。

こうした根源的な世界との乖離があるから、本書での〝彼〟や〝彼女〟は、エスを代補させ、それを間主観的に共有することで、実存を取り戻そうと試みているわけだ。だからこそ、集合精神体《ゲシタルト》の暴走によるカタストロフが致命的なものになると、本書では示されるのだが……。

13　集合論・「Φファイ」・「嫌悪の公式」

本書では「我のもとでゲシタルトを形成する」と語られているように、全体性としての人間像に焦点を当てるゲシタルト心理学の文脈については、可算パラコンパクト空間という数学の集合論の文脈で捉えられている。いきなり数式が出てきて面食らった向きもあるかもしれないが、山野曰く、説明するには「数式がいちばんわかりやすい」とのこと（前掲、野阿梓「山野浩一を極私的に読む」）。この背景につき、山野は「数学セミナー」一九九一年十一月号の「情報の集合としての意識と原始的トラウマ」で、具体的に紹介している。

山野は中高時代数学が「勉強しなくてもよくできた」。けれども山野にとって数学は、「あたりまえのことを、あたりまえのように解くこと」にすぎず、知的な刺激に欠けていた。それで大学時代の山野は「最も不得手な分野に挑む決心をし、サルトルやフロイトやヤスパースを読みあさり、中退して間もなく小説を書いた」。その後、山野のデビュー作「X電車で行こう」は集合論それもトポロジーを扱った小説として受け止められたものの、山野は「トポロジーという言葉すら初耳だった」ほど数学から離れていた。ところが『花と機械とゲシタルト』を書くにあたって作家は、改めて数学を勉強し直した。ここで参照され、本書の参考文献ともなるのが、児玉之宏・永見啓応『位相空間論』(岩波書店、一九七四年)である。同書から学んだ知見を、山野はこのように説明している。

ヴィトゲンシュタインの初期の哲学にしても同様だが、数学というものには実体をともなわない空疎なイメージを抱いてしまうことは否定できない。しかし、人の感覚とか知識もまたニューロンに集積された情報の集合でしかないはずだ。ゲシタルト心理学を過大評価することはできないかもしれないが、ある試みとして多くの自我で構成される社会が情報の集合となった時コンピュータとの接続とはどのように異なったものとなるだろう——それが私のこの作品のテーマだったのだが、数学は結論まで一直線に進むものの、精神病理学は初歩的なトラウマの段階でこだわり続ける。そして社会ではその原始的な精神病理によってほとんどのことが存在し活動しているように思う。

「多くの自我で構成される社会が情報の集合となった」状態と「コンピュータ接続」との類似性あるいは差異。このテーマは『花と機械とゲシタルト』の前年に書かれた「Φ(ファイ)」(「カイエ」

一九八〇年一・二月合併号、冬樹社、『殺人者の空　山野浩一傑作選Ⅱ』所収）で先んじて扱われたものであり、全体の構造も本書と似ている。「Φ（ファイ）」では、「二度の市街戦を経験したゲリラ都市」でありながら、「天罰を受けたソドムの都市のように瓦礫に埋れて」しまった「廃市」が舞台。語り手は旧友の地方公務員であるAから呼び出されて、この「廃市」へやってくる。ところがAはおらず、空集合を意味する「X－X＝Φ」という数式の書き置きが遺されているだけで、A自身は解体されて「ファイ」になってしまったと教えられる。実はAは人工授精で生まれ、男女両方の染色体を持ち、血液型も生体を構成する二面性の両方を持っているなどすることから、廃市を席捲する電子頭脳によって空集合だと判定されてしまったのである。コンピュータと同化したAは——あるいはAの経験と記憶を学習したコンピュータは——廃市を「芸術」としてデザインし、社会から疎外された人たちを取り込んでいく……。

この「Φ（ファイ）」は長らく単行本に収められないままとなっていたもので、『殺人者の空　山野浩一傑作選Ⅱ』の著者あとがきで山野は、「末期の作品らしく抒情性がほとんどなく、設定に関しても詳しくは説明していない。深く考えずに読むとなんてことはないが、考えはじめるときりがなく、確かに読者との接点にさほど期待しなくなっている」と解説している。こうした「読者との設定」に「期待」しないという感覚が、伊藤典夫が『花と機械とゲシタルト』について評したときに述べた「作者からの問いかけがほとんど聞えない」という感想をもたらした一因なのだろう。

生前未発表の「嫌悪の公式」（一九八三年、『いかに終わるか』所収）では、むしろ、そうした部分が突きつめられている。数式の内実は知らされず、身の回りの者らの嫌厭を募らせる語り手は、謎の数式の収められた封筒の運び屋を任されるのであるが、数式の中身は断片的にしかわからず、逆に「このPのn乗というのはベキ級数からきているのですか?」と配達相手の「教授」に訊かれる始末。ここでは明らかに、「結論まで一直線に進む」ことを断念し、「初歩的なトラウマの段階でこだわり続ける」社会の内実についての批評が「日本的抒情」に依らない形で表現されている。

14　反精神医学と収容の問題

「NW−SF」十七号に掲載された「我と汝と彼女」と単行本版『花と機械とゲシタルト』には、実のところ若干の異同が見受けられる。そのうち、言い回しの調整というレベルを超えた修正が二箇所ある。一箇所目は、〝我〟の人形の水晶の眼について描写する場面だ。

・眼は広間全域を見渡そうとしているかのようにみえる。（「NW−SF」十七号）

・眼の輝きは広間全域を監視しようとする意志を感じさせている。(単行本版)

この修正により、〝我〟が反精神病院を監視している、という性格が顕著となっている。「我と汝と彼女」では、人形にすぎないはずの〝我〟のザーメンがなぜか採取される、という事件が起こり、それがカタストロフの一つの発端になるわけだが、同時に、革命によって管理・抑圧の機構たる精神病院から自主管理に基づく反精神病院へ舞台の性格がすでに変化しているにもかかわらず、相互監視は変わらない、という現実が示唆されてもいる。

二箇所目は、〝新入りの彼女〟が〝ゼニゲバ〟というニックネームを与えられる場面だ。

・美人＝ヴィーナス＝金星＝お金ほし＝ゼニゲバ(「NW-SF」十七号)
・美人↓ヴィーナス↓金星↓お金ほし↓ゼニゲバ(単行本版)

等号(＝)で結ぶよりも、矢印(↓)で繋ぐことによって、無理筋な連想に基づく名付けで美しい外見を毀損しようという同調圧力が強調されている。たとえ革命が起きても、ミッシェル・フーコーが『監獄の誕生　監視と処罰』(田村俶訳、新潮社、一九七七年)で述べた一望監視施設《パノプティコン》のように、病院に収容されていた患者たちは規律訓練《ディシプリン》によって相互監視を内面化してしまっている点は変わらないという謂いだろうか。

ところで先述した山野の遺品には、以下の三冊も含まれていた。

・ミッシェル・フーコー『精神疾患と心理学』(原著一九六六年、神谷美恵子訳、みすず書房、一九七二年)
・R・D・レイン／A・エスターソン『狂気と家族』(原著一九七〇年、笠原嘉・辻和子訳、みすず書房、一九七二年)
・モード・マノーニ『反―精神医学と精神分析』(原著一九七〇年、松本雅彦訳、人文書院、一九七四年)

フーコーの『精神疾患と心理学』では、「精神分裂病の最終形態や痴呆状態においては、患者は自己の病の世界の中に埋没してしまう。しかし彼は、自分が離れてきた宇宙を、はるかなる、ヴェールに覆われた現実として把握する。たそがれの中のこの風景においては、最も現実的な体験――事件、きこえたことば、周囲の者――も一種の亡霊的様相をおびるが、この中にあっても、患者は自己の病についての、大洋のように茫漠たる自覚を持ちつづけるようにみえる。病的宇宙の中に埋没しながら、なお存在の意識を持っている」と記されており、まさしくこれは「内宇宙」体験を雄弁に物語るものと言える。フーコーもしばしば反精神医学の文脈で語られるものの、反精神医学の運動を歴史的に基礎づけるというよりは、批判的見地を示すことも珍しくなかった。

そもそも、反精神医学とはどのように登場してきたのか。近代の精神医学は十八世紀後半、「狂人」を収容する精神病院での公衆衛生の指摘から始まったが、逆に「狂人」は解放されるどころか、家庭や地域での監視が強められる効果を生んだ。二十世紀に入ると、マラリアの意図的感染を「治療」に用いたJ・ワーグナー＝ヤウレック、脳の前頭葉を切断するロボトミー手術を「治療」としたエガス・モニス等、患者がしばしば死亡したり廃人になったりするほどに乱暴な身体的処置が行われるようになり、日本でもロボトミー手術に伴う人体実験が行われた（参考：ズビグニェフ・コトヴィッチ『R・D・レインと反精神医学の道』、原著一九九七年、細澤仁・筒井亮太訳、日本評論社、二〇二〇年）。

こうした経緯が手伝って施設収容の強制に反対する機運が高まり、精神医学そのものを否定する反精神医学の潮流が湧き起こってきた。それが一九六〇年代末からの精神医療改革運動に融合し、革命というよりは「改革・改良」の文脈において受容されることとなった。先述した木村敏も、まさしくそうした「改革・改良」に参画した一人である（松本卓也「「ポスト反精神医学」としての現代の臨床」、

「臨床心理学」二十二巻一号、金剛出版、二〇二二年）。

反精神医学の名付け親は、デヴィッド・クーパーで、彼はそのものずばりの『反精神医学』（原著一九六七年、野口昌也・橋本雅雄訳、岩崎学術出版社、一九七四年）において、精神病とは社会によってでっち上げられるものと論じた。疎外された者に社会は病気というレッテルを貼るというわけだが、ここで大きい役割を果たすのは家族だとした。このクーパーと共著『理性と暴力　サルトル哲学入門』（原著一九六四年、足立和浩訳、番町書房、一九七三年）を上梓したのが、R・D・レインであった。ここでは集団形成の論理と個人の暴力を結びつけるロジックについての思弁が記述されている。

レインにおいて一貫しているのは、精神病者の言説は、その人物固有のコミュニケーション・マトリックスのなかで理解可能であり、精神病とはそうした固有性の「場」への「旅路」を意味するのだという思想である。『狂気と家族』については、患者と家族のサンプルが少なからず扱われているが、それは固有性の「場」と家族との関係を論じるためだった。

実存主義的精神病理学の影響が大きいレインに対し、『反‐精神医学と精神分析』の著者モード・マノーニは、ラカン派精神分析のディシプリンをバックボーンとしており――硬直化した体制がとりわけ児童を抑圧していることを批判しつつ――本来医療の対象ではないものを社会や家族が医療の対象へと仕立て上げているという理解は共通していた。『花と機械とゲシタルト』においてマノーニの影響を感じさせるのは、〝汝〟が外側から〝我〟や〝彼女〟を審級するレベルでも、〝彼〟や〝彼女〟と完全に合一するでもない宙吊りの立場に置かれている点である。これは『反-精神医学と精神分析』における精神分析家の立場に一致する。

15　批判的精神医学とDSM以降

反精神医学における家族観が、「社会的疎外」と「心的疎外」を同一視して一挙に解決しようとするものだと批判したのがジル・ドゥルーズ&フェリックス・ガタリの『アンチ・オイディプス』（原著一九七二年、宇野邦一訳、河出文庫、上下巻、二〇一五年）であった。同書によれば、反精神医学でさえ、小宇宙《ミクロコスモス》としての家族と大宇宙《マクロコスモス》としての社会の間には何らかの照応があることを前提にしているため、逆説的に家族を特権化してしまっているというのだ（小泉義之『ドゥルーズと狂気』、河出書房新社、二〇一四年）。家族や施設から脱して分裂病者を地域単位の共同体へと移動させても、それは家族や地域の片隅に病者が生きることを再生産させるに留まるという理屈である。この批判を理解するためには、反精神医学における病院や家族からの解放が、そのまま地域医療とセットで受け止められたことを押さえておかねばならない。

生前の山野に取材したところ、『花と機械とゲシタルト』の反精神病院は釧路にあるという設定で、雰囲気の描写にあっては原田康子『挽歌』（東都書房、一九五六年）を参考にしたという。「NW-SF」の第十五号（一九八〇年）のプレリミナリイ・ノート（まえがき）では、次のように記されている。

北海道へ行ったらぜひ乗ってみなければならないのが釧網本線である。ことに弟子屈―釧路間の二時間はひたすら葦原と沼地の原野を走るのみ――あらためて北海道の広大さと異国性を感じさせてくれる。地平線の彼方から煙の柱が次第に浮かび上がってきて不意に釧路の街が現われるあたり、異様さを通り越して感動的だ。

私はこの小文を編著『北の想像力〈北海道文学〉と〈北海道SF〉をめぐる思索の旅』（寿郎社、二〇一四年）で紹介したことがある。それに注目した盛厚三『釧路湿原の文学史』（藤田印刷エクセレントブックス、二〇二二年）によれば、葦原、谷地、泥炭地と呼ばれて「北海道開拓」の困難を体現していた釧路湿原は、主に昭和二十年代から「風景」として発見されるようになり、その異郷性は、それこそ『挽歌』で描かれる釧路のヨーロッパ的な人工性に支えられる形で日本全国へと浸透を見せてきた。つまり、内なる異郷として釧路という地域は位置づけられており、ヤマト中心主義や「日本的抒情」から距離を取る山野の戦略が垣間見える。

話を戻すと、『アンチ・オイディプス』は分裂病を資本主義的なメカニズムから逸脱する「脱領土化」のプロセスに位置づけていた。それを「心の病」として人工的に再定位すなわち「再領土化」させることを拒み、脱領土化としての狂気を徹底させることが訴えられている。反精神医学批判の旗手であるアンリ・エーに学んだ藤元登四郎は、荒巻義雄論『「物語る脳」の世界——ドゥルーズ・ガタリのスキゾ分析から荒巻義雄を読む』(寿郎社、二〇一五年)において、スキゾ分析によるSF批評を行なっているが、それがありがちな狂気解放論と異なるのは、精緻な作品分析を介してラカン派のアプローチとも違った形で脱領土化の痕跡と可能性を読み込んでいる点にある。

反精神医学とSFとの関わりで看過できないのは、L・ロン・ハバードを教祖とするSF発のカルト宗教・サイエントロジーの勃興である。サイエントロジーの世界観とは、俗流フロイト主義と自己啓発にスペースオペラを継ぎ合わせたもので、その見地から陰謀論的に精神医学を否定している。ただし、山野が監訳した先述の『SF百科図鑑』ではハバードとサイエントロジーについても一節を割く形で批判的に紹介がなされており、その危険性や、ハバードが手っ取り早く金儲けをするために宗教を作ったと内情吐露をしていた点が指摘されていた。ちなみにサンリオSF文庫では末期に、教団運営が一段落してハバードがSFに復帰した時期に書かれたスペースオペラ〈バトルフィールド・アース〉シリーズが訳されているが、これは山野が同文庫の監修から離れた後に刊行されたものである。

一九八〇年代以降、反精神医学は運動としては退潮し、むしろ歴史的な議論の対象となってきた。治療の現場では臨床研究に基づいた薬物療法の高度化や認知行動療法がまず検討されつつ、それらの問題性を批判的に検証していく「批判的精神医学」という立場に、反精神医学は発展的な解消を遂げたと見ることもできよう。ただし、とりわけ一九九〇年代以降、躁鬱病や発達障害等、比較的軽度で健常者との境界が曖昧とされる精神障害について、大資本が「薬の押し売り」をするという事態が起こり、そうした事態に対してなされた抵抗運動は反精神医学の第二波あるいは継承ともいえる（参考：深尾憲二朗「スペクトラムの概念と反精神医学」、村井俊哉／村松太郎編『精神医学におけるスペクトラムの思想』所収、学樹書院、二〇一六年）。

『花と機械とゲシタルト』とほぼ同時期の一九八〇年、アメリカ精神医学会の精神障害の診断・統計マニュアルの第三版（DSM-Ⅲ）が発表され、グローバル・スタンダードとして大きな影響を及ぼした。DSM-Ⅲが革新的であったのは、トップダウン式に理論を先立たせるのではなく、観察・記述された所見からボトムアップ式に精神疾患を定義させたことである。つまり、先に紹介した〝伝統〟的な「精神病」と神経症の二分法ではなく、DSMの導入以降、境界は曖昧となったというわけだ。加えて共通する病因リスクから、遺伝と環境の相互作用によって、多種多様な精神障害が樹形図状に発現するという解釈も採られるようになったのである（北中淳子・黒木俊秀「〈心〉の病名と精神医学をめぐる対話」、前掲「臨床心理学」二十二巻一号）。二〇一四年に発表されたＤＳＭ−Ｖでは、スペクトラムという モデルが提唱されるようになった。スペクトラムとは連続体の意味で、個別のカテゴリーごとに分類されてきた精神障害を、実は（日本における）虹の色のような連続性を構成していると解釈するものである。

『花と機械とゲシタルト』では、〝自閉症の彼女〟が重篤な状態にある者として描写されている。ＤＳＭ−Ⅲでは広汎性発達障害という用語が初めて用いられたが、これは旧来の「自閉的」概念をほぼ包括する用語だ。それまで自閉症とは、人生の早期、通常は三歳くらいまでに起こってきて、「一、相互的社会交渉の質的障害」、「二、言語と非言語コミュニケーションの質的障害」、「三、活動と興味の範囲の著しい限局性」という三つの特徴を持つとされてきたが、広汎性発達障害には、これら三つの症状を不完全ながら併せ持ったり、症状の発現や発症年齢の症例で自閉症と区分されたりするケースをも包含するもので、それは脳の器質的障害に由来するものだとされていた（太田昌孝・永井洋子編著『自閉症治療の到達点』日本文化科学社、一九九二年）。これがＤＳＭ−Ｖでは自閉症スペクトラムとなり、それまでカテゴリー的に区分されていた広汎性発達障害とアスペルガー症候群が、連続したものとして捉えられるようになったのである。統合失調症の位置もまた、スペクトラムの概念で再定位されるようになってきている。総じて言えば、かつての分裂病や自閉症が比較的軽症化され、代わってパーソナリティ障害が前掲化される傾向にあるようだ。

医療的な診断のありようや、世俗的な比喩としてそのまま精神病理学の用語を使うことの是非を措くにしても、我々は多かれ少なかれ人格障害者《サイコパス》とされる人々と連続しているのではないかという認識が一般化しつつある（参考：前掲『ドゥルーズと狂気』）。少なくとも、批判的精神医学やＤＳＭ―Ⅴを経由した現在の状況から『花と機械とゲシタルト』を読み直すにあたり、実存のレベルにおける現状との連続性をいっそう強く自覚しないわけにはいかないのは確かであろう。

二〇二二年七月、安倍晋三元首相の射殺事件が起こった。山野浩一の盟友・足立正生は、この事件を受けて、直ちに狙撃者の山上徹也をモデルにした映画『REVOLUTION+1』を監督し、安倍の「国葬」に合わせてラッシュ版を上映、喧喧囂囂の議論を巻き起こしている。同作のワーキングタイトルは「星に、なる」で、リッダ闘争（テルアビブ空港での銃撃事件、一九七二年）に参加して生存した岡本公三をモデルにした『幽閉者 テロリスト』（二〇〇七年）の問題意識を踏襲したものだった（いわためぐみ「自分たちの生きる社会のために表現をすること～『REVOLUTION+1』」、前掲「ＴＨ」No.92、なお闘争で死亡した安田安之・奥平剛士とともに、岡本は「オリオンの三つ星」になるつもりだったと言われる）。足立は日大映研時代から山野と交流があった。ゆえに日本赤軍に合流した足立がレバノンで逮捕・日本に強制送還されて獄中にいた際、山野は最初に面会に出向き、映画を作ろうと持ちかけた。このとき足立は、獄中で差し入れられていた単行本を読んで『花と機械とゲシタルト』の映画化を思いつき、それは二人の共同脚本『なりすまし』（二〇〇六年）として結実している（足立正生「強制送還された私の「社会復帰」に力を添えてくれた人」、「映画芸術」二〇一七年十月号、編集プロダクション映芸）。『なりすまし』の映画化はいまだ実現していないものの、絶版になって久しい山野の『レヴォリューション』や、原案・原作・脚本をつとめ再評価も始まっているアニメ・漫画『戦え！　オスパー』（一九六五〜六七年）等とともに、陽の目を浴びてしかるべきだろう。

本書の再刊にあたっては、『いかに終わるか』に引き続き、小鳥遊書房の高梨治氏、林田こずえ氏の尽力があった。このたびも息を呑むほど美麗で不穏な装画を寄せてくださった中野正一氏、本論の校正協力をいただいた東條慎生氏、そして山野浩一氏のご遺族（山野牧子氏、美讃子［美賛子］氏、修氏）にも感謝したい。何より、『いかに終わるか』をお読みになり、様々な形での評を寄せてくださった諸氏に謝意を表する。本書は忘却から掬い上げられてしかるべき強度を誇るが、それ以上に読者の実存へ強く訴えかけるものである。本書が戦後（ＳＦ）文学史に銘記されてしかるべきなのは言うまでもないものの、まずは必要とする人のもとへ確実に届くことを切望している。

【著者】

山野 浩一

（やまの　こういち）

1939年大阪生まれ。関西学院大学在学中の1960年に映画『△デルタ』を監督。1964年に寺山修司の勧めで書いた戯曲「受付の靴下」と小説「X電車で行こう」で作家デビュー。「日本読書新聞」や「読書人」のSF時評をはじめ、ジャンルの垣根を超えた犀利な批評活動で戦後文化を牽引した。1970年に「NW–SF」誌を立ち上げ、日本にニューウェーヴSFを本格的に紹介。1978年からサンリオSF文庫の監修をつとめ、SFと世界文学を融合させた。血統主義の競馬評論家、『戦え！ オスパー』原作者としても著名。著書に『X電車で行こう』（新書館）、『鳥はいまどこを飛ぶか』（早川書房）、『殺人者の空』（仮面社）、『ザ・クライム』（冬樹社）、『花と機械とゲシタルト』、『レヴォリューション』（以上、NW–SF社）、『山野浩一傑作選』（全2巻、創元SF文庫）、『SFと気楽』（共著、工作舎）ほか。2017年逝去。没後、第38回日本SF大賞功績賞を受賞。2022年1月には、『いかに終わるか――山野浩一発掘小説集』（岡和田晃編、小鳥遊書房）が刊行された。

【解説】

岡和田 晃

（おかわだ　あきら）

1981年北海道生まれ。文芸評論家・作家。「ナイトランド・クォータリー」編集長、「SF Prologue Wave」編集委員、東海大学講師。著書に『「世界内戦」とわずかな希望――伊藤計劃・SF・現代文学』、『世界にあけられた弾痕と、黄昏の原郷――SF・幻想文学・ゲーム論集』、『再着装の記憶〈エクリプス・フェイズ〉アンソロジー』（編著）（以上、アトリエサード）、『反ヘイト・反新自由主義の批評精神――いま読まれるべき〈文学〉とは何か』（寿郎社）、『脱領域・脱構築・脱半球――二一世紀人文学のために』（共著、小鳥遊書房）、『いかに終わるか――山野浩一発掘小説集』（編、小鳥遊書房）、『山野浩一全時評（仮題）』（編著、東京創元社近刊）ほか著訳書多数。「TH（トーキングヘッズ叢書）」で「山野浩一とその時代」を連載中。第5回日本SF評論賞優秀賞、第50回北海道新聞文学賞創作・評論部門佳作、2019年度茨城文学賞詩部門受賞、2021年度潮流詩派賞評論部門最優秀作品賞受賞。

花《はな》と機械《きかい》とゲシタルト

2022年12月28日　第1刷発行

【著者】
山野浩一

発行者：高梨 治
発行所：株式会社**小鳥遊《たかなし》書房**
〒102-0071　東京都千代田区富士見1-7-6-5F
電話03（6265）4910（代表）／FAX　03（6265）4902
https://www.tkns-shobou.co.jp
info@tkns-shobou.co.jp

装画　中野正一
装幀　宮原雄太／ミヤハラデザイン
印刷　モリモト印刷株式会社
製本　株式会社村上製本所

ISBN978-4-86780-004-1　C0093